侵食捜査

安東能明

祥伝社文庫

目次

主な登場人物

疋田《ひきた》 務《つとむ》……………………警部補。赤羽中央署生活安全課少年第一係係長

小宮真子《こみやまこ》……………………巡査部長。赤羽中央署生活安全課少年第一係

末松孝志《すえまつたかし》……………………巡査部長。赤羽中央署生活安全課少年第一係

野々山幸平《ののやまこうへい》……………………巡査。赤羽中央署生活安全課少年第一係

岩井安典《いわいやすのり》……………………赤羽中央署刑事課長

曽我部《そがべ》 実《みのる》……………………副署長

疋田慎二《しんじ》……………………疋田のひとり息子

疋田恭子《きょうこ》……………………疋田の別れた妻。慎二の母親

三好英正《みよしひでまさ》……………………赤羽ハートクリニックの院長

渡部陽子《わたべようこ》……………………赤羽ハートクリニックの医師

内海常之《うつみつねゆき》……………………医療コンサルタント会社ヘルスエンゼル社長

朝倉結衣《あさくらゆい》……………………荒川で死体で発見された女子短大生

朝倉路子《みちこ》……………………結衣の母親

木内義和《きうちよしかず》……………………木内美容整形外科新宿本院院長

野島《のじま》 修一《しゅういち》……………………木内美容整形外科成増院院長

市川和代《いちかわかずよ》……………………成増院の看護師

北沢明美《きたざわあけみ》……………………成増院の患者

五十嵐康宏《いがらしやすひろ》……………………飛鳥山病院の医師

坂本信男《さかもとのぶお》……………………医療コンサルタント会社メディカルオプ社長

中原雅弘《なかはらまさひろ》……………………小宮の交際相手の医師

プロローグ

「食いついた」

人目を引く大きな体の男が言った。落ち着いたダブルのスーツ。ワイシャツの第一ボタンまでとめて、柄物ネクタイを結んでいる。浅黒い顔だ。生《は》え際《ぎわ》の白くなった髪をオールバックにまとめている。五十代前半、中小企業の経営者然とした印象だ。

「連れていったんですか？」

ローテーブルをはさんで、ネイビーのピンストライプスーツを着た細身の男が腰を浮かせた。こちらは四十そこそこ。長髪をワックスで整《ととの》え、彫《ほ》りの深い顔立ち。エリート銀行員を思わせる出立《いでた》ちだが、瞬《まばた》きの少ない乾いた目をしている。

「この日曜日、クルーザーに乗せて東京湾周遊と洒落《しゃれ》込んだ。そのあと、じゃあ、ついでに見ていきますかと津田沼《つだぬま》まで誘った」

大柄な男が言った。低い声だ。

「クルーザー……片岡《かたおか》専務の？」と、細身の男が言った。

医薬品卸《おろし》会社の専務が持っている船だ。

「こんなときぐらいしか、使い物にならないだろう」

「なるほど、さすが〝代表〟」

「もう、白黒つけさせる時期だからな」

〝代表〟と呼ばれた大柄な男は、太い眉根をよせて言った。医療系コンサルタント会社の社長の肩書きを持っている。

「院長の反応はどうでした？」

「あそこは例の科を持つ総合病院だろ。目の色が変わったよ。建物だって築八年だし、まだまだ使えると思ったはずだ。リネン室から手術室まで、穴が空《あ》くほど見ていた。前もって行くと伝えてあったから、アラは隠し通せたはずだ」

「自分のものになるというなら、多少のアラなど〝あばたもえくぼ〟ですよ」

「だといいがな」

　ここは五階建て雑居ビルの三階にある小さな診療所だ。二人の男は白衣の女とともに冷房の効《き》いた狭い応接室にいた。話題の院長たちは、近くの総合病院に出向いて手術をしている。

　診療所は院長のほかに、医師と看護師を合わせて八人の小所帯である。開業して三年が経《た》ち、黒字化している。

院長に、経営拡大をめざして二〇〇床《しょう》の中規模病院の買収をもちかけたのが七月初旬のことだった。

津田沼にあるその病院は、経営者の医師が高齢で引退を決めており、それなりの相手なら手放してもいいという意向だった。買収金額もかなり低めに提示された。

総合病院でもあり、なかでも特別な診療科を独自に持っているのが、院長にとって好印象を与えたはずである。

細身の男が窓際に立っている白衣を着た女をふりむいた。

「先生も行かれたんですか？」

女は栗色《くりいろ》に染《そ》めた長い髪を揺らめかせて、

「もちろん、同行させていただきましたよ」

と澄んだ高い声で言った。

良家育ちを彷彿《ほうふつ》とさせるゆっくりした口調。赤くコーティングされたメガネのフレームを指でつまんで持ち上げ、目尻に皺《しわ》を寄せないよう注意しながら口元に笑みを作っている。

女はこの四月に院長の下で働くようになった三十三歳の外科医だった。

「そうか、あんたが行ったなら、いいだろう」細身の男は続ける。「反応は上々だった？」

「それなりには」

女は一重《ひとえ》まぶたで切れ長の目を光らせて言った。赤ん坊のようにつやつやとした肌だ。腰元がくびれ、白衣の上からでも乳房のふくらみがわかる。

「津田沼の借金についてなにか、言ってたか？」

「これだけの規模で、少ないほうだとか」

「ほう」

「この三年でがっぽりと貯《た》め込んでいるんだな。借金ぐらい、すぐ帳消しにできると踏んでいるのか。手持ちの金はどれくらいある？」

〝代表〟が言った。

「それはまだ、わかりません」

と女は言った。

買収する金は、〝代表〟の経営するコンサルタント会社を通じて先方に払う約束になっている。そこから抜けるだけ抜くのが、最終目的だ。スムーズにいけば、億単位のカネが転がり込んでくる。買収成立後、院長が津田沼の病院の理事長におさまるかどうかは、どちらでもよい。

「あれ？　先生、まだここの帳簿、見せてもらってないの？」

細身の男が白衣の女に訊《き》いた。

「病院の経理は見せてもらっていますよ」

「ちがうって、フォレストとかいう、あれ」

フォレストは院長が自宅に登記してある総合卸のトンネル会社だ。診療所へ納入される物品は、ぜんぶ、そこを通している。手数料で得た利ざやは、フォレストに移し替えられているはずだ。

「そう簡単にはいきませんわ。同族で固めていらっしゃいますから」

言うと、女は恰幅《かっぷく》のいい男を見やった。

「感触からすると、年二億は積んでいると思うがな」

〝代表〟がつぶやくように言った。

「じゃ、六億ほど?」細身の男が〝代表〟の顔を見て言った。「足りませんね。銀行はしぶるだろうし」

「ネクストを入れるか……」

大手クレジット会社の子会社で、法人向けのローンを組む会社だ。

「土井《どい》さんがいるし、それしかないでしょう。当座の買収費用を吐《は》き出させるには、ローンを組ませたほうが手っ取り早い」

「よし、そうしよう」

買収資金を融資する話がローン会社から出れば、院長も味方ができたような錯覚に陥《おちい》るだろう。

「でも、あそこ、乗りますか？」

「ここの財務体質は良好だし、もともと、院長の腕は折り紙付きだ」

「だからといって、最近は厳しいですよ。家屋敷を抵当に入れて、一億か二億がせいぜいじゃないですか？」

「ネクストを納得させる花火を打ち上げればいいと思います」

白衣の女が割り込んだ。

「花火？　どんな？」

「それはまた、折りを見て」

細身の男は乗り出した身を引いて、座を支配する〝代表〟の様子を窺《うかが》った。

「まあ、先生、あんたが持ち込んだ物件だし。ここは、まかせるしかないか？」

〝代表〟が言った。

「そのつもりでおりますから」

「じゃあ、そうしよう」ひと息ついたように、〝代表〟は細身の男をふりかえった。「それより、本命のほうはどうだ？」

「朗報です。仮差し押さえが認められました」

「そうか、裁判所が認めたか」

「ええ、向こう二カ月分はこっちのものです」

「これで、あそこともおさらばだな。さっそく手仕舞いにかかれよ」

「そうですね。なんせ、ここまでくるのに、半年かかりましたからね。これから行ってきます」

「そう簡単にいくかしら？」

女が試すような視線を送ると、細身の男は背広の襟口《えりぐち》をつかんで、居住まいを正した。

女ごときに舐《な》められてたまるか、という表情で。

第一章　川流れ

1

そのバスが滑《すべ》り込んできたとき、疋田務《ひきたつとむ》は思わず首を伸ばした。進行方向左手の最前部だ。ノンステップ席を立ち上がる慎二《しんじ》の横顔が見えた。

五年前に離婚した妻とのあいだに生まれたひとり息子だ。五年間まるまる会えなかったが、二カ月前ようやく前妻の許しが出て会えた。きょうはその日からちょうどふた月後。八月最初の木曜日だ。

〈高円寺《こうえんじ》駅からバスに乗ります〉というメールが届いたのがほんの一時間前。電車で来るとばかり思っていたのに。

とにかくほっとした。こうして、慎二と会えるのだ。

ジーンズに英字Tシャツ。黒のデイパックを背負っている。六月に会ったときより、髪が伸びている。少し伏し目がちの視線が、まっすぐ疋田の顔に向けられている。

名前を呼ぶと、慎二は、はにかむような顔で、「こんにちは」と言い、疋田の前に背を向けて立った。頭のてっぺんが鼻先あたりにきた。身長は一五〇センチそこそこ、中学一年生なら平均だろう。

慎二が赤羽駅《あかばね》東口を囲む建物を見ている。

「バス、何分かかった？」

慎二が赤羽に来るのは初めてで、街の様子が珍しいのだろう。

慎二は腕にはめたＧ‐ＳＨＯＣＫに目を落とした。前回会ったとき、疋田が買ってやったものだ。

「えっと四十分、あ、五十分」

「どうしてまたバスで？」

「好きだし」

「バスが？」

「電車とかも」

そうなのかと疋田は思った。いっしょに住んでいたころはまだ小学校に通っていた。好みもなにもなかったのだ。この五年間、自分の知らないところで慎二は成長している。

慎二が疋田をふりむいた。

「ここからバスで行くの？」

「いや歩いて。歩きでいいか？」

目指す場所は新荒川大橋《しんあらかわ》のたもとにある酒蔵だ。夏休みの自由研究で、慎二は日本酒の製造工程を課題に選んだ。それならばと疋田は、自身が勤務する赤羽中央署管内にある造り酒屋の工場を見学しないかと誘った。

別れた妻の恭子《きょうこ》も、宿題にかこつければ、面会の許可を出すと疋田は踏んだのだ。

午前九時。盛り場は、大半の店がシャッターを下ろしている。閑散《かんさん》とした通りを慎二と並んで歩いた。薄曇りの空だが、気温はすでに三〇度を超えている。暑苦しさより、こうして慎二とふたりきりの時間を過ごせるのかと思うと、疋田の心は明るく弾《はず》んでいた。

——最初は友だちから。

五年間もすっぽりと抜けてしまったのだ。友だちからでいい。

「新宿《しんじゅく》には遊びに行く？」疋田は声をかけた。

「あんまり。五月の連休に一度行ったけど」

「そうか」

慎二は小平市《こだいら》にある母親の実家に住んでいる。JRの中央線《ちゅうおう》に近い場所だ。中央線といえば新宿になるだろうと思って訊《き》いたのだ。

岩淵《いわぶち》にある造り酒屋は、創業一二〇年だ。広い駐車場の奥に三角屋根の大きな工場がある。一階のシャッターが半分ほど開いていて、十人ほどの見学客がいた。

製造係長の案内で、工場の外階段を上がった。

資料室があり、壁に酒の製造工程を説明したイラストが貼《は》られている。

その前で、慎二はノートをとりだした。

慎二は小学六年生まで、サッカー部に入っていたが、中学校では部活動をしていない。かわりに柔剣道といった武道を勧《すす》めることは絶対にしないでと、恭子から言われていた。テニス部はどうだと、前に会ったときに言ってみた。たぶんそのあとも、慎二は部活動をしていないだろう。

ふだん、恭子は、自分のことを息子になんと言っているだろう。まったく話さないだろうか。悪口など口にするだろうか。少なくとも、疋田が〝いい人〟だとは教えていないはずだ。それはそれで、よしとしなければいけないと思う。そんなに〝いい人〟ならば、どうしていっしょに住まないのだろうと慎二が疑問に思ってしまうからだ。もう二度と恭子と暮らすことはないだろう。それについて過度な期待をさせてしまうのは罪だと思うのだ。

慎二は色白で面長《おもなが》だ。ほっぺたは健康そうで赤く、まっすぐ伸びたマツゲが凛々《りり》しい。こめかみのところに、小さなかすり傷がある。喧嘩《けんか》でもしたのだろうか。見つめていると、慎二はきょとんとした顔で疋田をふりかえった。

「ねえ、お父さん。ここって秩父《ちちぶ》のほうからの地下水が湧《わ》くんだよ」

疋田は耳を疑った。いま、慎二は自分をお父さんと呼んだか？

そう呼べと恭子はふだんから言っているのか？

疋田はあわてて、イラストと向き合い、

「そうだね。秩父山系から浦和《うらわ》水系を通って、地下一三〇メートルからくみ上げている」

と、とりつくろうように言った。

「飲めるみたいだよ」

紙コップが並べられたテーブルに慎二は歩み寄った。

自社井戸からくみ上げた仕込水と書かれたラベルが垂《た》れている。

仕込水を紙コップについでやり、慎二に持たせた。疋田は純米吟醸酒の試飲をさせてもらった。少し辛《から》さのあるすっきりした喉《のど》ごしだ。二杯目はやめた。きょう、これ以上の酒は慎《つつし》みたい。

「酒造りをご説明するＤＶＤを流しますので」

製造係長の声がしたので、慎二とともにモニターの前に出向いた。

そのとき携帯がふるえた。小宮真子《こみやまこ》からだった。

部下の巡査部長だ。

疋田は赤羽中央署生活安全課の少年第一係の係長を拝命している。

見学者たちから離れて疋田は壁際によった。

「非番の日にすみません。いま、人手がなくて。慎二くんは？　ごいっしょですか？」

同じ係の末松《すえまつ》と野々山《ののやま》が夏休みをとっているのだ。

「いる。例の造り酒屋に。なにかあったか？」

「中学生同士の喧嘩です。いじめが絡《から》んでいるみたいですけど」

こんな日の高いうちに？

とにかく少年同士の争いごとなら、少年第一係の担当だ。

「場所は？」

「岩淵水門」

「どっちの？」

「古いほうです」

「またか」

「ええ、たぶん」

赤水門と呼ばれる旧岩淵水門は、五基のゲートを持つ大規模な水門だ。まわりは整備が行き届いていて、ふだんから家族連れや子どもたちが遊びに来る。夏休みに入って以来、中学生がひんぱんに訪れるようになり、中には同級生に川に飛び込めと強要するワルもいるのだ。水門まわりは急深になっていて危険この上ない場所だ。

「わかった。すぐ行く」

「慎二くんは？」

「大丈夫、ここに置いていく。そっちこそ来られるか？」

「クルマで十分ほど。そちらに寄りますか？」

「歩いて行くからいい」

「遠いですよ」

「大丈夫」

疋田は携帯を切りポケットにしまった。

イスにすわりモニターに見入っている慎二の耳元で、

「お父さん、ちょっと、用事ができた。三十分ぐらいで帰ってくるからここにいてくれるか？」

慎二は疋田の顔を一瞥《いちべつ》し、小さくうなずいて、また、モニターに目を戻した。

「いいな。動いちゃダメだぞ」

モニターに集中している慎二をその場に残し、疋田は一階に下りた。

外は雲が切れてカッと日が照りつけていた。駐車場を横切りながら、水門までの道のりを頭に描いた。川沿いに東へ行くより新河岸川《しんがしがわ》を渡り、新荒川大橋の途中から、河川敷《かせんしき》に下りていくほうが早く着くだろう。

岩槻《いわつき》街道に出て、新荒川大橋に足を向けた。幹線道路らしい広々とした橋だ。

橋の歩道を川口《かわぐち》方面に向かって二〇〇メートルほど行くと、右側にゆるい傾斜のついた道路がある。そこを下って河川敷に入った。

荒川の水量はふだんより多めだ。

東に延びる道を小走りに駆《か》けた。赤水門はまだ遠い。

途中で走るのをやめた。カッターシャツを着た首から汗が噴き出ていた。

赤水門が作られたのは大正末期。昭和になって三〇〇メートルほど下流に青水門と呼ばれる新しい水門が作られた。

赤水門は荒川の中に突き出る形で堰《せき》だけ残され、現在は使われていない。

荒川の土手で立ち止まって、その赤水門を見やった。

五つある開閉用ゲートのうち、いちばん右手、岸側のゲートだけが上に引き上げられている。水門の上は歩行者用の専用橋だ。渡りきったところは、川に囲まれた中之島《なかのしま》になっていて公園がある。

専用橋の上を歩く家族連れの姿がある。中学生らしい人影は見えない。

水門の向こう側か。

それとも公園の奥にいるのか。

坂を上り、ようやく専用橋のたもとに着いた。けっきょく、十五分もかかってしまった。下手に新しい青水門が見える。

欄干《らんかん》にとりついて下を見下ろした。ゲートの下や岸辺に人はいない。

中之島に目をやった。縦一〇〇メートル、幅七〇メートル足らず。卵形だ。公園には二組の家族連れとカップルが一組いるだけだ。荒川の本流に面している島の向こう側は見えない。そこに中学生たちがいるとしたら、水流が速くて危険だ。急がなくては。

疋田は専用橋の上を駆けだした。

三〇メートルほど行ったときだ。

うしろから石を蹴《け》る音が迫ってくるのに気づいてふりかえった。

残っていろと言ったのに……。

慎二が追いかけてきていた。

急に疋田が立ち止まったので、慎二もあわてて走るのをやめて、その場で動かなくなった。

専用橋の中間あたりだ。

仕方ない。急ぐからな。

そう心の中でつぶやいて、疋田はまた前を向いて駆けだした。

橋を渡りきった。

中之島に着いて、まっすぐ突っ切り、小さな島の反対側に出た。

人影はなかった。そこから、芝生が植えられた島をぐるっと歩いた。例の家族連れとカップルしかいなかった。

　ここではなく土手のほうだろうか。

　疋田は専用橋に戻った。中間あたりで小宮真子が慎二と話し込んでいるのが見えた。

「あ、疋田係長」

　疋田を見て小宮が口を開いた。

　同時に慎二もふりかえった。

　慎二の顔を見て思わず、どうして酒蔵で待っていないのか、と口から出かかったが、疋田は飲み込んだ。

　代わりに、「小宮」と声をかけた。

　慎二の手前、ふだんどおりマコと呼ぶのには抵抗があった。

「青水門のほうまで行って土手を見てきたんですが、それらしい中学生はいなくて」

　いつもより長めのダークブラウンの髪が風になびいて、小宮のすっきりした襟足《えりあし》が見える。一六五センチの身長は、女性にしては高い。それを強調しないように、きょうもフラットシューズだ。それでも、慎二と並ぶと一五センチほどの身長差がある。

「中学生はひとりもいなかった？」

　小宮は下手にある管理事務所を指して、

「あそこの駐車場でローラーボードをしている子たちがいます。彼らとはちがうと思うんですけど」

「通報者は、場所について言っていなかったのか？」

「赤水門というだけでした」

疋田はもう一度あたりを見回した。中学生らしい人はいない。

「どうしましょうか？」

「土手をもう一度、回ってみるか」

「そうですね、二手に分かれましょう」

「おれはここから川上を」

「わたしは、もう一度川下を調べます」

当面の決着がついた感じで小宮は、慎二をふりかえった。

「慎二くん、どうする？　酒蔵に戻る？」

小宮と慎二は自己紹介をすませているようだ。

「戻るか？」

と疋田は訊いてみた。

「でも、もう、すませちゃったし」

「え、あれで自由研究は終わりなのか？」

「説明書をもらってきたし、メモとは別にスマホでイラストも撮ってきたから」慎二は中之島のほうを見やった。「あっちへ行ってきても、いい？」

まだ、子どもだと思った。酒蔵よりも中之島に冒険心をくすぐられるのだ。

「いいけど、なにもないぞ」

走りだした慎二を見送る。

「なかなかハンサムですね」

小宮が言った。

そのとき、土手のほうから声が上がった。

人だ、人――。

疋田は小宮と顔を見合わせた。

土手の側だ。専用橋のたもとに人が集まりだしていた。

ゲートの上がった向こう側の欄干にもたれかかるように、下を覗《のぞ》き込んでいる。そこまで走って、人垣のうしろについた。すまない、とその中に割り込んで欄干にとりついた。

皆と同じように、疋田は下を見やった。

橋のたもとの土手はゆるい坂になっていて、そこから下は護岸整備された岩場が水に浸《つ》かっている。

その黒々とした水面に、白っぽい人の形が浮いている。

昆布《こんぶ》のようにゆらゆらと黒っぽいものが揺れて水面に漂《ただよ》っていた。

人間の髪だった。女だ。うつむけで、服は着ていない。

疋田は身を起こして、左右の人だかりを見やった。

「警察です。見つけたのはどなた？」

ふたりほど手を上げたが、すぐに引っ込めた。しかし、手を上げた人の顔の区別はついた。ひとりは三十前後の子ども連れの主婦。もうひとりはカップルの男性のほう。

ひと声かけようと慎二を見やるが姿はもう見えない。

疋田は小宮に目配《めくば》せして、

「事情聴取してくれ。おれは下に行く」

言いおいて、その場を離れた。土手を回り込み、柳の根本から岩場に下りた。

ピチャピチャと水音が聞こえてくる。岸から二メートルほど乾いた岩場が露出している。その先は、水面下に岩が隠れて、だんだんと深くなり、水門まで八メートルほどの水だまりになっていた。

ゲートの下を、ゆっくり川面《かわも》が下流に向かって動いている。

そのゲートの右手だ。苔《こけ》むしたコンクリート壁に張りつくように、死体がゆっくりと取水口のほうへ移動している。このままでは、流されて行ってしまう。

後先考えている余裕はなかった。

疋田はスニーカーを脱いだ。靴下を履《は》いたまま、岩場に下り立った。

足首まで水につかると、黒々とした岩がふたつ水中に姿を現した。それから先は急深な淵《ふち》だ。目をつむるように、水面に身を投じた。

予想もつかない強力な流れだった。吸い込まれるように、ぐいぐい取水口のほうへもっていかれる。とまどいがパニックに変わった。

シャツとズボンがまとわりつき、身体が動かない。

疋田はがむしゃらに足をばたつかせ、両手で水を掻《か》いた。やがて布地の戒《いまし》めも解《と》け、流れにさからえる感触が湧いてきた。

自分の位置を確認すると、頭上から水門の壁がのしかかってきていた。

目の端《はし》に青白い水死体が見えた。急いでそちらに向きを変えた。

死体には簡単に手が届きそうだった。

取水口は一メートル先。そこから、音もたてないで、大量の水が吸い込まれるように下流へ流れている。

疋田は流れに乗りながら、手のひらで壁にとりつき進んだ。ざらついて見えるコンクリートの壁は、苔におおわれて身を寄せられない。

目前を流されていく死体に反対の手を伸ばした。髪をつかむ。

その拍子に死体がくるっと回転し、仰向《あおむ》けになった。

顔がこちらを向いた途端《とたん》、疋田は息が止まった。

かっと見開かれた眼球が疋田を見つめている。

——まだ生きてる！

急に水位が上がり、押し寄せてきた水に疋田は飲み込まれた。

驚いた拍子に壁から手を離し、疋田は沈んでしまったのだ。

いやというほど水を飲んだ。

あわてて水面に顔を出す。目の前の苔むした壁にかじりついた。しゃにむに息を吸った。

こわごわ、ふりかえる。

女は死んでいるのではないのか？

仰向けになった死体が、目の前を流れていく。

白く濁《にご》った瞳が変わらず空をにらんでいた。

やはり死んでいるのだ。

疋田は壁に左手をあてがい、右手で流れていく死体の長い髪を再びつかんだ。

片手を壁にあてたまま、死体を引いた。

立ち泳ぎして岸を目指す。

重い。鉄の塊《かたまり》のようだ。

足をばたつかせ、必死で身体を水平に保とうとした。それでも死体の重みで水の中に沈みかけた。濁った水の中に何度も顔がはまった。
水面に顔を出しては、水を吐き出し息を吸うの繰り返しだった。
苦しい。手の力は水に流され、肺はもぎ取られそうだ。
死体といっしょに、水底《みなそこ》に引きずり込まれそうな恐怖と闘った。
空いた手で必死に水を掻いた。
いっそこのまま、手放してしまおうか。どうせ下流で上げればいい。
水を叩《たた》く音にまじって、懐かしい声が聞こえた。すぐ先の岩場だ。
小宮がしゃがみ込んで、叫びながら手をふっている。
そこを目指して、疋田はもう一度おもいきり足をばたつかせた。
重しが付いたように死体を引く右手が動かない。
それでも、少しずつ、岸が近づいてくる。
「もう大丈夫です、下、下」
小宮が疋田の腰のあたりを指している。
上体を曲げて足を下に向けた。
足の裏に固い岩の感触を感じた。一歩前に進んで、足元を確かめながら立ち上がる。
胸元まで水がきたが、もう流されなかった。
死体を引きずったまま、岸辺に着いた。

止めていた息を吐いた。後ろ手にしている死体を引き寄せる。死体はまたうつむけになっていて、顔が見えなかった。日に反射して、水滴が光る。女の背中が目に焼き付いた。裏返して顔を見る気が起きなかった。

制服姿の警官の男がふたり、水辺に下りてきて、死体を岩場に引き上げた。

「そっと扱え」

疋田は声をかけると、平たい岩の上にしゃがみ込んだ。全身が鉛のように重かった。まわりは野次馬《やじうま》だらけだった。こちらを見ている小宮と視線を合わせた。慎二の顔は見えない。

ブルーシートで囲われた中に、ショーツを着けただけの裸の女の死体が横たわっている。同じシートの上で仰向けの格好だ。まぶたは閉じられている。強い日差しの元で水はほとんど乾きかけていた。顔も体も、そこそこ肉付きがいい。小ぶりな乳房で身長は一五〇センチそこそこだ。左のわき腹に小豆《あずき》大のほくろ、背中には鶏卵大のアザがあった。半開きの口元は、もともとが反っ歯《そっぱ》のせいだろう。そこから顎《あご》にかけて、ぱっくりと裂けて肉が見えている。

顔や体のライン、肌の感じからして、二十代前半だろうか。手足にびっしりと鳥肌が立っている。

　疋田は遺体の手を上げて、わきの下が見えるようにした。

　左右の首と頬《ほお》の付け根あたりに深い切創《せっそう》がある。同じく、右の肩口から右わき腹と腰にかけても、一〇センチおきに長い切創がついていた。どれもナイフで切られたような切創で、ぱっくりと皮膚が裂けて肉が露出している。水死体なので、傷が生前についたものか、死後についたものかわからない。傷は体の右側に集中しているようだ。

「スクリューにやられたな」刑事課長の岩井安典《いわいやすのり》警部が言った。

　小柄だ。停年を三年後にひかえている。辛抱《しんぼう》強い捜査が信条で、派手さはないが確実にひとつひとつをこなしていくタイプのベテラン刑事だ。休むことなく草を食《は》むヤギにたとえて、ヤギの岩井と呼ばれている。

　七年前に起きた連続幼女殺人事件で、疋田は容疑者につながる有力情報をつかんで捜査本部に通報した。その功績が認められて、平巡査から警部補へ二階級特進した。ところがその後、えん罪とわかり、部内外から白い目で見られるようになった。

　そんな疋田の唯一無二《ゆいいつむに》の理解者。署内の後ろ盾《うしろだて》でもある。

「切創がやや斜めで同じ角度、それが等間隔についていますし、まちがいなくスクリューにひっかけられたものです」疋田は答えた。

　荒川は大小さまざまな船の往来が激しい川である。

「ここもだな」

と岩井は首を指した。

「首回りをスクリューが引っかけて、そのあと体が離れていくに従って、下へ下へと傷がついていったと思います」

肩口とわき腹の傷が大きく、腰にある傷がもっとも小さいのだ。

それらの傷と顔まわりの傷以外に、大きな損傷はないようだ。

岩井は、遺体の指をつまみ上げてじっと眺《なが》めた。

「指紋はとれそうだな」

疋田も同じところを見た。

長時間、水中にあったため皮膚はふやけて、漂母皮《ひょうぼひ》と呼ばれるものが手の全体にできている。

「とれると思います」

女の横にひざまずいた。首を持ち上げてみる。氷のように冷たい。

さほどの抵抗もなく首が動いた。死後硬直が解けかけている。

水中にあったことを考慮しても、死後二十四時間から三十時間というところか。

巡査から一リットルサイズのビーカーを受けとり、口元にそれをあてがった。これからは慎重を期すところだ。

まわりに胸を押すよう声をかけた。

ベテランの巡査がその役を買った。巡査は女の胸に平行になるように両手を重ね、ゆっくりと押し込んだ。女の口元からひと筋の水がこぼれ出た。

もう一度今度は強く押すように命令した。巡査は上体を使って強く胸を押した。すると女の口から、噴水のように透明な液体があふれ出した。あわてて、ビーカーを口元に寄せたが、間に合わなかった。ビーカーで受けきれなかった水が乾いた女の胸元を水びたしにした。

ビーカーの底には三センチほど水がたまっている。

注意深く、何度かくり返させた。そのたび、女の口から出てくる水の量は減っていった。もう胃と肺にたまっている水はないようだ。

疋田はビーカーにたまった水を見た。

底から七分目までできている。七〇〇ｃｃほどだ。

ビーカーからあふれ出た分も合わせると、ゆうに一リットル、いやそれ以上あるだろう。

疋田は死体の口を開いて、中の臭いをかいでみた。毒物の臭いはしなかった。首を絞《し》められた痕《あと》もなく、アイスピックで刺されたような刺創も見当たらない。皮下出血や死斑《しはん》も現れていなかった。死体の切創は、どれも死後についた傷と思われた。

溺死《できし》と見てまちがいない。入水《じゅすい》自殺の可能性が大だ。

疋田は小宮をふりかえった。

「自殺ですか？」

「そう見ていいと思う」

「服は自然に脱げたんですね？」

「そのはずだ」

水死体は服が脱げやすいのだ。

小宮は水門の死体が引っかかっていたあたりを見やった。

この四月にも同じ場所で男性の水死体が見つかった。そのときも、上流での飛び込み自殺だった。

川の上流には、何百万という人が住んでいる。自殺するため、川に飛び込む手段を選ぶ人間もいるだろう。

「……これもアザか？」

岩井は遺体の胸元を指した。鳩尾《みぞおち》より少し上の、胸がくぼんでいるあたりだ。

うっすらと浮き出ているものがある。

「3？」と岩井は言った。

言われてみれば、数字の3のように見える。上半分はカタカナのフのような形をしていて、下半分が丸い半円だ。

「工業デザインの字体みたいですね」

「まあ、なにかの偶然だ。〝川流れ〟だろう」

川流れは溺死を意味する警察の隠語だ。

「わたしもそう思います。この夏はもう三体目です」

「そうだな」

岩井は興味が失《う》せたように、死体から離れた。「疋田、副署長が探していたぞ」

「副署長が？」

「ひどく急いでいた。大丈夫か？」

疋田はいぶかしく思った。副署長の曽我部《そがべ》が、この自分に急用があるという。いったいなんだろう。

「自分はきょう非番ですが」

「そうか。とにかく、行ってみたほうがいいぞ」

「わかりました」

「よし、署長に報告してこよう」岩井は言った。「解剖の結果待ちになるが、まあ自殺だな」

「わたしもそう思います」

「あとは身元か」

「事件性はありませんから、すぐ申告が出るんじゃないですか？」

「そう願いたい。二、三日待ってもだめなら、似顔絵の公開だ」

「そうですね」

「行方不明者のデータベースのチェックもしとけよ」

「あとは小宮にまかそうかと思っています」

「そうだな、悪かったな」

「いえ」

端末で行方不明人を当たれば、該当者が出てくるかもしれない。いなければ、行方不明遺体のデータベースへ放り込む。指紋もとれるから、そこからも追える。とにかく、この件は終わりだ。

落ち着いたとたん、あっ、と思った。

疋田はあたりを見渡した。見えない。警戒線の向こう側におおぜいの野次馬がいる。そこに向かって歩いた。どこから集まってきたのだろう。五十人はいる。そのひとりひとりの顔を見ていった。慎二の姿はどこにも見えなかった。

どこへ行ってしまったのだろう。家に帰ってしまったのだろうか。

せっかくの面会日だったのに、なんということだ。

あの水の深みにはまって、死体とともに水に沈んだり浮かんだり、足をばたつかせたりしているぶざまな姿を見て、慎二はどんなふうに感じただろうか。

副署長が自分を探しているのを思い返した。あまりいい気持ちではなかった。どうせ、ろくでもない用事を押しつけてくるぐらいが関の山だ。きょう一日ぐらい無視しても罰は当たらないはずだ。

八月一日木曜日。午前十一時半になろうとしていた。

2

翌朝出署すると、生活安全課の前に副署長の曽我部が待ち構えていた。

「疋田係長、少し頼みたい用件ができた」

じっとこらえるような口調で曽我部は言った。

昨日、呼び出しを無視したことは根に持っていないようだ。

「なんでしょうか？」

「厚生課長の石田《いしだ》さんを知ってるか？」

「本部の厚生課長ですか？」

「うむ」

警視庁で職員の福利厚生を担当するセクションだ。警務部に属している。

「おまえ、赤羽ハートクリニックの三好《みよし》先生と懇意《こんい》だろ？」

三好は心臓外科を専門にする診療所の医師である。しかし、いったい何の用があるのか。

「懇意というほどではないですよ。診《み》てもらっているだけですから」

「心臓バイパス手術が専門だよな？」

「それに限ったわけではないと思いますが」

部下の小宮真子が通りかかったので、曽我部は疋田の腕を引いてわきによけた。

「石田さんの奥さんのお袋さんなんだが、若いころから糖尿の気があってな。最近は狭心症《きょうしんしょう》がひどくなって、病院を出たり入ったりだ。もう薬じゃ効《き》かないらしくて、いよいよ手術に踏み切るらしい。それでどこで聞いたか知らんが、切ってもらうなら、三好先生がいいと言ってるらしいんだよ」

三好は心臓外科手術の名医だ。手術は半年待ちという噂《うわさ》もある。

いつになく下手に出る曽我部の態度が飲み込めた。この自分に、三好を紹介するだけでなく、なるたけ早く手術の順番が回ってくるよう口添えしてくれと言いたいのだろう。

本部の厚生課長といえば有力者だ。警務畑出身の曽我部が、自分の出世のために有力な後ろ盾となる石田に恩を売っておきたいのはわかる。だから恥も外聞もなく、ふだんは邪険にする疋田に媚《こ》びを売るような態度で接しているのだ。

「直接、クリニックに行ってみたらどうですか?」

曽我部はむせるように、手で口を押さえ、「だからさ、こういうのは最初が肝心だろ?

おまえがついていってやれば、先様の態度だって変わるだろうが」

「わたしが行こうが行くまいが、手術の順番は関係ないと思いますよ」

疋田は曽我部に背を向け、生活安全課に入った。曽我部はついてこなかった。

末松孝志《たかし》巡査部長が熱心に読み物をしている。昨日、川で上がった水死体の死体検案書のようだ。末松は珍しく、黒の長袖ポロシャツにオリーブ色のカーゴパンツという出立ちだ。

「昨日は勝ちましたか?」席につくなり疋田は訊いた。

「あれ、わかります?」末松はいぶかしげな顔でふりかえる。

「その服、おろしたてみたいだし」

末松は照れ隠しでポロシャツの袖をまくり上げ、また読み物に戻った。

競輪に目がない末松は、疋田より三つ年上の四十三歳。昨日の夏休みも、立川《たちかわ》競輪場あたりで過ごしたのだろう。末松の前に座る小宮真子の様子も昨日と違った。あっさりしたボブではなく、ウェーブさせてボリューム感を出している。ファンデーションも、こころなしか厚いようだ。疋田の視線に気づいたらしく、小宮は、「係長、昨日はすみませんでした。あれから、慎二くんと会えましたか?」と言った。

「いや」

「そうですか。だめでしたか」

昨日は昼前に署を出て、すぐ慎二の携帯に電話を入れた。呼び出しても出なかったが、夕方近くになって、本人から電話がかかってきた。「きょうは仕事の邪魔をしてごめんなさい」「いや、こっちこそ悪かった。酒蔵の見学を途中でやめてしまってごめんな」それだけの会話だった。

それより小宮の様子が気にかかる。どことなく、そわそわしている感じだ。

「マコ」疋田は呼びかける。「水死体の身元はまだわからないか?」

「ええ、まだ」

「テレビで流れたのにな」

夕方のテレビのニュースで、年齢や性別、体のほくろやアザについてけっこうくわしく報道していたのだが。

「指紋が一致する人はいませんでした。行方不明遺体のデータベースには登録しておきましたけど」

「朝から仕事ですか?」遅れてやって来た野々山幸平《こうへい》巡査が末松に声をかける。「また水死体が上がった?」

「いいから、茶、茶」末松が追い払うように言う。

「あ、幸平くん、わたしはいいから」と小宮。

「死因は溺水による窒息ね。溺れたわけだ」末松が検案書を読み上げる。「肺と胃の中にあった水からプランクトン反応が陽性と出た。荒川のプランクトンと一致。体の右側に集中する切創は、スクリュー痕と思われるが致命傷ではない。脳出血等の大きな病態はなく、全身の骨格は正常で、折れている箇所はなかった……か」

疋田は昨日、水死体を引き上げたときの状況を話し、溺死であるのに疑いの余地はないと断言した。

「死亡推定時刻は、死体発見時からさかのぼって三十時間前後」末松は壁に貼られた関東地方の地図を見やる。「というと、七月三十日の夜あたりか。それから川を流れてきたとすれば」

「順調に流れてきたとして、桶川《おけがわ》あたりからかな」と疋田。

「川の水温は二十六度でしたから、岩淵水門のあたりでちょうど浮き上がってくる時間帯です」小宮が答える。

「変だな」末松は怪訝《けげん》そうな顔で言った。「係長、溺死肺の徴候は薄いってありますよ」

疋田は末松から渡された検案書に目を通した。奇妙だと疋田も思った。大量に飲み込んだ水は肺に流れて、肺そのものを膨張させる。溺死体の場合、自殺か他殺かの判断は肺の膨張した程度によって左右されるはずだが。

いずれにしても、身元がわかれば疑問はなくなるだろう。

「まだ身元がわからんとなると、埼玉《さいたま》南部にも広報しないといけないかな」疋田が言った。

「そうします」小宮が受けた。

お茶を配り終えた野々山が死体のカラー写真を見やった。「顎《あご》の下をざっくりやられてますね。スクリュー痕以外の傷はついていないか」

「どうして、そう思うんだ？」末松が訊いた。

「七月はじめに浮いた水死体は、すごく傷ついていたじゃないですか？」

「ああ、あれな」

熊谷《くまがや》市内の橋から身投げした男性の水死体が、三日後に今回と同じ岩淵水門に引っかかって浮いたのだ。あのときの死体と比べれば、損傷ははるかに少ない。

「幸平くん、身投げした水死体って、最初は水の底に沈んじゃうのよ。熊谷から下のあたりって、けっこう流れがきついでしょ。岩とかに当たって、体がぼろぼろになるの。だから、一見、酷《ひど》い死体であっても、だいたいは自殺と見ていいのよ」

疋田は説明する小宮の横顔を眺めた。やはり昨日より、生き生きしている。きょうは金曜日だ。夜、なにか予定があるのかもしれない。ひょっとして、男と会う？

「ていうと、この水死体は他殺？」

「そう短絡的な見方をするな」と末松がたしなめる。

「胸に3の刺青《いれずみ》」野々山が写真を見ながらつぶやいた。「近頃はなんでもありだなぁ」

「ちょっと貸して」小宮が写真を手にとる。「これってタトゥー？」

「色を染めてないだろ？」末松が言った。

「ええ、なんて言うのかしら。アザみたいだけど、こんなにきれいな3のアザってある？」

「たぶんこのホトケは三月生まれですよ。三月三日とか三月十三日とか」野々山が言った。

「だから3を入れたって？」末松が訊いた。

「それにしても、こんなところに入れるかしら」言いながら小宮は写真を疋田によこした。

答えようがなかった。胸のくぼみのところに、判で押したような算用数字の3が浮き出ている。溺死肺の徴候が薄いのが気になりだした。

「スクリュー痕がついているし、プランクトンも見つかったから、監察医も適当に診たんだ」末松が言った。「でも、ありきたりの溺死体と違うような気がするな。どう思いますか？」

「末松さん、事件と事故の両面から捜査しろなんて話になりかねませんよ」と野々山。

「のほうがいいような気がするがな」末松は引く様子がなかった。

監察医務院でひととおりの検査はすんでいる。より精度の高い解剖と検査をするべきだと言いたいのか？

「スエさん、どうすりゃ気がすむの？」疋田は訊いた。

「もう一度、しっかり鑑定《かんてい》をやり直したほうがいいんじゃないですか？」

「やり直すっていったって、溺死には間違いないんだし」

やりとりを見ていた小宮が口をはさんだ。「遺体はきょう、茶毘《だび》に付しますけど、どうしますか？」

「この暑さだし、焼くしかないですよ」と野々山が言う。

お骨になれば、身元不明遺体は区に渡り、警察の手から離れてしまう。

「どうしますか？　疋田係長。大学の鑑定に回すように手配しますか？」と小宮。

「やめておこう」

たかが水死体だ。大学に再鑑定を依頼すれば金がかかるし、副署長の了承を得なければならない。

「ちょっと待ってください。まだ身元が判明していないんです。やるべきじゃないですか？」

末松に強く言われて、疋田の気持ちもぐらついてきた。身元が判明したあと、ホトケが事件に巻き込まれたなどとわかれば、死因について不自然に思わなかったのかと問われかねない。疋田は大学に再鑑定を依頼する旨《むね》の約束をした。

副署長に申し入れておかなくては。まず間違いなく、口添えの件を蒸《む》し返されるだろうが答えは同じだ。それより一刻も早く、身元を確定させなくてはならない。

「死体の似顔絵をプレスに流したほうがいいな」疋田は言った。

「刑事課で似顔絵を描いてもらうように頼んできましょうか？」

「頼む。それとカラー写真を合わせて、埼玉南部の警察署に照会してみよう。そうすれば、きっと身元がわかるはずだ」

コーヒーを淹《い》れると言って席を立った小宮のあとについて、疋田も給湯室に入った。

疋田は自分の湯飲みを差しだした。「おれにも淹れてくれるか？」

「いいですよ」

小宮はコーヒーのドリップパックを疋田の湯飲みに引っかけた。

「昨日と違うなって思って。ちょっとめかし込んでる？」

小宮はまんざらでもない顔で、「わかりますか、わかるよね」と言った。

「ひょっとして、例のパーティー？」

「当たり」

「そうか、やっぱり」

独身生活の長い小宮についたあだ名は〝晩嬢《ばんじょう》〟。

この春ぐらいから、たびたび婚活パーティーに顔を出すようになったのだ。

「でもきょうはパーティーじゃなくって」と小宮はいたずらっぽい笑みを浮かべた。疋田はどきりとした。パーティーではないとすれば、もしかして。

「一対一？」

小宮は小さくうなずいて、コーヒーの入った湯飲みを差しだした。いよいよ、そこまで進んだのか？　有力なひとりをとうとう見つけだしたのか？

この女に惹《ひ》かれていると思わずにはいられなかった。婚活が不首尾に終わるのをひそかに願っていたのだ。

受けとるとき、こぼしそうになってしまった。動揺しているのを気づかれてしまっただろうか。給湯室までついてきて、こうして部下の私生活を訊いたりすると、セクハラになるのだろうか。なにも言わず、その場でひと口、コーヒーを口に含んだ。小宮が怒っている様子はなかった。

さて副署長と会わなければ。曽我部は再鑑定で金を使ってもいいが、その代わりに、赤羽ハートクリニックの件はよろしく頼むと言うはずだ。そのときはそのときだと思った。

3

「女性の警官の方も、当直《とうちょく》とかあるんですか？」中原雅弘《なかはらまさひろ》は訊いた。

「もちろん、あります。六日に一度の割合で」小宮は答えた。

「大変ですね。ぼくとあまり変わらないかもしれない」

「違います。雅弘さんのお仕事は、人の命がかかってますから」

中原雅弘は微笑《ほほえ》みながら、フォアグラの茶碗《ちゃわん》蒸しをスプーンですくって口に入れる。スクエアタイプのメガネを載せた鼻は少し大きめで眉毛は細くて長い。硬そうな直毛を額《ひたい》の真ん中で分けている。医師というより、証券マンタイプ。

きょうは会ってすぐ、先生ではなく、名前で呼んで欲しいと言われていた。

「この前、お気に入りは、背の低い人って書いていらっしゃいませんでしたか？」小宮は訊いた。

「急《せ》かされてたでしょ。つい、思いついたんで書いたんだと思いますよ」

小宮もクリーム仕立ての白トリュフにスプーンを入れた。

ガラス張りの天井に、暮れなずむ紫色の空が広がっている。ガラス窓一枚へだてた向こうにあるプールはライトアップされ、六本木《ろっぽんぎ》方面の高層ビルの明かりが星のように輝いていた。ここは青山《あおやま》にあるビルの最上階にある高級イタリアンレストラン。中原は四十二歳になる医師だ。会うのは二度目になる。

はじめて出会ったのは、七月の頭に行われた婚活のパーティーだ。男性の年収が、八百万円以上のいわゆるエグゼクティブクラス。男女合わせて二十人ほどの参加者の中にいた。参加した男性全員と会話をしたあと、希望する相手を選ぶ段取りとなり、その晩は四組のカップルが誕生した。その中に小宮も中原も入っていなかった。小さな失恋気分を抱いたのだ。

しかし、小宮が入会している結婚相談所の担当者から先週末電話が入り、あのときの男性のひとりが、あらためてあなたと会ってみたい意向があるとの打診を受け、きょう会うことになったのだ。

前回のパーティーでは全員が自己紹介カードを書いて、相手方に見せた。中原のそれには、好みの女性は背の低い人と書かれていたのだ。

「パーティーで話したこと、覚えてます？」中原が訊いた。

「たくさんの人と話しましたから、ほとんど覚えてなくて」

「ぼくは忘れてしまわれたかな？」

「忘れてなんていません」

パーティーが終わったあと、ホテルのホールで話しかけられたのは覚えている。ハンサムな人という印象は持ったのだ。

　小宮は残っていたワインを飲み干した。空になったグラスにウエイターがワインをつぎ足し、中原にもついだ。食前にシャンパンで乾杯して、二杯飲んでいるから、すでにかなりのアルコールが入っている。

　つい、相手をじっと見ていた。元々、目つきがきつい自分だから、注意しないと。

「わたしを覚えていてくれて、ちょっとうれしかったです」小宮は言った。

「いえ、あなただけ飛び抜けて美しく見えましたけど」まっすぐ目を覗き込んで中原は言った。「明るいし、すごく若々しいし」

　メイン料理の鴨《かも》肉のローストが運ばれてきた。添えられた野菜のソテーから、にんじんを選んで口に入れる。

「警察の人と聞いて、最初はちょっと、びびりましたけど」

「え、そんなに怖がらないでください」

「冗談ですよ。わたしみたいのはどうですか?」

「お医者さん?」

　ローストを頬張《ほおば》りながら、中原が、期待を込めた目で頷《うなず》いた。

「それは尊敬しますけど」

「わたしもですよ。どんなに苦しくたって、歯を食いしばって社会の第一線で働いている女性は素敵だなって思うし、そんな人とお付き合いできればいいなとずっと思っていたんですから」

「でも職場に、大勢いらっしゃるんでしょ？」

「うちは、そうでもないんですよ。皆さん、そこそこいってるんです」

自分も三十五歳なのだが、いいのだろうか。

中原は、葛飾《かつしか》区の青戸《あおと》にある総合病院に勤めていて、消化器内科を担当していると話した。ほかにも二カ所、病院をかけ持ちしている。家族は四人。両親は埼玉の三郷《みさと》に住んでいて、結婚している妹が都内に住んでいると言う。

小宮も家族について話した。父親は一昨年、肝臓《かんぞう》ガンで亡くなった。母親の政恵《まさえ》は実家で弟の浩之《ひろゆき》と同居している。浩之は国立大学の大学院で社会思想史の研究をしていて、去年、岩手《いわて》県の私大から准教授の誘いがあったものの、都合が悪くて行けなかった。実際は政恵が浩之をそんな田舎の大学などに行かせない、と断固として応じなかったのだが。五つ歳《とし》の離れた弟を母親が溺愛しているなど、口にしなかった。生活安全課の刑事という役回りを話すと、中原は目を輝かして聞いてくれた。

「自分を気に入ってくれる人が大事かなと思うんですよ」中原は言った。「それと、ぼくといっしょにいて、それが楽しいと思ってくれる女性。お金目当てだと、ちょっとつらいかな。とにかく、裸の自分を気に入ってくれる人が一番だと思います」

それほど気に入ってくれたのだろうか。婚活はやるも地獄、やらぬも地獄。そう担当の女性が言っていた。結婚歴のある人やずっと年上の人から申し込まれると、つい腹が立ったりするかもしれないが、そこは我慢のしどころだとも。自分を受け入れてくれる包容力のある人を大切にしなさいと。中原に結婚歴はない。身長も一七五センチほどあり、女にしては背の高い自分とも釣り合いがとれる。ひょっとして、自分は、すごくいいチャンスに恵まれたのではないか。それも最初で最後の。

4

水死体の身元が判明したのは、週明けの月曜日だった。都内の短大に通う朝倉《あさくら》結衣《ゆい》二十歳。テレビのニュースに出た似顔絵と身体特徴を見た家族から警察に問い合わせがあったのだ。疋田は小宮とともにクルマで再鑑定を委託した東京《とうきょう》大学に向かった。二日ぶりに顔を合わせた小宮は、先週にもまして明るかった。その理由はひとつ。デートがうまくいったから。疋田は正直、面白くなかった。どうして勝手に男と会ったのか——。そんな話は、おくびにも出せなかったが、心の底ではそう思っていた。慎二からの電話もなく、連休だった土日は、だれからも見放されたような気分で過ごした。

疋田は警察無線を止め、助手席から運転する小宮に、相手の男について訊いた。

「わりと感じのいい人でしたけど」

小宮は疋田をふりかえらず、まっすぐ前を見ながら言った。

疋田など、まるで眼中に入っていないようだった。それ以上、訊く気もなくなり警察無線を入れた。

東大医学部に着くと、遺族が遺体の冷凍保管庫から出てくるところだった。

小太りな母親は血の気が失せて、瘦せた背の高い夫にすがりつくように歩いていた。別室で両親に死体発見時の状況を説明した。結衣はひとりっ子だと言う。

「あの子、水なんて大嫌いだったのに」悲しみと悔《くや》しさではち切れんばかりに、母親は机に顔を伏せた。机に落ちた涙が腕と重なって筋を引いた。

夫は妻の頭を抱え込むように胸に引き寄せ、こらえきれずに嗚咽《おえつ》を洩《も》らした。

まったく話にならなかった。しばらく部屋を出てから、もう一度戻った。

母親の朝倉路子《みちこ》はまだ目元を赤く腫《は》らしていた。丸顔でさほど多くない髪が額から垂れている。眉根に深い縦皺《たてじわ》をよせ、いつ泣き出してもおかしくない面持《おもも》ちだ。父親の泰久《やすひさ》はそれに較《くら》べて、まだましだった。顎を引いて唇を引き締め、ぐっとこらえている。細い首に筋が浮き出て、半白髪の髪の毛のところどころが乱れて立っていた。路子は五十代前半、泰久は六十歳に近いだろう。泰久は、戸建て住宅販売会社の営業課長。母親は専業主婦だ。南千住《みなみせんじゅ》のマンションに住んでいて、亡くなった結衣は、短大入学と同時に、ひとりで練馬《ねりま》のアパート住まいになった。そこから、近くにある短期大学に通っていたという。

七月末の結衣は、どこにいたのか訊いてみたが、アパートにいたかバイトをしていたと思うと泰久が答えた。バイト先は知らないと言う。

友人たちと荒川の上流で水遊びなどをしていたのではないかと遠回しに訊いてみた。すると、母親は疋田をきっとにらみつけた。

「あの子って、小さいころから泳ぐのが大嫌いな子だったんですよ。川で溺れるなんて、あり得ません。だいたい川になんて近づかない」ハンカチをちぎれるほど握りしめながら、路子は言った。

「あの、自殺を疑っているんですか？」泰久が静かに抗議するような目で、疋田を見返した。

「うちとしては、あらゆる方面から、調べなければなりませんから」

路子の顔がみるみるピンク色に染まった。握りしめた拳《こぶし》で机を叩いた。「ですからあの子は、川なんかで泳がないし、飛び込んで自殺なんてしません……もう」

絞り出すように言うと、意識が遠のいたように目をつぶり、夫にもたれかかった。

「あの、お父さんは？」小宮がやんわりと口を開いた。

「明るくてほがらかだし、お小遣いだってバイトで稼《かせ》ぐし、ほんとうに手がかからない子なんですよ。短大だって希望どおりのところに入ったのに、どうして自殺なんかするんですか」

「あの、お父さん……結衣さんは、よくご自宅にお帰りになりましたか？」

「去年はよく帰ってきましたけど、今年になってからは、ふた月に一度くらい。就職活動が忙しかったようです」

「前回帰ってきたのはいつですか？」

「六月の頭だったと思います。泊まらないで帰って行ったよな」

泰久が路子に確認したが、反応はない。

「そのときの様子はいかがでしたか？」

「何もないですよ。変わったところなんて」路子があいだに入った。

「異性のお付き合いされていた方はいらっしゃいますか？」

「高校時代はいたみたいですけど。いまはどうかな、おい」

泰久から呼びかけられ、路子は小宮に顔を向けた。なにも言わず、ただ首を横にふるだけだった。

「短大で結衣さんと親しい友人はご存じですか？」

「さあ。大学に入ってからは、あまり知らなくて」泰久が言った。

「先生はいかがですか？　よく名前が出てきた方はいませんでしたか？」

「ないです」

「大宮や桶川とか。埼玉方面にご友人はいらっしゃいませんでしたか?」疋田が訊いた。

「そっち方面にはいないと思いますけど、わからないです」

「あの、もうひとつだけ、伺《うかが》わせてください。結衣さんからトラブルに巻き込まれているような話を聞いたことがありますか？」小宮が訊く。

「わかりませんよ。離ればなれで、暮らしてるんだから」母親がつっけんどんに言った。

「でもあの子に限って、悪い人と付き合うとか、絶対にありませんから。ね、お父さん」

「うん、ないない、ありっこない」

どうしたものかと疋田は思った。ここは心を鬼にして訊かなければならない。

疋田は、遺体の肺にあった水から荒川のプランクトンが検出されたため、自殺の可能性が高いと説明した。しかしながら、溺死の徴候が薄かったり、遺体の損傷がさほどではなかったことも話した。監察医務院で司法解剖を行ったが、慎重を期するために、東大で再度の解剖と検査を行う旨を話して聞かせた。それについては異存がないようだった。

念のための捜査であると、嚙《か》んで含めるように説明したのが幸いしたらしく、両親の様子は落ち着いてきた。

「何かの事件がらみで殺された可能性があるんですか？」おずおずと泰久が訊いたので、

「その方向でも調べます」と疋田は答えた。

聞いていた路子が、「殺されたとかって……わたし」そこまで言って、言葉を飲み込んだ。

「お母さん、そうと決まったわけではありませんよ。念のためですから」

路子は目の端をつり上げて、疋田をにらみつけた。「自殺なんかじゃないんですよ。殺されたに決まってるじゃありませんか。わからないんですか」

母親の態度に圧倒されて、疋田は返事ができなかった。父親も反論しなかった。小宮と目が合った。なんと返事をすればよいのかわからないという顔だった。

「お気持ちはよくわかりました」疋田はどうにか口にした。「われわれも、力を尽くして捜査しますので、ご協力くださいますか?」

路子は歯を食いしばるように疋田を見すえた。「仰《おつしや》るまでもありません。どんなことでも構いませんから、何でも申しつけてください。そうでもしないと、あの子がかわいそうでかわいそうで……」そこまで言うのがやっとだった。ひとしきり泣きやむまで、待つしかなかった。

そのあと、結衣の携帯の電話番号をはじめとして、親戚など結衣と関わりのありそうな人物の携帯の番号を教えてもらった。練馬にある結衣のアパートを調べるのを了承してもらい、明日の午前十一時にアパートで待っていると約束してくれた。再度の解剖はきょうの午後二時から行い、遺体の引き取りは、それが終わってからになると話して了解を得た。

　自宅に帰るふたりを駐車場まで見送ることにした。建物の外に出ると、焼けるような日の光にさらされた。疋田と小宮で、両親をはさむように歩いた。途中で大まかな葬儀日程について父親と話しているとき、ヒリヒリするような暑さだ。疋田は胸の傷について尋《たず》ねた。「お嬢さんの胸に数字の3の形をしたアザのようなものがありましたが、あれは小さいころからのものですか？」

　突然、路子の足が止まり、その場で動かなくなった。半歩ほど遅れて、泰久も止まった。路子が心細げな顔で、泰久の顔を見上げている。泰久の顔にも、似たような不安の色が浮かんでいるのを疋田は見た。

　どうしたというのだろう。おれはいま、ふたりの気に障《さわ》るようなことを口にしたか？

「ご気分、すぐれませんか？」小宮がいたわるように言った。

「日陰で休みましょうか？」疋田はイチョウ並木の木陰にふたりを誘ったが、ふたりは、容赦《ようしゃ》ない陽光に照りつけられるまま、じっと佇《たたず》んでいた。

　路子の顔は血の気が失せ、血管が透《す》き通るほど青ざめていた。泰久は硬い表情でその顔を見守っている。ふたりは目で会話しているような感じに受けとれた。泰久の細い体に路子がもたれかかると、ふたたびゆっくりと歩きだした。それまでよりひどく足取りが重そうだった。

何があったのだと思った。疋田はふたりに、問いかけたかった。しかしふたりは何者もよせつけない厳しい空気を発していた。降りかかる強い日差しと蟬《せみ》の鳴き声にはばまれて、それ以上、なにも訊けなかった。

「自殺じゃないみたいです」ハンドルを握る小宮が言った。

どことなく、ぎこちない運転をするのは、かかとの高いパンプスを履いているせいだ。本革のベルトのついた靴《くつ》。背が高いのを気にして、ふだんはフラットシューズ専門なのだが、デートがうまくいった証《あかし》だろうか。

「マコは殺しだと思うのか？」

「どうかなあ。ご両親とも、娘さんの最近の生活は、把握していないみたいですから」

「たとえば、男友だちと喧嘩になって、川に投げ込まれたとか？」

「裸だったし？」

水の中で服が自然と脱げたとすれば、当然体にも様々な損傷ができているはずだ。それはほとんどなかった。

「男の家でなにかトラブルになって、風呂に沈められたとか？」

「でも荒川のプランクトンがあったし。ホトケが通っていた短大に行って、聞き込みをするしかなさそうですね」

「夏休みだしなあ」

「彼女のクラスの名簿をもらって片っ端から電話すれば、親友はすぐわかると思いますよ。バイト先も」

「そうだな。携帯の通話記録も調べるか」

小宮は別れ際にふたりが見せた変化について口にした。疋田にもまったく見当がつかなかった。夕方の遺体の引き取りのときに、もう一度尋ねてみてくれと頼んだ。

話しているうちに、小宮とのあいだにできたわだかまりが解けたような気がした。疋田は思い切って、デートの相手について訊いてみた。

「四十二歳のお医者さんです」小宮はそう言うと、また頬に小さなえくぼをつくって、笑みを浮かべた。

相手は医者なのか。いったいどんな男なのだ。ハンサムなのか。背は高いのか？　年収はどれくらいある？　小宮がうれしがる様子が理解できた。デートをしたからといって、引き下がってはいけないと思っていた疋田だったが、みるみる気持ちがしぼんでいった。

「なんのお医者さんやってる人なの？」とりあえず疋田は訊いた。

「病院の勤務医ですよ。消化器内科が担当で。先週会ったのは二度目なんですけどね。前にパーティーやったとき、わたしを覚えていてくれたんです」

そう話す小宮の目が、きらきらと光っていた。

話した中身はなんだろう。結婚を前提にした付き合いをしよう、くらいは話したに違いない。

「疋田係長、このまま署に戻りますか？　それともクリニックへ？」

疋田はコンソールの時計を見た。十一時を回っていた。昼前に寄らせてもらうと、赤羽ハートクリニックには伝えてある。署に戻っている時間はないようだ。

「このまま送っていってくれ。帰りは歩いて署に戻るから」

「わかりました」

小宮は相手の医師の名前や家族構成も話した。青山のレストランで食べたものや話した中身まで聞かされた。自分に相談めいたものをもちかけているのではないかと疋田は疑った。この結婚って、わたしに、おあつらえ向きですよねと。はじめてのデートでそこまで口にするものかと、聞いていて相手の男を不審に思う瞬間もたびたびあった。小宮が自分からどんどん遠ざかっていくような気分に襲われた。聞いているのがつらくなり、エアコンの温度の設定を思いきり下げた。

赤羽駅東口の盛り場のはずれで、疋田はクルマから降りた。雑居ビルが建ち並ぶ一方通行の通りだ。赤羽ハートクリニックは、四つ辻《よつじ》の角にある総タイル張りの五階建てビルの三階に入居している。通りをはさんで向かいは、ＤＶＤのレンタルショップ。斜め向かいは洋品店だ。

狭い玄関で顔見知りのガードマンに挨拶《あいさつ》して、三階に上がった。広い待合室だ。左手から窓側にそってソファがある。疋田が入ったとき、白衣を着た女医とすれ違った。はじめて見る顔だ。新しく入ったのだろうか。女医が検査室の前を通りかかると、扉が開いて、目つきの鋭い痩身の男が顔を出し、中に誘った。男の陰からでっぷりした大柄な男も顔を見せた。ふたりとも、患者のようには見えなかった。検査室には超音波検査と心電図をはかる器械が置いてあるだけだ。受付嬢に声をかけられ、疋田は診察室に通された。

両袖椅子《りょうそでいす》に座っている白衣姿の男が、椅子を回転させて疋田をふりかえった。聴診器を首にかけている。白髪だ。こめかみに向かって逆ハの字の形で伸びる眉毛のせいで、意志が強そうな印象を受ける。今年、五十二歳になったばかりの心臓外科医の三好英正《ひでまさ》だ。

「疋田さん、どうですか、お体の調子は？」

「おかげさまで、ほとんど痛みはないです。というか、以前のは痛みだったのかどうか、忘れかけているくらいですから」

「そうでしょう。なにも異常は見つからなかったんですからな」

「いや、お恥ずかしい」

七月に診てもらったとき、疋田は心臓神経症と診断された。心臓の異常はまったくないのに動悸《どうき》や息切れや胸の痛みを感ずる病気だ。胸のあたりがちょっと苦しくなると、それが心臓のせいだと思い込んでしまい、あげくに、心臓の痛みを感じると思い込んでしまう神経症である。クリニックが契約している総合病院で精密検査をしてもらい、疋田はまったく心臓に異常がないと診断されたのだ。

「きょう、手術日ではないですね？」疋田は訊いた。

このクリニックは診察専用だ。レントゲンや心電図などのごく簡単な検査をする設備しかない。本格的な検査や手術は、すぐ近くにある総合病院で行っている。

「月曜はないですよ。午前の診察は終わりましたから、いくらでも時間があります。きょうはまた、どんなご用件になりますか？」

疋田は、知り合いの母親が狭心症で、先生に診てもらい、そのうえでなるべく早く、手術を受けたい意向であると話した。

「ほー、どんな具合なの？」

「木場《きば》の病院に入院している方なんですが、動脈にバルーンとかいうのを取り付けているそうで、かなり苦しいとか」

「バルーンパンピングですね。器械につながれているわけだ」

「そう言っていました」

「そこの病院で手術はおやりにならない？」

「それが是非先生にと言うんですよ。実を申しますと、上司の依頼で断るに断りきれなくて弱っています」

真顔《まがお》で聞いていた三好がにやりと笑みを浮かべた。

「一度診てみましょうか」

疋田は頭を下げた。「助かります」

「いいんですよ。わたしもね。ちょうど疋田さんにご相談したい件ができましてね。いよいよわたしも、べつの病院に移れそうなんですよ」

「ここは閉めるんですか？」

「ちょっと手狭でしょ。もっと多くの患者さんを診てあげたいなあと、いつも思っていましてね」

それは疋田も以前からふしぎに思っていたのだ。心臓外科医として超一流の腕を持ちながら、大学や総合病院に籍を置かず、小さなクリニックで細々と診療しているのはいかにも不釣り合いだと。

「もっと大きな病院に移るんですね。それはよかった」

「二〇〇床規模ですけど」

「大きいじゃないですか。総合病院ですよね？」

「そうなりますな。設備の整ったところで、たくさんの患者さんを診てみたいという夢が捨てきれませんのでね。そこは優秀な心臓外科手術の医師もそろってますから」

「どちらになります?」

「津田沼です。でね、疋田さん。大きな病院ともなると、けっこううるさい患者さん方も見えるでしょ?」

「います、います。モンスターペイシェントなんて、うじゃうじゃいますよ」

「そのあたり、お知り合いで退職なさる方でもけっこうなんですが、少し面倒を見てくださる方がいると助かるんだがなあと思っています。コンサルタントの連中に訊いても、こっち方面はさっぱりですから」

さっき検査室にいた男たちはコンサルタントだろうか。

「そうですか。最近はうちのOBでも、病院に再就職するのが増えてますからね。承知しました。それなりの人に当たってみます」

「それはありがたい。ひとつよろしくお願いしますよ。そうだ、ちょうどいい機会だし、新しく入った先生をご紹介しますから」

「女医さんでしょ?　さっき見かけましたよ」

「ああ、そう」三好はそう言うと、インターホンで、「赤羽中央署の疋田さんが見えているからって渡部《わたべ》先生を呼んでくれないか」と言った。

「手術をしてる病院から紹介されてね。無給でいいから、わたしのところで修業したいって。四月からときどき、来るようになって」

しばらくしてドアが開き、受付の女が顔を見せた。

「あ、すみません。渡部先生ですが、予約した患者の方がいらっしゃって、手が離せないと言うんですけど、どういたしましょうか？」

「予約？」

「あ、はい」

「おかしいな」三好は怪訝そうな顔で言った。「まあいいでしょ、次の機会で」

「わかりました。そうお伝えします」

受付嬢が出ていくと疋田はひとしきり、三好と心臓病について話した。聴診器を当ててもらい、あらためて心臓を診てもらった。気がつくと一時を回っていた。

5

「いまの警官は、何者ですか？」

落ち着いた感じで内海《うつみ》が訊くと、白衣を着た三好がふりかえった。

「いまの？　ああ、赤羽中央署の生活安全課の刑事だよ。先月、胸の痛みを訴えて受診に来たんだよ。本人は心臓病でも何でもないけど」三好が答える。

「それだけですか？」

「そうだよ。どうかしたのかね、代表」

内海は、三好のとなりに座る下地《しもじ》の顔を一瞥《いちべつ》した。下地は問題はないだろうという顔で頷いたので、内海はぽってりした頬に、にこやかな笑みを浮かべ、上目遣《うわめづか》いで三好を見やった。ベルトのあたりについた肉がたるんでいて、少しだらしない印象を与える。相手を油断させ、懐《ふところ》に入るための体型と演技だ。

「いや、先生、大事なときでしょう。きょう伺ったのは、先生の最終的なご意志を確認するためですから。よろしいですよね？」

三好は、心外そうな顔で内海を見つめた。「代表、資金の都合さえつけば、買収するのにやぶさかではないよ。この前も伝えてあるだろう」

「あっ、失敬。わかりました。何度も申しわけありません。買収総額は十二億円。それから買収と同時に、向こう方の銀行に出向いていただいて、借金の保証人になる手続きをする……。という流れでよろしいですか」

「それもいいと言っているじゃないか。五億円だろ」

「かしこまりました。では、しかるべく手続きを進めさせていただきますので」

軽く頭を下げる。

「ああ、そうしてくれ。きみらだって、二パーセントのコミッションが入るから、早めにまとめたいと思ってるんだろう？」

「また、先生」内海はしきりと恐縮しながら言うと、下地の顔を見やった。

下地は乾いた鋭い目を三好に向けた。こちらはバリバリの仕事人間、内海の懐刀《ふところがたな》の印象だ。「わたしどもヘルスエンゼルは、ひとつの医療機関を通じて、地域の苦しんでおられる患者さんたちを救うのが使命でありますので。その一助になればと必死で橋渡しをさせていただきます」

「下地さん。きれいごとはいいからさ、津田沼のほうの経営状態は実際どうなの？　まだ赤字から抜け出せないの？」

「いま注目しているのは病床の稼働率です。八〇パーセントまで上げられたら、半年で単月黒字に回復できます」

「そう、うまくいくといいがねえ」三好は言うと、窓際に立っている女医に目をやった。栗色の長い髪だ。きょうは化粧が一段と濃い。白衣の上からも肉付きの良さそうな体が透《す》けて見える。

渡部陽子《ようこ》は三好の顔を見つめて、こっくりとうなずいた。「院長先生、内海代表は、実績をお持ちですから。いま日本で病院の買収を手がけるコンサルタントとしてはナンバーワンだと思います。だめなものはご紹介しません」

三好は内海をふりかえった。「津田沼の理事長は何と言ってるの？」

「さすがにお年ですから、病院の経営の隅々《すみずみ》まで目を配るというわけにはいきません。でも話していると、こちらが学ぶ事柄も多いですよ」

「そうだろうねえ。あれだけの病院にまでしたんだから」

「もともと病院の質は非常に高い。コスト削減をしっかりやって、目標管理を徹底すれば、経営状況くらい、あっという間に好転するはずです」

「わかってる、わかってる。それよりこっちのファイナンスだよ。明後日、ネクストが来るんだ。きみらもいてくれるんだろうね？」

ネクストは大手クレジット会社の傘下にあるノンバンクである。法人への貸付業務が専門で、明日はそのネクスト側から査定が入るのだ。十億円を超える買収費用をぽんと貸してくれる銀行などいまはない。

「もちろん同席させていただきますよ。必要に応じてアドバイスをいたしますから」

ネクストの取締役のひとりが、内海とは旧知の間柄にある。彼に依頼して金を引っぱってくるのだ。ただし、査定は純然たるビジネスだが。

「たのむよ。こっちだって、全部さらけだすつもりでおるんだから」

「承知しております。お任せください。先生の夢を実現させていただきます」

内海は両手を脚にのせ、深々と頭を下げた。

「うむ」三好は口を引き結んで、大きく頷いた。「渡部くん、きみも入ってもらうよ」

「かしこまりました。代表をご紹介した以上、わたしにも責任がありますので」

渡部はしっかりした物言いで、三好に歩みより、手入れの行き届いたネイルが光る指をその肩にあてがった。「院長先生なら大丈夫です。業界一の腕をお持ちなのですから。向こうの病院に移れば、思う存分、腕をおふるいになっていただけます」

三好の顔にまんざらでもない笑みが広がるのを内海は見つめた。

この案件はまとまる。確信に近い思いを抱いた。

第二章　再鑑定

1

翌日。約束した午前十一時を回っても、朝倉結衣の両親は姿を見せなかった。葬儀の準備に手間どっているのだろうか。住まいは荒川区の南千住だから、クルマで三十分の距離だ。万一を思って、アパートの検証令状も昨日のうちにとっておいたのだが、いつまで待たせる気だろうか。

冷房を目一杯効《き》かせているのに、日の光をまともに浴びて車内は暑苦しい。東武《とうぶ》練馬駅の東側、アパートが固まっている一画だ。個人商店にはさまれた狭《せま》い空き地にむりやり、クルマを停《と》めているのだ。

「十一時なら充分、間に合うと言っていたのに」

昨日の晩、遺体の引き取りに付き合った小宮も不服そうだ。

「お通夜《つや》は何時から？」

「五時から、自宅近くのセレモニーホールです。なにかあったのかしら」

小宮は朝倉泰久の携帯に電話を入れたが、つながらないようだった。

電話しているあいだ、小宮の首にかかる青く光るネックレスを見た。こんなものを身につけているのを見るのははじめてだ。サファイヤだろうか。もしそうなら、九月生まれの小宮にとって誕生石になる。直径が五ミリ以上あり、相当な金額のはずだ。例の医者からのプレゼントに違いない。着ているカーキ色のTシャツとは不似合いだ。

電話を終えた小宮と目が合ったので、疋田はあわてて、朝倉結衣の両親の指紋は採ってきたかと訊いた。これからの現場検証に関係者の指紋が必要なのだ。

「昨日、採ってきましたけど、なにか？」

「なんでもない。時間がかかるようなら、大家を呼んで立ち会いをさせよう」

署から鑑識《かんしき》員も連れてきている。

「疋田係長、昨日も赤羽のお医者さんに行きましたけど、心臓は大丈夫ですか？」

「ああ、大丈夫だ」

昨日、疋田が赤羽クリニックに寄ったのは、心臓を診てもらうためだと小宮は思っている。実際は副署長の曽我部の申し出を受けて、訪れたのだが、それは言わないでいた。

「副署長、よくすんなり捜査を承知してくれましたね」

「思うところがあったんだろう。もう待てないな。大家を呼ぶぞ」

疋田が言うと、小宮はクルマを出ていって、五十代の細身の女性を連れてきた。

大家に検証令状を見せ、立ち会うように伝えると、平身低頭で小ぎれいな三角屋根のアパートの二階へ案内してくれた。

一番東側の部屋だ。通路から東武東上《とうじょう》線の線路が見える。朝倉結衣の部屋には表札が出ていなかった。ドアを大家が合い鍵で開けた。疋田と小宮は手袋をはめ、鑑識員のふたりに待つように目で合図を送った。

狭い玄関だ。女物のサンダルが、きれいにそろえて置かれてある。靴入れの中にある靴もすべて女性用だ。小さな上がり間があり、両脇にドアがついている。靴を脱ぎ、足カバーをつけて上がった。むっとする暑さだ。右ドアはトイレ、左手は洗面所と風呂場だ。洗面所に様々な化粧品が乱雑に置かれているが、荒らされてはいない。

上がり間の戸を押し開いた先は、細長いフローリングの一間だった。壁に背の高いスタンドミラーが立てかけられ、液晶テレビが床にじかに置かれている。その反対側には、小ぶりなベッド。バルコニーのある窓際に小さな本棚があり、本がぎっしり詰め込まれていた。こちらはすっきり片づいている。ベッドの上にもどこにも争った形跡はない。エアコンを入れた。

ブラウン系で統一された家具は温かみが感じられた。ひとりの時間は読書をして過ごすタイプだろうか。ベッドサイドに少しだけ雑貨を飾ってある。

「月七万なら、このくらいか？」疋田は言った。

「このあたり学生さんが多いから、けっこう相場が安いみたいですよ」

上板橋《かみいたばし》の自分のアパートよりも、住み心地が良さそうだと疋田は思った。

足元に注意しながら、床を見ていく。血痕や引っかいたような傷はなかった。きれいに片づいた台所に、小ぶりな炊飯ジャーが置かれ、流しの収納庫には米袋と食パンやスパゲティの袋がある。きちんとたたまれた下着や服が、クローゼットの中におさまっていた。男物はどこにも見当たらなかった。

「争ったような跡はないです」

「そうだな。あの洗面所をのぞいてどこもきれいだ」

「見事なくらい。なにもないっていう感じ」

「どうして、そう思う？」

「なんて言うか、目につくよけいなものを荷物にまとめて、持ち出したような気がしませんか？」

そうだろうか。自分の目にはきれいに片づいているとしか見えないのだが。

疋田は冷蔵庫の扉を開けてみた。

オレンジ果汁百パーセントのジュースと牛乳が二本ずつ。タラの切り身や合挽肉《あいびきにく》。十個入りの卵パックと絹豆腐《きぬどうふ》が二丁。トマト、うどん、納豆。キャベツが丸ごと一個とほうれん草、そのほか諸々の食材が、ぎっしりとすき間なく詰め込まれている。ラベルの製造日をチェックする。合挽肉は、七月三十日午前七時製造となっていた。それ以前に製造されたりパックされた食材もあるが、七月三十日以降に作られたものはない。

「見るだけで満腹になりそう」

冷蔵庫を覗《のぞ》き込んだ小宮が言ったので、疋田は製造日を伝えた。

「水死体で見つかる二日前までは、ここにいたんだわ」小宮は言った。「三十日にまとめ買いしたんでしょうね。レシートないですかね？」

「ないな」

「おかしいですね。ごみカゴにも見当たらないし」

「ラベルには店の名前が入ってるから、あとで回ろう」

住所録や手帳、それに預金通帳といったものは見つからなかった。携帯の充電器もない。医療事務を専攻している結衣の本棚には、雑誌やマンガのほかに医療関係の専門書が多い。ノート類はなかった。

岩淵水門で引き上げた水死体と、ここに住んでいた住民がどうしても、頭の中で結びつかなかった。アパートのまわりに水路のたぐいはない。荒川の支流にあたる新河岸川にしても、北に三キロ行かなくてはならない。もっとも、そこで身投げすれば、水門に流れ着ていた。


いてもおかしくはないが。

「カレンダーを貼ってあった跡かな？」

小宮が見ている壁のところに、画鋲《がびょう》で刺《さ》したような穴が開いていて、うっすらと変色していた。

「結衣の知り合いに連絡がとれないかな？」

「両親は短大の友人は知らないと言っています。通夜に行けば、会えるんじゃないかしら」

その場でもう一度、小宮が朝倉結衣の父親に電話をすると今度はつながった。ひとしきり話して小宮は電話を切った。

「いろいろと準備があって、来られないそうです」

「行くしかないな」疋田は小宮の顔を見て言った。

「お通夜に、わたしが？」

うなずくと、はい、わかりましたと小宮は言った。

鑑識が作業しているあいだ、疋田と小宮は結衣が食材を買ったスーパーに出向いて聞き込みをした。やはり、朝倉結衣は七月三十日の午前十一時過ぎに、スーパーで食材をまとめ買いしていた。途中で小宮は南千住に出向いていった。

検証作業が終わったのは、午後七時半を回っていた。疋田は単独で署に戻った。

署の受付の巡査から、「お客さまがお待ちです」と声をかけられた。

玄関脇の待合室にアイボリーのサマースーツを着た女が座っていた。髪を短くカットしていたので、気づくのに時間がかかった。

待合室に入ると女は立ち上がって疋田の顔をにらみつけた。背が高くなったのかと思ったが、ハイヒールを履いているせいだとわかった。

「どうした?」疋田は声をかけた。

「ずいぶん、待ちました」恭子は言った。

五年前に別れた妻だ。電話では何度か話しているが、面と向かって会うのは、五年ぶりになる。以前はジーンズにせいぜいチュニックあたりで着流していたのに、髪型といい、スーツといい見違えるほどだった。しかし、張りつめた表情でいるので、気安く声をかけられなかった。

「どうして、死体なんか見せたんですか?」大きな目を細くして恭子は言った。

それかと疋田は思った。荒川で見つかった水死体を引き上げたとき、慎二も居合わせた。そのときのあらましを、慎二は洩《も》らしたのだろう。わざわざ、それを言いに来たのだろうか。

「通報があって、行かざるを得なかったんだよ」

「休みの日も仕事ですか?」

「たまたま近くにいた。仕方がなかったんだ。わかるだろ？」

「それとこれとはべつじゃないですか？　見せなくてもいいものを見せたんだから。ありえない」

「いや、あるとかないとか……」

疋田は五年越しの喧嘩が続いているような錯覚に陥《おちい》った。

「あれ以来、慎二はずっとふさぎっぱなしです。勉強だってしないし」

「勉強……嫌いか？」

そうは見えなかったのだが。

「あなたに関係ありません。とにかくこうなった以上、慎二と会わせるわけにはいきません。それを言いに来ました」

それだけ言うと、恭子はそそくさと待合室をあとにして、正面玄関から出て行ってしまった。一分か二分足らずのあいだの出来事だった。一言も歯向かえなかった。相手は準備万端整えて、この自分を待っていたのだ。

水死体を見るのがそんなに悪いか。面会の機会を台無しにしたというなら、はっきりそうと言ってくれればいいのに。

わざわざ、やって来たのに、なんの意味があるのだろうか。……難癖《なんくせ》をつけるためにだけ、来たに違いない。慎二はどう思っているのだろうか。

苛立《いらだ》たしさが全身に広がる。殺気立った気分で生活安全課の暖簾《のれん》をくぐった。

野々山が書類の山と格闘していた。少年犯罪の統計を取っているのだ。東大へ依頼した解剖の鑑定結果がおさまった茶封筒が疋田の机に置かれていた。末松がいないのでどこに行ったのか訊《き》くと、

「補導に出かけましたけど」と、野々山が言った。

「補導？」

「中学校と共同のやつ。五時集合じゃありませんでした？」

「そんなもの」

元々は、岩淵水門の水死体は末松が捜査すると言い出したヤマなのに。言い出しっぺが、補導などに出かけるとは。荒々しく椅子を引いて、腰を落とした。

「現場が気にならんか？」

疋田が声をかけると野々山は、驚いた顔でふりかえった。

「争った跡はない。風呂場にも洗面所にも台所にも、ルミノール反応は出ていない。遺留指紋も結衣本人と両親のものだけだ」

疋田は目の前にある封筒を手で引き裂いて中身を取りだした。

読んでいてもこむずかしい言葉が並んでいて、頭に入らなかった。野々山に代わって読んでもらう。

しばらく読み込んだ野々山が口を開いた。「血液と十二指腸《じゅうにしちょう》、それから腎臓《じんぞう》にはプランクトン反応が出ていないらしいです。顔まわりや体の右側に集中していた傷はスクリュー痕じゃないみたいですよ」

「なんなんだ？」

「鋭利な刃物でひと息に切り裂かれたとありますけど」

「それだけか？　ナイフとか包丁とか？」

「いえ、ただ鋭利な刃物とだけ書いてあります」

疋田は野々山から書類をあずかり、そこを見た。確かにそうなっている。鋭利な刃物でひと息に切り裂いたというなら、殺人になる。

「場合によっては、スクリューも鋭利な刃物になるがな」

「血液検査の結果が出るのは一週間先みたいです」

疋田がなおも鑑定書を読みすすめていると、礼服に身をつつんだ小宮が帰ってきて、通夜の様子を話しだした。小宮はネックレスをはずしていた。

「ホール一杯の人でした」

「そうだろうな」

疋田の目は鑑定書に向けられたままだ。

「中学と高校からの同級生がほとんどで。短大関係は十人くらい。ゼミの担当教授も来ていましたけど、すぐに帰っちゃって」

「話は聞けたのか？」

「はい、ただトラブルになるような話はまったくないって。友人たちも口をそろえて言っていました」

「最後に結衣と会った人物はわかったか？」

「岡山《おかやま》出身の大村里子《おおむらさとこ》という同級生が、七月二十一日の日曜日、結衣のバイト先の焼肉店を訪ねています。東武練馬駅前の店です。その足で彼女は岡山に帰っています。両親が最後に会ったのは、六月の頭だと言うし。今度は七月の二十一日……スーパーで買い物をした三十日まで、ざっと十日間が空白です」

「短大の友人は、彼女の死をどこで知ったんだ？　ご両親はひとりも知らないと言っていたはずだが」鑑定書から目を離し、疋田は訊いた。

水死体の身元が朝倉結衣という報道はされていない。

「岡山に帰省していた大村里子が結衣の携帯に何度電話しても出なかったので、実家のほうに電話を入れたそうです。それで親から教えられて。そこから連絡が広がったみたいです」

「男友だちは？」

「合同コンパをする四年制大学の学生が三人ほど。深い付き合いはなかったみたいですね。特定のボーイフレンドはなかったと短大の友人も言っていました。仕送りもなかったので、アルバイトをふたつかけ持ちしたりして、生活費を作っていたとか。授業は、一度も欠席しなかったらしいですけど」

「学業優秀？」

「担当教授も、太鼓判を押していました。クラスで一番に有名どころの病院へ就職が決まったそうです」

「バイトもしっかりやって、勉強もできる。できすぎた子だな」

「けっこう外見に気をつけていたらしくて。化粧品の話題になると、話し出したら止まらないとか。化粧の仕方も週ごとに変えたりして、学校ですれ違っても、気づかれないことがあったそうですよ」

「水商売のバイトをしていた？」

「そう思って訊いてみたんですが、いまは焼肉店だけですね。きょう通夜に来ていた知り合い全員の携帯と住所を控えてきました。それなんですか？」

疋田は鑑定書を手渡しながら、恭子に対する腹立たしさがおさまらないのを感じていた。五年ぶりに会ったのが、小言を言うためだったとは。どうしてわざわざ、署まで来たのか。嫌がらせではないか。

小宮は鑑定書をめくりながら、「それとご両親の様子がどうも……どうして現場検証に立ち会ってくれなかったんですかと伺《うかが》ったんです。そしたら、電話のときと同じ答えが返ってきたので、昨夜、お嬢さんのアパートに行きませんでしたかと訊いてみたんです」

「どうして？」

「あの片づきようですから。答えははぐらかされました。でもわたしはきっと行ったと思います。目につくものは、手当たり次第、持って行ってしまったんだわ」

「見られてまずいものでもあるとか？」

「わかりませんけど」

言うと、小宮は手ぐしで髪を整えだした。

「鑑識が部屋からご両親の指紋をたくさん見つけた。ひと月ふた月前じゃなくて、ごく最近ついたものばかりだそうだ」

小宮は動かしていた手を止めて疋田の顔を見た。「じゃ、やっぱり。昨夜、ご両親は来たんですね」

「その可能性もある」

「自分の子どもだし。気になるのはわかるけど」

「行ってもかまわないが、それを認めないのは変だな。とにかく、七月二十一日から三十日までの朝倉結衣の動きをつかまないと話にならない。携帯の通話記録を取るしかないな」

「銀行口座も調べたほうがいいんじゃないですか」それまで黙っていた野々山が言った。

「そっちも調べる。おまえとスエさんは、明日、手分けして回ってくれ。おれとマコは関係者の聞き込みだ」

「統計、明日までなんですけど、まあ、いいです。やりますから」

「たのむ。おれはこれからもう一度、結衣のアパートに戻る。昼間、聞き込みできなかった部屋があるから」

「わたしも行きましょうか？」小宮が鑑定書から顔を上げて言った。

「いや、おれひとりでいい。それ、読んでおいてくれ」

ふと、疋田は恭子が署にやって来た理由に思い当たった。あのサマースーツだ。あのようなものを、着るようになった。もう昔の自分ではない。わたしは変わったのだと、恭子は宣言しにやって来たのだ。たぶん、それを恭子自身、気がついていない。しかしそうに違いないのだ。

2

翌日も暑かった。疋田は午前中、東武練馬駅周辺の聞き込みに歩いた。朝倉結衣が焼肉店のバイトに行った最後の日は、七月二十九日月曜日。翌三十日から八月三日まで、彼女は休みを申請していた。店で仲のよかったバイト仲間を紹介してもらい、彼女が住む下赤《しもあか》塚《つか》の家まで電車で出かけたが、その女性は不在だった。

東武練馬駅に戻ってきたのは、正午を過ぎていた。南口の改札で、末松と出くわした。きょうはスラックスに半袖白シャツだ。

朝倉結衣の携帯の通話記録は取れたかと訊くと、取れましたが、あまり使っていないですねと末松は言った。

その場で末松が通話記録を見せた。確かに少なかった。三日に一度程度だ。ほとんどが、短大の友人だった。通話の最後は七月二十八日日曜日の午後八時、岡山に帰省していた大村里子だ。

「朝倉結衣がアパートに帰る道順がわかった」

疋田は言うと、池袋《いけぶくろ》方面に向かって線路沿いを歩きだした。

朝倉結衣のアパートまで、三〇〇メートルほどの距離がある。そこそこ店があり、人通りも多い。着ているポロシャツの襟元が汗でぐっしょり濡《ぬ》れていた。手ぬぐいでふきながら、手当たり次第、聞き込みをかけた。

朝倉結衣のアパートの前には、結衣の葬式に出向いていた小宮と野々山がいた。野々山もスラックスに青いワイシャツ姿だ。小宮はチノパンにフラットシューズ。きょうはサファイヤのネックレスをつけていない。一階が駐車場になっているマンションに移動して、その空きスペースで野々山の銀行捜査の報告を聞いた。

野々山は大手都銀の口座名を口にした。「残額は十三万四千円ですね。下ろすのも入金も、だいたい東武練馬駅前のコンビニのＡＴＭです。最後に下ろしたのは七月三十日の午後四時十二分。三十五万です」

「けっこうな額じゃないか」末松が言った。

「これから自殺しようっていう人間が、引き出す額ですか？」野々山は言うと三人の顔を見比べた。

「三十五万も……なにに使ったんでしょう？　買い物？」小宮が訊く。

「現金でなければならないものだな」と末松。

「直接手渡すとか？」

「トラブルがらみで脅《おど》されていたとかは？」

「三十日の午前は買い出しに出ている」疋田が言った。「三十日の午後、金を引き出したあと、なにかあったとしか思えない。自らの死に結びつくものが」

「電車の乗車カードの記録を調べればなにかわかるかもしれません」小宮が言った。

そうだ。それを忘れていた。

「金を下ろしたコンビニに行ってみよう。そのときの服装なんかが防犯カメラの映像に映っているはずだ」疋田は言った。

「ひょっとして、同行者もいるかもしれませんよ」野々山が言った。

さっそく駅前まで戻り、コンビニでその日の映像を見せてもらった。

その時間帯に入ってきたのは、つばの広い帽子をかぶり、サングラスをかけた女だった。小ぶりなキャリーバッグを引いている。注意して見なければ朝倉結衣とはわからなかった。ゆったりした黒のTシャツとジーンズだ。足元はスニーカー。

結衣は金を下ろすと、肩から斜めに下げているポシェットにおさめて、雑誌棚のほうを向きながら店を出ていった。

「旅行ですね」野々山が言った。

疋田もそう思った。

「荒川の上流？　秩父とか？」

「三十五万持ってか？」末松が言った。

「野々山、駅で乗車カードの記録を調べてきてくれ」

「照会書、持ってきてないですが」

「臨機応変にやるんだよ。刑事だろ」末松が苦々《にがにが》しい顔で言うと、野々山を連れてコンビニのバックヤードを出ていった。

疋田は手ぬぐいで顔の汗をふいた。強いエアコンの風が、体から噴き出た汗で濡れたシャツに当たり、全身を冷やしている。

「お腹、減りませんか？」

小宮はさえない顔で、朝倉結衣の銀行口座の出入金記録に目を落とした。

「ふたりが戻ってきたら飯にしよう。どうした？」

「暑くて食欲が湧《わ》かなくって」

疋田も同感だった。

「おれもだ」

「彼女、ネットを使ってたみたいですよ。振り込みの履歴がありますから。でも部屋にパソコンなかったですよね。やっぱり親が持っていってしまったんだわ」

「またか。どうして？」

「理由はわかりませんけど、きっとそうです。そういえば疋田係長、昨日《きのう》、奥さん、あ――恭子さんが署にお見えになったんですね」

恭子は自分を名指しして、長いあいだ待っていたのだ。署の隅々《すみずみ》まで、知れ渡っていたに違いない。

「もしかしたら、この前の慎二くんのことで？」

「慎二がどうしたというんだ？」

強い口調になってしまい、疋田は、言葉を飲み込んだ。

「せっかくの面会日だったのに、わたしが電話をしたせいで……」

電話がなければ、慎二と丸一日過ごせたはずだが、いまさら言っても仕方がない。

「そうじゃない。それは解決済みだから。ほかの用事で来たんだ」

「それならいいんですけど」

「もう、いいって。そっちこそ、これがあるんだろ」

疋田は言うと、自分の首元に手をあてがい、指で丸いネックレスの形を作った。

「ネックレス？　昨日していた？」

疋田は面白くない感じでうなずいた。「例の医者からのもらい物だろ？」

「わかりました？」

「わかるさ。誕生石のサファイヤだし」

「ネットで調べたら、これくらいするみたいなんですよ」

小宮は人さし指を立てた。

「十万？　はじめてのデートだったんだろ？」

そこで、いきなりそんな高価なものを贈るとは。

「はじめてといえば、はじめてですけど」

「いきなりそんなものを贈るのってあるかよ」

いくら医者とはいえ、そんな男はおかしい。どうかしている。疋田はむかついてきた。

そんなものを軽々しく受けとって、なんとも思っていない小宮も小宮だ。

「でも、もういただいちゃったし」小宮は愛想笑いをして、ごまかした。

駅に行っていたふたりが戻ってきた。

「三十日当日の動きがわかりました」末松が言った。「この東武練馬駅の改札に十六時四十三分に入っています。出たのは、ここからふた駅の東武東上線の成増《なります》駅。改札を十六時五十五分に出てます」

「成増に彼女の知り合いはいるのか？」

疋田は小宮に訊いた。

「いえ、いません」

「成増か……」

都心とは逆の埼玉の川越方向。埼玉県との県境だ。

そこへ行ってみるしかないだろう。

3

成増駅の防犯カメラには、朝倉結衣が三十日の十六時五十五分に改札を通り、北口に向かう姿が映っていた。駅の南口は商店街があり、人通りも多くてにぎやかだが、再開発された北口はその逆だ。整然と走る道路と住宅街。コンビニも少なく、診療所がやたらと目立つ。店舗といえば駅前に大規模なスーパーがあるだけだ。そこを四人で手分けして、防犯カメラの映像を探し回っているのだ。

野々山から映像を見つけたという連絡が入り、さっそく駆けつけた。

そこは、駅の北口から北西方向に延びる道の途中にあるデイサービスセンターだった。玄関に取り付けられた防犯カメラに、キャリーバッグを引いた朝倉結衣が、ほんの一瞬、駅の反対方向へ歩き去っていく姿が映っていた。サービスセンターの五〇メートル先には四つ角があるが、そこをまっすぐ行ったのか、曲がったのかわからなかった。四つ角の先は碁盤《ごばん》の目のように道路が縦横《じゅうおう》に走っている。

遅れてやって来た小宮が映像を見ながら、

「こんなところに来て、どこ行くのかしら……」

「脅されて金を持ってきたというようには見えません」野々山が言った。

「どうして？」

「金の受け渡しなら、南口の繁華街でやるんじゃないですか？　こっちは店がないし」

小宮はスマホで地図を検索しながら、「この先、ラブホとか旅館もないわ」とつぶやいた。

「泊まりとは限らないぞ。ここまで見つかったんだから、もう少し頑張《がんば》ってみよう」疋田は言った。「この先の施設を片っ端から聞き込みだ」

「朝倉結衣の友人関係に、もう一度当たったほうがいいんじゃないでしょうか」末松が言った。

「そのほうが早いかもしれない」

「マコ、昨日の通夜で、聞いてきたんじゃないのか。メモ、見てみろ」

疋田に言われ、小宮はショルダーバッグからノートを取りだして広げた。

「これ、どういう意味ですか?」覗き込んでいた野々山が言った。「夏休みが明けたら別人になっているからね……って」

「朝倉結衣が友だちに言ったのよ」

「別人って、なんですか?」

「スエさん、どうかした?」

「東武練馬駅前のコンビニに残っていた朝倉結衣の映像を思い出してね。彼女、雑誌のほうを見ていたんじゃなくて、ガラスに映った自分の顔を見ていたんじゃないかな。店を出るまで、ずっと顔をそっちに向けてませんでしたか?」

「北口の改札を抜けたときもそうだったな」疋田が言った。

「そうでしたね。パン屋のガラスを覗き込んでいたっけ」と野々山。

「ひょっとして、別人っていうと……顔?」と疋田。

「彼女、化粧好きだったじゃないですか」小宮が答える。

「シェイプアップのために、そこらじゅう、歩き回るとか」末松が言った。

「あ、待ってください」小宮が額に指をあてがい、しきりと思い出そうとしている。その様子を疋田は見守った。

「彼女の冷蔵庫です」小宮は疋田の顔を見て言った。「やっぱり、あれは買いだめだったとしたら……」

「小宮、どうした?」末松が急《せ》かした。

「彼女のアパートの冷蔵庫、ぎっしりと食材が詰まっていました。一週間分はあります。あれって、引きこもるためだったとしたらどうですか? 彼女、三十日から五日間、バイト先の店を休むようにしていたし」

「引きこもってどうするんだ?」疋田は訊いた。

「というか、外に出られないというか」

「外に出られない?」

「もしかして、美容整形とかして、顔を他人に見せられなくなる?」野々山が言った。

「よく聞きます。本格的な整形手術をするときは、まとまった休みを取るって」

「じゃここから、美容整形外科へ行った?」末松が訊いた。

「この先にそういえば、そんな看板があったような」野々山が言った。

「行ってみよう」疋田は、先に立ってそこを引き払った。

4

　そこは住宅街のゆるい坂の途中にある三階建ての古い雑居ビルだ。向かいには薬局。一階はマッサージパーラー。ビルの端に階段の上り口があり、木内《きうち》美容整形外科成増院という控え目なサインボードが貼り付けられてあった。

「地味だな」末松が言った。

「そうですね。一杯飲み屋の感じ」野々山が言う。

　配管が剝《む》き出しになったコンクリート壁は、ぼってりしたココア色で塗り固められている。

「結衣はキャリーバッグを持っていましたよね」小宮が言う。「泊まりがけでもＯＫな大きさの」

「そうだった」

「あそこで美容整形手術を受けて、体がふらふらになったりして。それでタクシーに乗って、ホテルにでも行ったのかしら」

「タクシーで行くにしても、アパートに帰るだろう。遠くないんだから」

「ですよね。食料だって貯め込んでいたんだし」

「……モグリの医者とか？」野々山が言う。

「それなら看板は出さないぞ」疋田が引き取った。

「どうしましょう？　行くしかないですよね？」小宮が訊いた。

午後七時十分前だ。ぐずぐずしていたら、閉まってしまうかもしれない。

「行くのはいいですけど、ちょっと気になるなあ」野々山が口を出す。

疋田はいますぐ乗り込んで、朝倉結衣が来院したかどうか、確かめたかった。しかし、警察を名乗って出向くのは得策ではないと判断した。結局、朝倉結衣の友人であると偽《いつわ》って、小宮に行かせた。

小宮は、ひと呼吸入れてから階段を上っていった。

疋田らはビルから離れた場所まで後退して待った。

五分ほどで、薄暗くなった道を小宮が戻ってきた。紙のようなものを持っている。

「朝倉結衣が来てます。先月の三十日の午後六時半です」小宮は小声で言った。

「院長と会えたか？」疋田は訊いた。

「いえ、受付の女の子と話しただけです。医者はひとりだけですね。美容整形外科にしてはひどく地味な内装ですよ。いまどき、ありなのかな」

「朝倉結衣が亡くなったのは知っていたか？」

「結衣の名前を出しても、気にとめる感じがしませんでした。たぶん、知らないと思います」

「六時半の予約っていうと、遅いですね。診療は何時までですか？」

野々山が訊くと、小宮が手にした紙を見せた。

成増院のパンフレットだ。正式名称は木内美容整形外科成増院。診療時間は午前十時から午後七時まで。簡単な診療案内と広告だけで医師名も記載されていない。

「結衣は整形手術を受けたのか？」

「内容はわかりませんが受けたような感触でした」

「たった三十分の手術？」

「注射一本で終わったのかもしれませんし」

末松がイライラした感じで、「もう終わりの時間だし、乗り込んでみますか」と言った。

「急ぎますね。明日、京王閣《けいおうかく》でまたレースですか？」野々山がからかうと、末松はにらみつけた。

「そういえば、わたしが入ったとき、診察室でなにか言い合っているような声が聞こえたんですけど」

「言い争い？　どんな？」

「よく聞きとれませんでしたけど、治せとか、甲高《かんだか》い女の声でした」

「クレームをつけに来たのかな。スエさん、野々山、あの美容整形外科の聞き込みをしてみてくれ。おれたちは張り込んでみる」

疋田は小宮とともに、小ぶりなマンションの一階入り口の中から、ビルを見守った。

「この美容整形外科って、腕はいいのかしら」

自分が手術を受けるわけでもないのに、小宮はどことなく不安げだ。

「本院は新宿《しんじゅく》にあるみたいです」スマホで検索しながら、小宮が言う。「口コミサイトの評判はいいですよ。ここも、新宿の本院も。値段もそこそこで、手術の手際がよくて、丁寧《ていねい》とか……新宿の本院は外国人の客も受け入れているようです」

「よく、わかるな」

「英語の書き込みがありますから」

疋田の携帯がふるえた。八王子《はちおうじ》の実家で、兄夫婦と同居している父親の勝弘《かつひろ》からだった。母親の命日が近づいているので、墓参りに来いという電話だろう。オンボタンを押すと、太い声が聞こえた。

「夏休みは取れんのか？」

「いまは取れない。お袋のこと？」

「それもあるけど、慎二はどうするんだ？　会ったそうじゃないか」

「どうするって、なにを」

「途中で放り出して、ひとりにしたんだってな。少しは親らしくしたらどうだ」

慎二から聞いたのだろうか。それとも恭子が告げ口した？

ふたりが住んでいる小平は、八王子と比較的近い。離婚してからも、恭子は慎二を連れて、何度か実家に顔を見せているのだ。慎二がひとりで来たこともある。

「おやじ、誰から聞いたの？」

「いまここにいるから代わる」そう言うと、勝弘は電話を離した。

「お父さん？」

慎二の声がしたので、思わず携帯を耳に張りつけた。

「慎二、いるのか？」

「うん、きょうは泊まり」

「お母さんも、いいって言ったのか？」

「お母さんも仕事で泊まりだから、ぼくはきょうこっち」

恭子は泊まりの仕事などするようになったのだろうか。

ごそごそと音がして、勝弘に代わった。

「なにか相談事があるそうだ。会ってやれよ」

「相談事？」

「聞いても、喋《しゃべ》らない。おまえでなきゃ、だめみたいだぞ」

いったいどんな内容だろう。

「わかった。あらためて、連絡するからと伝えておいて」

慎二の声を聞いて、我しらず元気が出てきた。

疋田は電話を切ると腕時計を見た。午後七時になっていた。今日の診療が終わる時間だ。

ほどなくしてスタッフたちは、ココア色のビルから駅方向へ歩き去っていった。それから十分ほどして、ワイシャツ姿の男がひとり、階段を降りてきた。成増院の医者のようだ。向かいにある駐車場に向かって歩いて行く。そのときだった。ビルの中から人が飛び出して、医者に駆けよっていった。女だ。マスクをつけている。

女は男の前にまわり込んで腕をつかんだ。きつく引っぱりながら、何事かわめいている。男はそれをふりほどこうとするが、女は、ぴったりと張りついて離れない。疋田はふたりに近づいた。

「どうしてくれるのよ」女の声。

「いいかげんにしろ」男が応《こた》える。

「あんたのせいじゃないか。治せっ」

「さっき話しただろう」

男は吐き捨てるように言うと、クルマに乗り込んだ。荒々しくドアを閉める。

女は運転席のガラス窓を両手で叩《たた》きながら、

「きょうさい、忘れたのかよ」

と声を荒らげた。

男が乗ったクルマは女をふりきるように、勢いよく走り出し、疋田のいるのと反対方向へ走り去っていった。

ひとり残された女は駐車場から出てきた。顔を伏せて、駅の方向へ歩いて行く。

成増院に来ていたクレーマーだろうか。

疋田はそのまま女のあとを追いかけた。

女はおぼつかない足取りだ。人通りの少ない道の端を進んでいる。

街路灯の明かりに、一瞬、生白い横顔が照らし出された。

つかの間、女はYの字の分岐を右へ進み、消えた。

疋田はそこに向かって急いだ。女は公園の中を歩いていた。

五〇メートル先だ。突然、女がパッとうしろをふりかえった。

目が合った。女はいきなり道路を横切った。

駐輪場の中に走り込んでいく。駅前の複合施設の裏口だ。

不意を突かれた疋田は、遅れて駆けだした。

女は階段を上がっていく。ハイヒールの甲高い音が頭上から下りてくる。

疋田は一足飛びに階段を駆け上がる。踊り場を何度も通り越えた。

階段は三階まであった。息が切れる。

両開きの戸の前だ。マスク姿の女が中に入っていく。

ややあって疋田も取っ手に手をかけ、戸を開ける。

果物コーナーだった。バスケットを手にした買い物客が行き来している。

狭い通路を捜し歩いた。タイムサービスの呼びかけがうるさい。

女性客たちがまとまって、同じ方向へ急いでいる。

マスクの女はどこにも見えなくなっていた。

疋田は店を出て、部下たちのところに戻った。

「見失った」疋田は言った。

「診察室の中でやり合っていた女かもしれません」小宮が言う。

「整形手術に失敗したりして？」野々山が口をはさんだ。

「そうかもしれない」末松が言った。「近くの薬局で聞き込みしました。このクリニックは一年前の四月開業ですね。院長は野島修一《しゅういち》という三十八歳の男性医師。カウンセラー兼任の看護師と事務員が数名いるだけのこぢんまりしたクリニックです」

「わかった。明日、成増院を訪ねよう」疋田は言った。「スエさんらは、新宿の本院を頼む。それから、朝倉結衣のご両親と会って、ここの医院について訊いてみてくれ」

「了解。友人にも会ってきますよ」

「そうしてくれ。マコ。おれたちは駅の防犯カメラの映像をもう一度見ておこう」

「三十日当日、いまぐらいの時間帯の？」小宮が訊いた。

「そうだ」

三十日当日の成増駅の防犯カメラの午後七時前後の時間帯を見れば、朝倉結衣の姿が確認できるはずである。東武東上線だけでなく、地下鉄有楽町《ゆうらくちょう》線の成増駅を調べる必要もあるだろう。

東武東上線、有楽町線、それぞれの成増駅で見た三十日当日、午後七時前後の防犯カメラの録画映像に、朝倉結衣の姿はなかった。念のため、終電まで見たが、やはり朝倉結衣は映っていなかったのだ。


翌日。

疋田は小宮とともにふたたび木内美容整形外科成増院を訪ねた。受付の女性に警察を名乗り、用向きを話すと、女は内心の驚きを隠すように、ただいま問診中なのでお待ちくださいと言った。疋田は窓際にある硬い椅子に座って待った。待合室に人はいなかった。小宮はときおり立ち上がっては、受付の横にある太陽の絵柄のついたドクターズコスメやパンフレットを眺めている。

十一時を回って、ようやく診察室のドアが開いた。白衣を着たひょろりとした若い医師が現れた。細身で長髪。眉《まゆ》の濃い、意志の強そうな目だ。長めの髪をゆるく七三で分け、汗で額《ひたい》がてかっている。口を引き結び、眉間《みけん》にきつく縦皺《たてじわ》を寄せていた。警戒している様子がありありと窺《うかが》われる。

言われるまま、疋田は小宮とともに診察室に入った。

疋田が名刺を出すと、野島も引き出しから名刺を取りだして寄こした。

院の名前の下に野島修一とあるだけだ。

野島は机の上のキーボードに軽く手をふれ、半身の姿勢で疋田に向かって口を開いた。

「なにか調べ物ですか？」

単刀直入《たんとうちょくにゅう》に行くしかない。

「朝倉結衣という女性はご存じですか？」

「朝倉？」

ピンとこないようだ。

「こちらに通院している女性ですが。二十歳になります」

野島はキーボードを叩き、モニターに表示された電子カルテを覗き込んだ。

「ああ、います。この方ですね」

「先月の三十日に来院したはずですが」

「そうですね。お見えになっていいます」野島は電子カルテを見ながら他人事《ひとごと》のように続ける。「顎《あご》のボトックス注射と頬《ほお》の脂肪吸引をしています」

手術をしてから、まだ十日も経《た》っていないのに、電子カルテを見なければ患者のことがわからないのだろうか。もっとも、そのあいだに多くの手術をしてはいるのだろうが。

「手術を開始したのは何時になりますか？」

「三十日の最後の手術です。六時半くらいから。終わったのは、七時過ぎだと思いますよ」

「具体的にどのような手術をなさいましたか？」横から小宮が訊いた。

「顎の小皺にボトックス注射を二本、それから頬まわりのシリンジによる脂肪吸引です」

野島は詳しい説明をした。

ボトックス注射は、手軽に皺を取る方法。シリンジというのは器械ではなく、注射器を使って、少量の脂肪を吸引する方法のことだという。

「両方で三十分足らずですか？」

「それだけあれば充分できますよ」

「手術は先生おひとりでやられましたか？」

「ええ、わたしと看護師がひとりだけですね」

よどみなく答える野島に、やましいところは少しも感じられなかった。

そんな簡単な手術で死ぬはずがないと疋田は思った。仮にここで死んだとしたら、ここまで落ち着いて話せるはずがない。この医者を疑ってみても仕方がないのではないか。

「手術を終えて、こちらに泊まれますか？」疋田は続けて訊いた。

「入院ですか？　それはないですよ。うちは」

「手術が終わったあと、彼女はすぐ帰られたんですか？」

「と思いますよ」

「思うというのは？」

「軽い麻酔をかけていましたからね。覚《さ》めるのを待って帰ったはずですけど」

「先生はご確認しなかったのですか？」

「看護師にまかせていましたから。そのあとはどうなったか知りませんが……」

野島は疑い深そうな顔に戻った。

「彼女は何度くらい通院していますか？」

野島はまた電子カルテを見た。「最初は五月に来ていますね。三十日は三度目です」

「それで手術をするのですか？」

「初診ですぐ手術をなさる方も多いですけど」

「朝倉結衣は、手術する前の二回、なにをしたんですか？」

「カウンセリングです。希望を聞いた上で、こちらから提案したりして」

「二度目の通院で、手術の中身を決めたわけですか？」

「そうだったと思います」

「彼女はこちらをどこで知ったんでしょうか？」

野島は机の引き出しを開き、問診票の束《たば》の中から一枚を引き抜いて見た。

「病院と知人からの紹介、それからチラシを見てとなっていますね」

「どちらの病院ですか？」

「うちだと思いますが。新宿本院のほうかな」

疋田は渡された問診票を見た。

病院と知人からの紹介は、それぞれべつの項目になっていて、チェックがされていた。

ふたつとも括弧《かっこ》書きで病院名と紹介者名を書く欄《らん》がある。どちらも空欄だった。

「チラシは駅で配布したりしますか？」

「本院はやると思いますが、うちはしません」

朝倉結衣のアパートに、美容整形外科のチラシのようなものはなかったと思うが。

「こちらの患者さんは、どんなきっかけで来院される方が多いですかね？」

「ほとんど知人からの紹介になります」

口コミか。

「彼女はご自分の顔に特別な悩みを持っていましたか？」

電子カルテを見ながら野島が続ける。「丸くて締まりのない顔なので治したいとか」

野島は手術前の結衣の写真を画面に表示させた。デジカメで撮影したものだ。

ぽってりと頬に肉が付いている。死体の顔とは、かなり趣《おもむき》が違う。

「それで、顔の脂肪吸引を提案したのですか?」

「ええ。三十日はその手術をしました」

問診票にも、診察を受けたい場所として、目と頬のあたりに○がつけられている。

小宮が割り込んだ。「ほかになにか、提案されましたか?」

「上下《じょうげ》顎骨体《がくこつたい》移《い》動術《どうじゅつ》をお勧めしていますね。この方の場合、顎全体がやや前に出ているので、上顎と下顎の骨を切って後退させる手術になります」

疋田は朝倉結衣の死に顔を思い浮かべた。いわゆる、反《そ》っ歯《ぱ》だった。

「それは、大がかりなものですか?」

「そうですね。歯《し》列《れつ》矯正《きょうせい》もやらないといけないし。入院しないとできませんから、わたしが新宿の本院に出向いて手術をやることになります」

「その手術の値段はどれくらいになります?」

「百二十万円です」

小宮は驚いた顔で疋田を見やった。

「彼女はその提案を受け入れたんですか?」疋田は訊いた。

「いまはできないので、今後、考えると仰《おっしゃ》っていました」

「それから先生、三十日当日の朝倉結衣の様子ですが」疋田はあらたまった感じで言った。「なにか、お気づきになった点はありませんでしたか？」

野島は戸惑い気味に、

「……というと？」

「手術前でしょ。不安そうにしていませんでしたか？」

「そうは見えなかったと思いますけどねえ」

「カウンセリングのあいだ、手術後の心配とか、仕事や友人関係で悩み事を抱えていたりとか……プライベートでもなんでもかまいません。彼女はなにか気にかかるような内容を話していませんでしたか？」

「まったくなかったと思いますよ。カウンセリングといっても、せいぜい十五分かそこらですから。整形手術について話すだけで終わってしまいます」

「三十日当日です。もう一度思い出していただけませんか。なにか思いつめていたような感じはなかったですか？」

野島は首をひねりながら、「覚えていないです。なにも」と言った。

「お伺いしても、よろしいですか」小宮が言った。「手術のあと彼女はタクシーを呼びましたか？」

「どうでしょうか……タクシーを呼ぶほどではないと思うんだけどな」

「どなたか、迎えに来ませんでしたか?」

「来ていたとしても、うちではわかりかねますが」

「当日、先生とごいっしょに手術をされた看護師の方を呼んでもらえませんか?」

「いません。先週いっぱいで辞《や》めましたから」

「事務員とか、ほかにわかる方はいらっしゃいませんか?」

「終わったのは七時を過ぎていたし。事務員も帰っていたんじゃないかな。わたしもその晩はその看護師にまかせて、帰ったと思いますから」

野島が答えると小宮は疋田を見やった。

そろそろ、真実を話してもいいだろうと疋田は思った。

「そのあとの朝倉結衣のことですが、先生はご存じないですか?」

野島は怪訝《けげん》そうな顔で疋田を見やった。

「彼女は三十日に亡くなっています。ここを出た直後です。なにか、お心当たりはありませんか?」

野島の目が大きく見開かれた。喉仏《のどぼとけ》が動き、ゆっくりと唾《つば》を呑《の》み込むのがわかった。

朝倉結衣の死に、関係しているとも関係していないとも、どちらにもとることができる顔だった。

「あ……あの、死んだって、どういうことですか?」

「ですから、三十日に亡くなったのです。ここを出てからということは、はっきりしています」

野島の鼻は縮《ちぢ》んだように皺が寄り、くしゃくしゃになった。なにか必死で物事を考えているようだった。その中身はわからなかった。

「自宅で、ですか？」

「それはわかりません。いまわかっているのは、ここを出てから、半日以内に亡くなっているということです。新聞にも出ましたが、知りませんか？」

野島は鼻で息をしていた。とれたての桃のように顔が紅潮《こうちょう》している。

「知りません。どうして？」

疋田は小宮の顔を見て、それからもう一度、野島の目を覗き込んだ。

「八月一日の午前九時四十分、北区赤羽の岩淵水門に水死体で浮かび上がりました。わたしが引き上げました。この手で」

野島はのけぞるように、身をそらせた。顔からみるみる血の気がひいた。

この男は知らないのかもしれないと疋田は思った。

「三十……三十一……一」野島は日を数えだした。

「死亡推定時刻は、死体発見時からさかのぼって三十時間前後です。ですから、ここを出てから、半日以内に命を落としたことになります。アパートにも帰っていません。もう一度伺いますが、ここで手術を行ったとき、なにか異常はありませんでしたか？」

「い、いや、なかったですよ」野島は長い髪を手でしごきながら言った。

「シリンジによる脂肪吸引というのは、麻酔をかけたのですか？」続けて小宮が訊いた。

「もちろんです。局所麻酔と静脈麻酔をしました」

「静脈麻酔はどのようなものですか？」

「本格的な麻酔じゃなくて短時間ですむ手術に使います」

「注射を打つのですか？」

「いえ、点滴です。腕からします。十数えるうちに意識がなくなります」

「どれくらいで麻酔から覚めますか？」

「三十分か四十分です」

「手術がすんでから、先生は彼女が目を覚ますのを見ていないんですね？」

「……見ていません」

疋田は割り込んだ。「先生、あなたを責めているわけではありませんから落ち着いてください。当日の手術のカルテを見せていただけますか？」

疋田が言うと、野島はキーボードを打ち、二枚の紙をプリントアウトした。それを疋田に寄こした。専門用語ばかりで、さっぱりわからなかった。

任意であずからせていただいていいですかと訊くと、どうぞと野島は言った。

手術をすませたあとの野島の行動をくわしく訊いた。七時十五分ぐらいには成増院を出て、クルマに乗って帰ったという。ほかの事務員や看護師も同じころに帰宅したと思う。手術のあとは退職した市川和代《いちかわかずよ》という看護師にまかせたということだった。院の戸締《とじ》まりも彼女がしたという。

念のために野島をふくめて、勤務している全員の住所や連絡先を控《ひか》えた。問診票の写しと手術前に撮影した朝倉結衣の写真をもらい受ける。

診察室を出て、出勤している全員に三十日のことを訊いた。事務員と女性看護師がふたりずついた。みな、三十日も出勤していたが、朝倉結衣のことを覚えている人間はいなかった。ましてや、死んだことを知っている人はいなかった。

院の中に防犯カメラはついていない。事務員に、昨日の晩、五時以降に来院した患者の名前を教えてもらった。ふたりいた。最後の患者が診察室で野島と口論した女と思われた。北沢明美《きたざわあけみ》という二十九歳の独身女性だ。

野島の案内で手術室を見せてもらい、結衣が受けた手術の様子を聞いてから、成増院をあとにした。市川和代の携帯に電話を入れたが、出ない。固定電話はないようだ。末松に電話を入れて、成増院で聞いた内容を話した。末松はこれから結衣の両親に会いにいくところだった。

疋田がハンドルを握った。クルマで来ていて助かったと思った。

小宮はカーナビの地図に見入っている。行き先は市川和代が住んでいる埼玉県朝霞《あさか》市の朝志《あさし》ケ丘《おか》にセットしてある。市川は三十五歳の独身で、ひとり暮らしらしい。辞めた理由については、野島は口にしなかった。

「そう思う」

「三十日の夜、朝倉結衣が成増院にいたのは間違いないんですよね」小宮が言った。

「七時十五分から三十分のあいだに麻酔から覚めて、すぐ動けたとしても、夜ですから。やっぱり駅まで行って、タクシーに乗ったんじゃないかしら」

「そのあとどうした？」

「荒川近くまで行って、タクシーを乗り捨てた……とか」

「そこで身投げした？　飛躍しすぎじゃないか」

「それはそうですけど、荷物だって見つかっていないし。彼女、成増院を誰から紹介されたのかしら」

「ネットも本院のことばかりだし、友だちだろう」

小宮はショルダーバッグから、朝倉結衣の手術前の顔写真をとりだした。

信号待ちになり疋田は写真を見た。頬はふっくらとしていて、唇のあたりは少し前に出ている。目はそこそこ大きいが、お世辞にも美人とは言えない。疋田が引き上げた死体の顔とかなり違っているが、同一人物には変わりない。この顔に悩んで、自殺するほど思いつめていたのだろうか。

「看護師にもう一度電話してみてくれないか」

小宮は市川に電話を入れたが、やはりつながらなかった。

慎二の顔が頭に浮かんだ。水死体を見て、相当ショックを受けたに違いないと思った。恭子が怒鳴り込んでくるのも無理はない。しかし、なんという間《ま》の悪さかと思わずにはいられなかった。

腹が減ったが疋田も小宮も昼食をとろうとは考えなかった。

小宮は成増院から持ってきたパンフレット類をしきりと見はじめた。美容整形にかかわるものばかりだ。化粧品のようなものもある。

「気に入ったものがあるか?」

声をかけても、小宮は、パンフレットに気がいっていて、疋田の声が耳に入らないようだ。

小宮がデートした相手について思った。その男のために、美容整形でもする気になったのだろうか。

「マコ、お袋さんは最近どうだ?」

「相変わらずですね。あっちが痛いこっちが痛いって」

「会っているんだろ?　リウマチは治ったのか?」

「まだまだ。肋間《ろっかん》神経痛とか言い出して」

「弟さんも大変だ」

小宮の弟の浩之は、大学院で社会思想史の研究をしている。教員の口もあったと聞いているが、どうなったのだろう。

「居候《いそうろう》なんかしているからです。早いとこ、田舎の大学に行けばいいのに。わたしだって、会うたび、医者に連れていけって言われるし」

不機嫌になっていく小宮を見て、婚活に熱心な理由が呑み込めたような気がした。一日でも早く身を固めて、母親から逃れたいのだろう。だからといって、相手はだれでもいいのだろうか。本末転倒なような気がする。いや、医者だからOKか。

朝志ケ丘に着いたのは、午後一時半ちょうどだった。市川の住まいは空き地の目立つ住宅街のなかほどにあった。大手ウィークリーマンションというのは名ばかりで、ごく普通のアパートだった。しゃれた出窓がついていて、塗装もしっかりしているが、よく見るとかなりの年数が経《た》っている。

階段のところに管理会社の看板が張りついていた。

一階の12号室は鍵がかかり、表札が出ていなかった。この時間帯には自宅にいないだろうと思ってきたが、予想どおりだった。どこかに働きに出ているはずだ。たぶん病院だろう。どうして彼女は成増院を突然辞めたのだろうか。

看板にあった電話番号にかけて、市川について訊いた。

意外な答えが返ってきた。市川は先週いっぱいで、引っ越していったという。

引っ越し先はわからないと言った。

梯子《はしご》をはずされたような気分だった。疲労感が日射しとともに襲ってきた。

「メシにしよう」

小宮も承知した。急に腹が減ってきた。冷や麦でも食べてみるか。

慎二にメールもしておかないと。

5

帰署してすぐ、疋田は東大の鑑定書を手に刑事課に出向いた。刑事課長の岩井がぽつんと課長席に座っていた。昨夜から今朝方にかけて、コンビニ強盗が二件連続して発生し、係員は出払っている。犯人はまだ捕まっていないようだ。

「副署長が探していたぞ」

またか。厚生課長の件だ。仕事よりも熱心なようだ。

疋田は昨日から今日にかけ、朝倉結衣について調べた内容を話した。

岩井は意外そうな顔で聞き終えた。

「その成増院を出てから足取りはないのか？」

「いまのところ、見つかりません」

「キャリーバッグを持っていたんだろ？　電車でどこかへ出かけたんじゃないのか」

「最寄り駅の東武東上線と有楽町線の成増駅には、晩の七時以降、終電まで朝倉結衣は姿を見せていません」

「三十一日の分は見たのか？」

「見ていません。成増院は入院できませんから」

「バスかタクシーか、それとも徒歩か」

「もしくは知り合いに迎えに来てもらったか。その線が強いように思われます」

「誘拐か拉致《らち》の線は？」

「わかりませんが、いまのところ、トラブルや付き合っていた男などの情報はありません。あるとするなら、院を出たあと、出会い頭にクルマに連れ込まれたくらいしか浮かびません」

「そういう目撃情報はあるのか？」

疋田は口を引き結び、首を横にふった。

「見せてみろ」

疋田は鑑定書を渡すと、岩井は深々とイスにはまり込んで、それを読みはじめた。読み終えると机にそれを載せ、「窒息じゃなかったのか？」と訊いた。

「監察医務院の鑑定では窒息です。荒川のプランクトン反応も陽性ですから、水死に間違いないという結論です」

「どうして、再鑑定などしたんだ？」

「川の中を転がってきたにしては、損傷が少なかったし、溺死肺の徴候が薄かったものですから」

「よく、副署長が許可したな」

再鑑定には、金がかかるのだ。

赤羽ハートクリニックの件は話せなかった。

「それにしても、この再鑑定はなんだ？　スクリュー痕じゃなかったのか？」

「鋭利な刃物とあるだけですから、断定はできません」

「なら、やっぱりスクリューでやられたんだ」

「かとは思うのですが……」

疋田は水死体をつかんだときの、あのなんとも言えない冷たさを思い起こした。夏とはいっても、水温は低い。長時間浸《つか》れば心臓が麻痺《まひ》する。疋田は、朝倉結衣が成増院で受けた手術について話した。

「どこの脂肪を吸い取ったんだって？」岩井が訊いた。

「頬から首回りにかけて。注射器のようなものを射して吸い取ったそうです」

「そのシリンジとかいう道具を見たのか？」

「見ました。針の太い注射器そのものです。針は二ミリくらい」

「そんなやつを射し込んで吸い取るのか？」

「そうです」

「何度ぐらい射したと言っている？」

「左右、三カ所ほどだったそうです」

疋田は自分の首回りに指を当てて、野島から教えられた場所を示した。

「深さはどれくらい？」

「数ミリです。一回につき2cc、ぜんぶで12ccほどの脂肪を吸い取ったそうです。できた穴は医療用接着剤でとめるので傷口は目立たないらしいのです」

「それって、どこの美容整形医でもやっているのか？」

「いえ、かなりむずかしくて、慣れていないとできないそうです」

「麻酔はどうだ？　まさか、硬膜外《こうまくがい》麻酔はしてないよな？」

「いえ、局所麻酔と点滴による静脈麻酔のはずですが」

硬膜外麻酔は脊椎《せきつい》に直接、針を刺す危険な麻酔だ。死亡例もある。

「静脈麻酔はよくわからんが、局所麻酔ぐらいじゃ死なんぞ」岩井は声を低める。「野島とかいう医者、腕は確かか？」

「ネットの評判はまずまずです。ただ」

疋田は、昨晩、受けた手術について野島に激しく詰めより、クレームをつけた客がいたことを話した。昨日の最後の患者に間違いないだろう。北沢明美という女だ。二重《ふたえ》まぶたにする整形手術のみならず、朝倉結衣と同じように、顎周辺のシリンジによる脂肪吸引に加えて、ヒアルロン酸注射やボトックス注射までしている。

「だとしたら……野島という医者は藪《やぶ》か？」

「それはわかりませんが、北沢という女の場合、手術で失敗した可能性もあるかと思います」

「朝倉結衣のときも、滑ったか……」岩井は、意味深げに言った。

疋田も同じことを考えたのだ。

「針の射しどころが悪くて、血管に達したとか？」

疋田が言うと、岩井はうなずいた。

疋田はもう一度自分の首に指を当てた。顎のすぐ横。野島が朝倉結衣の手術で針を射し込んだ場所の近くだ。針の先が血管壁を破ってしまい、出血多量で死に至った……。

「業務上過失致死、それから死体遺棄《いき》の疑い？」ふたたび疋田は言った。

「感触としてどうだ？　あり得るか？」

答えようがなかった。野島がうそをついているようには見えなかったが、それだけでは断言できない。

「技術的には、わかりませんが、あのクラスの院で重大な医療事故を起こせば、存続はむずかしくなるはずです。でも、一足飛びに、死体遺棄まではどうでしょうか」

シリンジによる脂肪吸引と言っても、注射と似たりよったりだ。それに失敗などするのだろうか？　第一、あの医者はやましいところがなにひとつなかった。

死体を遺棄するにしても、入水《じゅすい》自殺を装う必要があるか。その気になれば、山中に埋めるか海に沈めるなど、人目につかず死体を遺棄する方法はあるはずだ。それに、遅かれ早かれ朝倉結衣の死亡が明らかになれば、あの美容整形外科で手術を受けた件は明るみに出たはずである。そうなったとき、結衣の死に成増院がなんらかの形で関わっていると疑われるのは、誰にでも予想がつく。そんな危険を冒《おか》してまで、死体を遺棄するだろうか。それとも、朝倉結衣があっけなく死んでしまって気が動転していたのか？

「業務上過失致死で捜査するにしても、死体がなければ話にならんぞ」

かりに業務上過失致死になれば、刑事が担当する。それにしても、もう死体は荼毘《だび》に付してしまったのだ。

「野島による犯行としても、いっしょに手術をしていた看護師がいます。彼女から話を聞けば、なんらかの答えは出ると思いますが」

「でも、いないんだろ？」

「調べれば会えると思います」

「女もぐるだったらどうする？　口封じのために、辞めさせたとは考えられないか？」

「どうでしょう……」

会って話を聞けば、判断できるだろう。

「どっちにしても成増院のガサ入れはいりそうだな」

「したほうがいいと思います」

「理由はどうつける？　あそこで死んだっていう証拠でもあるのか？」

「それはないですが……」

「成増院が関係していないとしたらどうだ？　むしろそっちの可能性が高いような気はするぞ。朝倉結衣本人に自殺願望があったかどうか。トラブルを抱えていなかったか。周辺の鑑取《かんど》りをする必要があるな。とりあえずは、事実関係をはっきりさせないと」

鑑取りとは被害者の人間関係についての捜査だ。

「これまでのところ、朝倉結衣が成増院で整形手術を受けたのを知っていた人間はいません」

岩井はおやという顔で疋田を見た。「友人や親もか？」

「知らないと思います。短大の友人に、片っ端から電話しました。そのなかのひとりが、四月の終わりから五月にかけて、キャンパスで朝倉結衣が見知らぬ女と話し込んでいるのを見たそうです。名前を訊いても教えてくれなかったので覚えていたとか」

「その女が紹介したというのか？」

「それはわかりません。いずれにしても、トラブルを抱えていたかどうかをふくめて、もう少し聞き込みをしないといけません」

「野島とかいう医者、くれぐれも用心して当たってくれよ」

「そのつもりでいます。看護師の市川も」

「至急たのむ。事実関係がある程度明らかになったら、野島を二十四時間態勢でマークする。これまでにわかったネタをぜんぶ寄こせ。三十日当日の野島の行動を洗い直してみる」

「わかりました」


疋田が警務課に入ると、副署長席の曽我部が立ち上がって出迎えた。となりにあるガラス窓で仕切られたリモコン室に連れて行かれた。交通事故が発生した直後らしく、ヘッドセットをつけたリモコン（警察無線）担当の係長がせわしなく無線のやりとりをしている。それを曽我部は気にとめなかった。

「再鑑定の件、ありがとうございました」疋田は言った。

その結果、疑問が浮かび上がったのを口にしようと思ったが、曽我部の関心はまったくべつのところにあるようだった。

「赤羽ハートクリニックに行ったか？」曽我部は先を急くように言った。

「行きましたよ」

「で、どうだった？」

「今年いっぱい、手術の予約待ちで埋まっています」

「じゃ、早くて来年ということか？」

「順当ならばそうなると思いますが、とにかく一度、診てみようと仰《おつしや》っていただきました」

いまのクリニックは手狭《てぜま》なので、来月中に大きな病院に移るらしいとつけ加えた。

「いつ診てくれるんだ？」

「先方の都合もありますので、まずはもう一度、本部の厚生課長さんと連絡を取ってくれと仰っていました」

「悠長なこと言うなよ。石田さんのほうは、いつでもいいんだ。さっさと手配してくれよ」

「わかりました」

疋田は携帯で赤羽ハートクリニックに電話を入れた。

三好はちょうどミーティング中だったらしく、電話口に出られなかった。看護師に取り次いでもらい、曽我部の希望を伝えると、週明けにもう一度電話をもらいたい。そのときに、受診日を決めましょうと言われて電話を切った。それを曽我部に伝えた。

「よし。月曜日な。おまえがしてくれよ」

「え、わたしがですか?」

「決まってるじゃないか。乗りかかった船だろう。おまえにも石田さんを紹介するから」

厚生課長などと会いたくもないが、逆らうのはやめた。

しかし、三好は診てくれるのだろうか。病院を移るかもしれないという忙しい時期に、手術まで横入りするというのはなかなか難しいように思えるのだが。

リモコン室を出て疋田は三階の生活安全課に入った。課長の西浦忠広《にしうらただひろ》警部に報告をすませると、戻っていた三人の部下に、きょう一日調べた中身を話した。

「新宿本院に行ってきました」末松は言った。

「院長と会ってきたんですか? なんと言ったっけ?」

「木内っていう、五十歳のおっちゃん。繁盛していますよ。忙しいからって、血だらけの手術着のまま、立ち話ですまされちゃって」

「朝倉結衣が亡くなったのは話した?」

「もちろん。全くの初耳でした」

「腕はいいの？」

「客に訊いてみましたけど、いいみたいですね。ほかの美容整形外科で失敗した患者がごろごろいましたよ」

「末松さん、朝倉結衣のご両親と会いましたか？」小宮が口をはさんだ。

「会ってきたよ。美容整形外科手術を受けたなんて、はじめて聞いたそうだ。ひどく驚いていた。でも、ちょっと引っかかるな。一昨日、朝倉結衣のアパートを家宅捜索する前の晩、両親は結衣のアパートに行ったそうじゃないか」

「ご両親がそう言ったんですか？」

「いや、それは質問しなかったよ。娘は整形手術を受けるなんて、これっぽっちも話さなかったらしいし。なにかの間違いだとか突っ張られてさ。でも、野島修一の名前を出したとき、すっとなにか、引いていってな」

「どっちが？」

「両方ともさ。あまり話したくなさそうな雰囲気になって、葬式の後片づけがありますからとか言われて追い払われた」

おかしな話だと疋田は思った。両親は他殺しかありえないと言っていたのに、どうしてろくに警察の話を聞こうとしないのだろうか。

「それと葬式に列席していた結衣の友人から聞いた話なんですけど」野々山が言った。

「セレモニーホールの前で、式の様子を窺っていた女がいたそうなんですよ。呼びかけたら、すぐいなくなったとか」

「この暑いのに、わざわざ外で？」疋田は訊いた。

「美容整形外科の人かも知れないと言ってましたよ。四月から五月にかけて、キャンパスをたびたび訪れて、結衣に話しかけていた女がいたじゃないですか。その人はどうも美容整形外科の勧誘に来ていたらしいです」

「成増院から？」

ふと疋田は市川和代という看護師を思い出した。

「そこまではわかりませんが」

「ところで疋田係長、刑事課長には話したんですね？」末松が訊いた。

疋田は刑事課長と話し合った中身を説明した。

「うちの捜査いかんで、刑事課は正式な捜査態勢に入るのですか？」

「そうなります」

「本気で業過（業務上過失）と死体遺棄をやる？」

「成増院が怪しいと出た場合には」

「〝川流れ〟が尾を引いて、医療関係の業務上過失致死？　夏休みで、ガキどもが暴れ回っているし、そっちで手一杯じゃないですか。死体はないし、医者がしらばっくれたら、お手上げだ」

「かもしれない」

「うちだけじゃ無理だな。どうしてもって言うなら、一課の特殊班に入ってもらわないと」

捜査一課の特殊班には、業務上過失致死を専門に扱う係がある。そこに刑事課長を通じて問い合わせているのだ。疋田は苛々《いらいら》してきた。

「スエさん、いい加減にしてくれよ。元々は、あなたが言い出したんだから」

「疋田係長、末松さん、業過は難しいと思いますよ。でも、死体遺棄のほうなら、案外すんなりいくんじゃないですかね？」野々山があいだに入ると、小宮を見やった。

「幸平くんの言うとおりだと思います」小宮が言った。「水死体で見つかったというのがどうしても引っかかるし。川の上流で聞き込みをすれば、目撃情報が得られるかもしれません」

これ以上話し合っても仕方がないと疋田は思った。

「あの得体の知れない女はどうしますか？」末松は訊いた。

「得体の知れない女？」

「昨日、駐車場で野島ともみ合っていた女。あれも被害者のひとりじゃないですか？」

「北沢明美のことです」小宮がメモを見ながら言った。

そのとおりだった。なによりもまず、それを優先するべきだ。

彼女こそ、重要な参考人になるのかもしれない、生き証人なのだ。

疋田は小宮とともに、これからすぐ、北沢明美を訪ねて話を聞く。末松と野々山には野島の周辺や交友関係を洗うように疋田は命令した。荒川の上流の聞き込みまでは手が回らない。

*

内海は融資相談票を手元に置き、院長の三好の言葉に耳を傾けている男の顔を見つめた。黒のビジネススーツに身をつつみ、濃紺のネクタイを喉元で締めている。

ネクストから融資の査定をするために送り込まれてきた稲葉《いなば》という男だ。

白衣に身をつつんだ渡部が、その前にいる。

稲葉は控えめな調子で、融資に関わる前提条件を説明した。

「そう硬くならずに、ざっくばらんにいこうじゃないの。きみらも億の金を用意するんだから、遠慮なくなんでも訊いてくれてかまわないよ。医療関係がご専門なんでしょ?」三好は言いながら、稲葉の名刺に目を落とす。

「ありがとうございます。先生は心臓病全般にお詳しいとお伺いしておりますが、具体的には、どのような手術をお得意になさるのでしょう？」

三好は余裕綽々《よゆうしやくしやく》の表情で、「まあ、選《え》り好みはしませんよ」と言った。とまどっている稲葉に、渡部が微笑《ほほえ》みかける。「以前からお話ししているとおり、先生は心臓病治療のオールマイティーでいらっしゃいます。バイパス手術から胸部大動脈瘤《りゆう》まで手がけるお医者さんは、国内でも数えるぐらいしかいませんから」

「は、それは伺っております」

「渡部くん、そんなたいそうなもんじゃないよ。ぼくはね、もともと滋賀《しが》の田舎《いなか》の出身なんだ。国立の一期校に入れなくて、単科大学を出た口だよ。でもそれが発憤《はつぷん》材料になったんだからね。大学の名前になんか頼らない、腕一本でやっていこうという気で、ここまできた人間ですから」

稲葉は頭《こうべ》を垂《た》れた。「わかりました。先生のお言葉に深く感銘を受けました。それで、ご融資の関係ですが、先日、津田沼の病院のほうに伺いまして、経営状況を見させていただきました。結果から申しますと、あまり芳《かんば》しいものではないとお見受けしました。十億円を超える案件になりますので、より確実な返済計画が必要になるかなと思慮しておりますが、いかがでしょうか？」

三好が答えようとしたのをさえぎって、内海が太い腹を稲葉に突き出した。「稲葉さん。私たちも向こうに入りまして、種々調整しておるんですよ。収支状況を悪くしているのは、常勤医師と看護スタッフの高齢化が進んでいるという点に尽きます。買収後は人材を入れ替えると同時に、業者契約の見直しも徹底する覚悟なんですよ」

用意していたレジュメを差し出すと、稲葉は食い入るように見入った。

三好も初見のはずだが、レジュメには目もくれず、子どもを諭《さと》すような感じで話しだした。「稲葉さん、津田沼のいいところはね、心臓血管外科センターを持っているところだよ。ぼくも知っている腕っこきが三人いるからねえ。彼らにぼくの術式を教え込めば、それこそ、倍々ゲームで人を助けられるんだけどねえ」

「それははじめて聞きました」稲葉はおずおずと切り出す。「それと、お願いしてございましたキャッシュフローの件なんですが」

「渡部くん。見せてあげなさい」

三好が言うと、渡部は、マチ付きの茶封筒の紐《ひも》をほどいて、中にある複数の預金通帳を稲葉に渡した。それは内海もはじめて見るものだった。ぜんぶで五冊ある。どれも大手銀行のものだ。

「わたしと妻名義が四つ。それからフォレストがひとつ。どうだね？　それくらいで勘弁してくれるかな」

とうとう出てきたと内海は思った。三好の自宅で眠っていた金だ。会社名義のフォレストも、実質三好のものだ。

手早く電卓で計算すると、稲葉は、つるんとした顔を三好に向けた。どことなし、ゆるんでいる。

「三億二千五十万円……。これを抵当とさせていただいてよろしいわけですね？」

「そのつもりでいるから、ひとつ君、よろしくたのむよ」

「心得ました」深々と頭を下げて、通帳を渡部に渡した。

渡部は、口元にかすかに笑みを浮かべながら、それを茶封筒に戻し、内海を一瞥《いちべつ》して、小さくうなずいた。

「これだけ差し出すんだし。どうだね。利息を少しまけるというのは。年利七パーセントというのは、いささか阿漕《あこぎ》じゃないですか」三好が本音をさらけ出した。

「は。信販系の私どもは、銀行様と違いまして、様々な足かせがございますので」

うちが嫌なら、どうぞ銀行で借りてくださいというニュアンスだ。七パーセントといえば、サラ金と同じではないか。

「稲葉さん、ひとつご提案があるのですが」渡部が口をはさんで、一枚のフローチャートを稲葉の前に滑らせた。

「ネクスト様へのご配慮としまして、考えていることがございます。いくら口で言っても、神の手と呼ばれる三好先生の手技は理解が困難ではないかと思います。そこで、実際に先生が、手術をなさっているところを、ライブで中継して、皆様にご提供しようと考えております」

「手術をライブで中継するのですか?」

「今月の下旬に、都内で心臓の学会がございます。そこに向けて」

「わたくしたちも、参加させていただくのでしょうか?」

「もちろん、当日会場にお越しいただいてもよろしいですし、ネクスト様のほうへ直接回線を引いて、映像を提供することも可能です」

それを見れば、ネクストの幹部も、今回の融資を引き受ける気になるだろう。最後の一押しだ。

「なんだかんだ、機材がいるらしくてね。それは学会のほうで面倒見てくれるからいいんですよ」三好が口をそえる。

稲葉は一段と顔を明るくし、願ってもないですと答えた。

「中継する手術は非常に困難なものになるとつけ加えておきます」渡部がきりっとした顔で言った。

「どうかね。稲葉さん」内海が大きな体をゆらし、雰囲気を和《なご》ませた。

「はい。これだけしていただければ、会社も納得しますし、お利息のほうも、アドバンテージをご提案できるのではないかと思います」

「そうこなくっちゃいけない」と三好。

それを受けるように、リラックスした表情で、稲葉が口を開いた。「どうも、先生、内海さん、ありがとうございます。重々承知いたしましたので。それでは細かな返済条件について、私どものほうから、お話しさせていただいてよろしいでしょうか？」

三好は余裕たっぷりの表情でうなずいた。

第三章　刻印《こくいん》

1

五時ちょうどに江古田《えごた》に着いた。狭い路地だ。浅間《せんげん》神社の駐車場にクルマを停《と》めて歩いた。保育園の向かいに、無骨な鉄筋コンクリート造りの四階建てアパートがあった。薄暗い階段を三階まで上り、３０４号室の前に立つ。汗で背中が濡《ぬ》れた。

問診票の記載によれば、北沢明美は二十九歳。池袋の百貨店の化粧品売り場に勤務する派遣社員だ。勤務先に電話をしてみたが、きょうは無断欠勤しているという。本人の携帯に電話を入れても出ず、住まいを訪ねるしかなかった。

小宮が呼び鈴を鳴らしたが、応答がなかったので、疋田は鉄扉《てっぴ》に耳を張り付けた。物音はしない。小宮が拳《こぶし》をつくってドアを叩《たた》いた。

変化はない。

「北沢さーん、開けてください」小宮は声を張り上げた。

応答がないのでもう一度、強く叩いた。

ようやくロックがはずされる音がした。

ドアが外側に向かって開いて、マスクをかけたロングヘアーの女が姿を見せた。

すかさず小宮がフラットシューズを履《は》いた足をはさみ込む。

「北沢明美さんですね？」小宮が呼びかけると、女はわずかにうなずいた。

いつでも閉められるように、手はドアノブにかけたままだ。

疋田は北沢の顔を覗《のぞ》き込んだ。異様な目をしていた。腫《は》れ上がったまぶたが目をおおっている。昨日、追いかけたのはこの女だろうか。

小宮が警察を名乗ると、北沢はドアノブから手を離して退《しりぞ》いた。

胸にパンダのアップリケをあしらった薄手の長袖パジャマを着ていた。

小宮に続いて疋田も狭い玄関に入った。冷房が効《き》いていた。

「お休みのところ申し訳ありません。お体、大丈夫ですか？」

小宮が労《いたわ》るように訊《き》くと、北沢は小さく返事をした。ひどい鼻声だった。

小宮は自分と疋田を紹介した。

北沢はなにも言わなかった。口で息をしている。立っているのも辛《つら》そうだ。

「美容整形の成増院で手術を受けられたようですが、いかがですか？」

「受けましたけど」マスク越しにくぐもった声で言う。

「実は成増院にかかった患者さんが、手術に失敗したという情報が入りまして、いろいろ調べているんです。北沢さんが手術を受けたのは、この八月一日、先週の木曜日ですね？」

「ええ」

「二重《ふたえ》まぶたの埋没法《まいぼつほう》手術。ボトックス注射とヒアルロン酸注射。それにシリンジによる脂肪吸引。この四つで間違いありませんか？」

小宮が手帳も見ずに正確に言ったので、疋田は目を見張った。男の自分と違って、美容整形には日頃から興味を持っているのかもしれない。

「はあ」北沢はどうでもいい感じで答える。

「手術をしたのは野島先生ですね？」

「そうです」

「看護師はどなたがつきましたか？」

「市川さん」

朝倉結衣のときと同じ看護師だ。

「ほかは？」

「カウンセリングのときから、ずっと市川さん」

「手術室にいたのは、野島先生と市川さんのふたりだけですか？」

「たぶん」

麻酔で眠ったあとはわからないのだろう。

「手術はその日の最後の番で、夕方の六時頃からはじまったわけですね？」

「だったです」

「それでね、北沢さん」小宮は声色を変えた。「昨日の晩、成増院に見えませんでした？」

北沢は台所の流しに身をあずけ、だるそうに首を横にふった。

「おかしいですね。きょう、わたしたちも成増院に行って確認したんですよ。お見えになっていますよね？」

「ああ、はい」

長い髪を手でうしろに送りながら認めた。

うそをついたと思えば、すぐ前言をひるがえす。おかしな女だと疋田は思った。

「あの……北沢さん、お顔ですが、もしかしたら手術のせいで？」

小宮が心配そうに訊くと、北沢は小さくうなずいた。

「痛みます？」

「……頭とか鼻とか」

「目はいかがですか？」

「うまく見えなくって」

「整形手術のせいですか?」

北沢は今度は大きくうなずいた。

「四つの違う施術《せじゅつ》を一度に受けていらっしゃいますが、ご負担にはなりませんでしたか?」

「べつに。だって注射だし」

注射は手術の範疇《はんちゅう》に入っていないものと認識しているようだ。

「手術の順番はどうだったのですか?」

「埋没法をやって、注射打って、そのあと脂肪吸引」

「手術を受けている際、なにか不審に思われたことはありませんでしたか?」

「すぐ眠ってしまったから、あとはわかりません」

「目の手術以外は、全身麻酔をかけてやられたんですよね?」

「ホリゾンで眠らされて」ぼそぼそと北沢は言う。「血圧はちゃんとモニターしていたけど……」

「ほりぞん?」

「静脈麻酔ですけど。三方活栓《さんぼうかっせん》から入れてもらって」

点滴に使う器具だろう。専門用語が自然に出てくるのを疋田は不審に思った。小宮も同じ考えを抱いたらしく、疋田の顔を見た。

「その麻酔をされたのは、脂肪吸引の前ですね？」小宮は続ける。

「えっと、ボトックスの前だったかな」

「そのあとヒアルロン酸を鼻に打ったんですね？　そのときは意識はなかったんですか？」

北沢はしばらく考えてから、「うーん、よくわからない」と答えた。

「最後の手術が終わってから、どれくらいで目が覚《さ》めました？」

「四十分か一時間くらい」

「正確に覚えていないんですか？」

「手術室で見た時計は、七時過ぎだったかな」

「ちょっと、すみませんけど」代わって疋田が口を開いた。「マスクをはずして、脂肪吸引を受けた場所を見せてもらえますか？」

北沢がマスクをとると、熟《う》れたザクロの実のように真っ赤に腫れた鼻が現れた。美容整形でこんなになるものだろうか。

北沢は顔を上に向け、顎《あご》の下あたりに指をもっていった。

疋田はそこに見入った。小さな赤黒い点が、左右の二カ所に残っている。シリンジで吸引した痕だろう。左右対称の位置にある。

そこは痛むかと訊くと、北沢は痛まないと言った。マスクをはめてもらって結構ですと伝える。痛々しくて見ていられなかった。

「目が覚めたあとですけどね。手術室か処置室のベッドでしばらく休みましたか？」

「すぐに起きましたけど」

「野島先生はいなかったと思います」

「じゃあ、市川さんに起きていいと言ったんですか？」

「ええ。すぐ会計してもらって、お薬をもらって帰りました」

「ほかのスタッフはいなかったんですか？」

「市川さんだけでしたけど」

「わかりました。で、具合が悪くなったのは、いつからですか？」小宮が訊いた。

「日曜ぐらいからかな」

「成増院に相談したんですか？」

「いくら電話してもだめだったんで」

それで、昨日は直接、文句を言うために出かけたのだ。処置も受けているのではないか。

「昨日は、処置をしてもらいましたか？」疋田が訊いた。

「ここー、ヒアルロン酸打ったところなんですよぉ」北沢はマスクの上から鼻を指した。「日曜日から、どろどろ膿《うみ》が出てきて」

「それを抜いてもらった？」

北沢は首を縦にふった。「なにか、ヒアルロン酸がずーっと上がってきたとかで。痛み止めとヒアルロン酸を溶《と》かす薬を注射してもらいましたけど」

疋田にはまったく意味がわからなかった。

「それで、よくなりました？」

「ぜんぜん」

そう言って、北沢が顔を流し台に向けたときだった。疋田は北沢の首にあるそれに気づいた。

小宮にも見えたようだった。失礼しますと言って、小宮は靴《くつ》を脱いで上がった。ちょっといいですかと声をかけながら、北沢の顔を両手でつかんで、首の左側を疋田に向けた。

耳たぶの三センチ下ぐらいのところだ。

上半分がカタカナのフの形。下半分は丸い半円。工業デザインそのものの〝3〟が浮かび上がっている。

小宮は洗面台にあった手鏡を持ってきて、北沢に見える角度で首の横にかざした。

「北沢さん、見えます？」

北沢は腫れた目をしきりに動かして、小宮の手鏡を見やった。

それに気づいたとき、北沢の腫れぼったい目が一瞬だけ開いた。電流が走ったみたいに両肩がふるえて、あっ、と小さな叫び声を上げた。みるみる顔が青ざめて、腰を抜かすように、北沢は小宮にもたれかかっていった。

疋田もあわてて靴を脱ぎ、北沢を小宮とふたりがかりでベッドに運んだ。

石のように固くなった北沢の体に小宮が両腕を回して、揺さぶった。「北沢さん、大丈夫ですか？　医者に行く？」

北沢は首を横にふった。

「目を開けられますか？」

小宮に言われて、おそるおそる北沢は目を開けた。おびえの色が浮かんでいる。

「どうしたのかな？　気分悪い？」

「もういい、もういいから」マスクごしに、北沢は返事をする。

疋田はベッドわきのサイドテーブルの上にあるものに気づいた。無造作に注射器が置かれている。新品のようだ。

「北沢さん、これ、あなたが使ったの？」疋田は訊いた。

北沢は焦《あせ》るふうもなく、それを見てうなずいた。

「なんの注射したの？」

「解毒剤、そこの」と、北沢はごみカゴを指した。

疋田は中を覗き込んだ。注射器の入っていたビニール袋があり、空のアンプルがふたつあった。グルタチオンと書かれている。

「あなた、自分で打ったの？」

あらためて小宮が訊くと、北沢は悪びれずにうなずいた。

「成増院からもらってきたんですか？」

「そうですけど」

どういうことだろうか。患者がみずから注射を打つとは。

床にも成増院の名前が入った薬袋がある。中身を調べてみた。複数の知らないクスリが入っている。

「あなた、お医者さん？」

小宮が訊いたが、北沢は首を横にふった。

「じゃ、看護師かしら？」

北沢は否定しなかった。

小宮は北沢の顔を横向きにさせて、首の左側に手をあてがった。

「北沢さん、これ数字の〝3〟に見えるんだけど、アザかな？」

「ちがう」はっきりと北沢は言った。

「わからないってば」言うと北沢は小宮の手をふりほどいて、むこう向きになり背中を見せた。

いましがた北沢がパニックに陥《おちい》ったのは、首に浮かんだ〝3〟の模様のせいだと疋田は思った。いままで知らないでいて、指摘されてはじめて気がついたから驚いたのだ。朝倉結衣の両親が見せた反応と似ている。娘の胸元に〝3〟の痕《あと》があるのを知らせたときと一緒だ。

それにしても、このまま北沢を放っておいていいのだろうか。病院に連れて行ったほうがいいのではないか。

「あなた、朝倉結衣さんを知ってるわよね？」

唐突に小宮が訊いたので、疋田は驚いた。

「いえ……知らない」

「じゃあ、お母さんの路子さんは？」

背を向けたままの北沢だったが、びくっと肩がふるえたように見えた。

知っているとも知らないともつかない答えだった。

だだをこねるように、もう出て行ってくれと言われて、小宮はベッドから離れた。最後に小宮は病院に行くことをすすめたが、北沢は応じなかった。もうじき、知り合いが来るから、帰ってほしいと言われて、そうするしかなかった。疋田と小宮は北沢の住まいから出た。

「どうして、朝倉結衣の名前をぶつけたりしたんだ?」疋田は訊いた。

「すみません。つい口から出てしまって」

「で……どう思った?」

「母親のほうを知っているように見えましたけど」

疋田は半信半疑だ。

小宮はスマホで検索をはじめた。

「彼女、シャブ中じゃないですね」小宮が言った。「手足に注射痕はなかったし」

「そうだろうな」

薬物を使っていれば、警官に踏み込まれて、あそこまで無防備でいるとは考えられない。

「あった。グルタチオン……サプリメント? 抗酸化剤……彼女の言うとおり注射は解毒剤だわ」

ボトックス注射やヒアルロン酸注射の解毒だろうか。

「薬局じゃ売ってない?」

「医家向けです。一般では手に入りません。やっぱり看護師かしら」

「看護師なら注射器と解毒剤を渡していいっていう法はない」

「文句を言われて、医者のほうも、看護師ならいいかと思って注射器を渡したのかもしれません」

そんなことはありえるだろうか。注射器を渡したことが外部に洩《も》れてしまえば、自分の罪にもなりかねない。

「わけがわからない」小宮が言った。「いったいあの人、どうしちゃったんだろう」

「北沢は医療関係者である線が強いようだし。健康状態については、素人《しろうと》より確かな目を持っているはずだぞ」

「でしょうけど。彼女、朝倉結衣の両親と同じ反応でしたね」

「あの〝3〟だろう？　おれもそう思った。形も大きさも朝倉結衣の胸にあったのと同じじゃないか？」

「そう見えました。わたしたちが言わないでいたら、気づかなかったかもしれませんよ」

「ひょっとして、ふたりとも成増院でつけられたんじゃないか？　レーザーかなにかで」

「頼まれもしないのに、医者が勝手にやりますか？」

「わからない」

イタズラにしては手がこみすぎている。

「朝倉結衣の両親も北沢明美も、〝3〟の意味について知っているんじゃないかしら。なにを隠しているんだろう」

　それは疋田も同感だった。〝3〟を不吉なサインとして受けとっているように見えたのだ。

「朝倉結衣と北沢明美には共通点がある。ふたりとも、同じところをシリンジで脂肪吸引されている。手術を受けた時間帯と看護師も同じだ」

「手術が終わったあとの対応も同じだったかもしれませんよ。まるで、ほかのスタッフから隠してるみたい」

　野島は、あとのことは看護師にまかせきりで、どうなったか知らないなどと言っていたが、うそをついている可能性がある。

「両方とも市川和代でしたよね。彼女は野島の手術が失敗したところを目の当たりにしているかもしれません」小宮は疋田の目を見た。「……ひょっとしたら、彼女、自分から病院を辞《や》めたのではなくて、野島に辞めさせられたんじゃないかしら」

「口封じのために？」

「ええ。彼女、見つけないと」

　疋田の携帯に川崎《かわさき》市に出向いている野々山から連絡が入った。川崎には野島の卒業した大学がある。

「野島修一の戸籍を調べてきました。横浜《よこはま》市の鶴見《つるみ》生まれです。単身で二十八歳のときに江戸川《えどがわ》区の葛西《かさい》に移っています。そのあとは、埼玉の桶川、東京の大森《おおもり》、そして去年の一月に現住所の和光《わこう》市に移っています」

「家族は？」

「五人ですね。修一をのぞいて鶴見の実家に住んでいます」

「わかった」

「これから戻ります」

電話を切り、小宮に内容を話した。

「二十八まで自宅住まいだから、大学は地元か東京だと思います」小宮は言った。

「そうだろう」

「さっきの話に戻りますけど、朝倉結衣と北沢明美が知り合いだった可能性もありますよ」

「成増院の待合室で顔見知りになったとか？」

「ネットとかでも。成増院の医者から事情を訊き出さないといけません」

「そうするしかない。北沢明美だって叩けば、ぼろが出てくる」

「わたしもそう思います。明日行きますよね？」

「行く」

「お願いします」

明日は当直明けで小宮は非番になる。

「まかせておけよ。彼女が登録している派遣会社に行ってみよう。場所はわかるか？」

疋田が訊くと、小宮はスマホで検索をはじめた。

一分ほどで、場所がわかった。

「池袋です」小宮は言った。

2

署に戻ったのは、午後八時近かった。末松と野々山も帰署していた。席につくなり、末松は去年の四月、成増院が開設されたとき、保健所に提出した申請書の写しをよこした。

開設者は新宿本院の木内義和《よしかず》だ。診療に従事する医師は野島修一。医療従事者の欄《らん》に市川和代の名前はなかった。

「成増院の前、野島は新宿本院で働いていたと聞きましたけど」

疋田が言うと、末松は野島の職歴書を滑らせてきた。

「もう一度、本院のほうへ行って来ましたよ。書類だけじゃわからないから」

疋田は職歴書を見ながら、「本院では一昨年の十月から、去年の三月まで働いていたわけですね？」と訊いた。

「そうです。そのあと去年の四月の成増院の開業と同時にまかされたようです」

「もともと、野島は美容整形外科医だったんですか？」

野島と会って話しているあいだ、大病院の勤務医のような感じがしたのだ。警察でなければ、もっと横柄《おうへい》な態度をとるに違いない。

「それについては、院長の木内はなにも言っていません。ただ腕がよかったので、分院をまかせたと。分院はほかにありません」

職歴書によれば、新宿の本院で働く前は、一年半ほど大森にある総合病院に勤務していた。それ以前は江戸川区の葛西にある総合病院の名前が記されていた。

「大森と葛西の病院のあいだに三年間のブランクがあるな？」

いまから遡《さかのぼ》って三年前の四月から、それ以前の三年間が空白期間になっているのだ。

「それは知らないって木内は言うんですよ」

「外国へ留学していたとか？」

「留学はしていないみたいですよ」

職歴書に書かれた出身校は、川崎市にある私立大学の医学部だ。

「大学に戻って研究室勤務とかですか？」小宮が割り込んだ。

「ちょっといいですか」野々山が野島の戸籍の附票の写しを見せた。「野島の職歴の空白期間ですけど、埼玉の桶川に住んでいたときと重なっています。やっぱり、桶川で働いていたんじゃないかな」

　疋田は附票を見た。野島は三十二歳のときに埼玉の桶川市に移っている。そのあと、三十五で東京の大森、三十六歳で現住所の和光市に移ってきていた。

「研究所とか、そういうところで？　もしそうなら職歴書に書くんじゃないか」疋田は言った。

「人によっては書かないんじゃないですか」

「桶川市についてはなにか？」疋田は末松に訊いた。

「出ませんでした」

「桶川市のどこで働いていたんだろう？」と野々山。

「わからない」残念そうに末松が言った。

「桶川から大森に移って、そのあと、ひょっこり木内のところに野島が訪《たず》ねてきて、それで雇ったわけですか？」

「そう言っています」

　他人事《ひとごと》のように末松が言ったので、疋田はむっとした。

「スエさん、それを信用したの？」

　末松は怒りをにじませて目を見開いた。

「手術の時間だからって言って、消えちゃったからね。本院の職員に北沢明美の名前を出して訊いてみましたよ。まったく知らないそうです。成増院へ紹介していないようだし、コンピュータにも名前は登録されていなかった。疋田係長、北沢明美はどうだったんですか?」

疋田は北沢明美について説明した。

「またその〝3〟?」末松が言った。「同じものなんですか?」

「見た目には同じです」

「ひょっとして、成増院の手術のときに、つけられたんですか?」

「その可能性はあると思いますよ」

末松は理解に苦しむという顔で、「体に数字を彫り込むのが流行《はや》っているの?」と真顔で言った。

「それはないと思うけど、とにかく北沢は手術が失敗したと受けとっています」

「朝倉結衣の手術も失敗した可能性が出てきた?」末松が言った。

「かもしれない」疋田は答えた。

「自分の手術の不手際で死んだとして、野島はそれを隠すためにクルマで川まで運んで流したということになりますよ。どうなんだろうな。成増院で最後までつきそっていたのは、市川っていう看護師なんでしょ? もし、やったとしたら、その女もぐるじゃありませんか?」

「それはないと思いますよ。看護師が手術をしたわけじゃないし。むりやり病院を辞めさせられたかもしれない」

「だからって、医者のヘマだと断定していいんだろうか？」

小宮は朝倉結衣の死体の写真を差し出し、首にあるスクリュー痕を指した。

「末松さん、このスクリュー痕、見てください。再鑑定では鋭利な刃物で切り裂かれたとなっていますから、スクリュー痕ではないかもしれません。見たとおり、傷痕は首の左右に均等の位置についていますよね。ここって、カルテによるとシリンジで穴を開けたところです。その穴がきれいになくなっているんですよ」

「小宮は整形手術を受けたのを隠すために、野島が手術の痕をメスで切り裂いたと言いたいのか？」

小宮はうなずいた。「もしそうだったら、死体遺棄《いき》の有力な証拠になります」

「死んだあと、メスで切り裂いて、あげくに服を脱がせて川に流した？」末松は呆《あき》れたように言った。「どのあたりで、流すんだよ？」

「成増なら埼玉に近いし、荒川だって目と鼻の先です。あっ、そうだ。北沢明美も埼玉出身だったはずですけど」小宮は言いながら、派遣会社からもらってきた北沢明美の履歴書を広げる。「本籍の北本《きたもと》市って、桶川のとなりじゃなかったかしら？」

「そうそう、真北ですよ」野々山が言う。

「北沢明美はいつ、派遣会社に入ったの?」末松が訊いた。

「一昨年です」小宮が答える。「野島修一が本院で働き出したときと同じだわ」

「北沢明美が看護師だったとすると、野島とは埼玉の病院か研究所みたいなところでいっしょだった可能性があります」野々山が言った。「北沢は昨日の晩、『きょうさい、忘れたのかよ』と言ってたけど、あの『さい』は埼玉のさいじゃないかな」

「住まいを変えた時期が同じだからって、そう簡単に決めつけられんぞ」末松が言った。

「スエさん、野島修一から直接聞けばわかるから」疋田が言った。「どうせまた明日、会うんだし」

わからないところは、直接会ってじかにぶつければすむはずだ。

携帯を見るとメールが着信していた。慎二からだ。二時間も前に。

メールを表示させた。

〈会いたいんだけど〉

すっかり忘れていた。相談したいことがあると言っていたのだ。疋田はすぐ、〈もう少し経《た》ったら電話します〉

と返信した。

小宮は当直のために一階の警務課に下りていった。

疋田は話を打ち切り、二階の刑事課に出向いた。捜査の報告を刑事課長の岩井にしなくてはいけなかった。後々のために、野島の携帯の通信記録も取る必要がある。明日、野島修一と話した結果如何《いかん》によっては、そのまま任意で、署に同行するようになるかもしれない。そうなればこの件は自分たちの手から離れるだろう。

当直の勤務態勢に入った署の中は静かだった。刑事課では外回りから帰ってきた十人ほどの刑事が、パソコンを叩いたり書類仕事をしたりしていた。帰り支度《じたく》をしていた刑事課長の岩井がふりかえった。

3

気がつくと背中がじっとりと汗ばんでいた。眠くもないのに、うつらうつらしていて、ひどくだるかった。暑い。蒸し蒸ししている。知らない間に、エアコンのタイマーが切れていたらしい。テレビがつけっぱなしになっていて、きんきんと音が耳についた。薄く目を開けたが、すぐに閉じた。目の表面が乾いて、ごろごろしている。とても目を開けていられなかった。

鼻のあたりが熱くて痛い。べつの生き物のように、どくんどくんと脈を打っている。

北沢明美は目をつむったまま、足を先にベッドから下ろし、両手を使って、体を起こした。這《は》うように、じゅうたんの上を手探りしてリモコンを取り、エアコンの電源を入れる。

冷蔵庫からペットボトルの水を取りだして、半分ほど飲んだ。枕元の時計を見ると午後八時を回っていた。

携帯には恋人の悠人《ゆうと》から留守番電話が入っていた。チェックする気になれない。

美容整形の手術を受けて、ちょうど一週間が経った。フンと明美は鼻でせせら笑った。あんなものが手術だなんて言えない。せいぜいエステの延長だ。それでもなにか引っかかる。あの手術さえ受けていなければ、ここまで体調を崩さずにすんだはずだ。それにしても、いったい、どうしたというのだろう。

ベッドに腰かけ時計を見ながら、自分で脈を取った。八十五もある。五〇メートルを全速力で走ったあとと同じだ。

野島のところに押しかけてみたものの、様子を見ようの一点張りだった。

そのあと、刑事らしい男に尾《つ》けられていたとは……。

悪寒《おかん》がして熱が出たのは手術をして三日目の晩、先週の土曜日の夜だった。鏡を見ると、手術直後はぱっちりと大きく開いていた目が少しふさがり、眠たげな目になっていた。体調が悪いのでこうなったと思ったが、翌日はもっとひどくなっていた。

美容整形外科に電話をしても、土日はつながらなかった。日曜日も朝から晩までベッドに臥《ふ》せって過ごした。月曜の朝一番で、美容整形外科に電話を入れた。担当した看護師兼カウンセラーの市川和代に訊くと、数日は腫れが残るかもしれませんが、すぐ良くなりますと言われた。

ほんとうにそうだろうか？　埋没法の手術を受けて、まぶたの裏に開けた二カ所の穴に糸を潜《くぐ》らせているはずだが、ちくちく痛みがある。もしかしたら、糸が突き抜けて、直接目の表面の角膜に当たっているのではないか。

いや、目の手術のせいではないのかもしれない。眉間《みけん》に打ったボトックスの注射が浮かんだ。

ボトックスの正式名称は、A型ボツリヌス毒素製剤。食中毒菌のボツリヌス菌を三百倍程度に薄めたものだ。筋肉を麻痺《まひ》させる力があり、それを逆利用したのがボトックス注射だ。

顔に皺ができるのは、筋肉が動くため。そこにボトックス注射を打てば、筋肉が動かなくなるから、皺がとれる。——そういう理屈だ。結果として、すべすべして、皺のない肌が得られる。

手術を受けた翌日は明美もそれを実感できた。

ボトックス注射を打つと、風邪のような症状が出たり、顔に違和感が生じる場合がありますから、と市川に言われた。でも自分の症状は、それとは違う。

もともとは、プチ整形でいいと思って成増院を訪れたのだ。それでも、市川と話していると、欲が出てきた。目を二重《ふたえ》にする埋没法。鼻の形を整《ととの》えるヒアルロン酸の注射。額《ひたい》の皺のボトックス注射。そして、顎についた脂肪の吸引。総額百万円になるところを、野島を呼びつけて、三十万円まで値引きさせた。

野島が断りきれるはずがないと踏んで。

市川は顔を真っ赤にして、怒ったが、しょせん従業員だ。

あのとき、明美は手鏡に映る自分の顔を見てほくそ笑んだ。つり上がった細い目。顔全体がたるんでいて、顎と首の境目がない。目元の小皺も目立つ。そして、小さいころから「ニンニク鼻」と呼ばれた大きな鼻。

このすべてが変わる——。

顔さえ変われば、これまであきらめていたことができるようになる。来月は、悠人に籍を入れてもらう約束になっている。そうすれば名前も変わる。新しい顔。新しい人生。とにかく、顔さえ変われば、なにごともうまくいく。

そう思いながら、いよいよ迎えた手術日。

痛いのはいやだし、ホリゾンあたりの静脈麻酔で施術するようにリクエストもした。そして、手術台の上に横たわった……。

女の刑事が口にした名前がよみがえる。

朝倉結衣……路子。

こんなところでぐずぐずしていられない。

目がかすむ。喉《のど》が渇いて仕方がない。やっぱり、自分は、ボツリヌス毒素にやられてしまったのか……。それはないと思う。

明美は、熱を測ってみた。三八度近くあった。

また鼻が痛み出した。おそるおそる歩いて、洗面所に立った。

鏡に映った顔をまじまじと眺《なが》める。

鼻が赤く腫れていた。まぶたが下に垂《た》れて、目が細くなっている。

腹はぺこぺこだが食欲が湧《わ》かなかった。ベッドに横たわり、目を閉じた。

すべてはこの部屋に投げ込まれた、あのチラシのせいだ。あれさえなければ、こんな目に遭わなくてすんだのに。

野島の顔を思い出した。どこをどうめぐって、あのような場所で美容整形外科をはじめたのだろう。開業資金は自分で出したのだろうか。もっとも、医者がその気になれば、美容整形外科が一番手っ取り早いのかもしれない。

医師のライセンスを持つ者にとって、診療科目の自由を標榜《ひょうぼう》する日本の医療システムは、この上なく便利だ。

意識がふっと遠くなる。睡魔とは違う。横になるとすぐこうだ。

ドンドンとドアを叩く音がしたので、意識をそちらに向けた。

次の瞬間、明美はドアにべったりと張りついて、すき間に顔を押しつけていた。

「……明美、いるんだろ？　明美」

悠人？

「あ、ゆうちゃん、ごめんね。体調悪いの」

「開けろよ、開けろってば、さあ。たのむよ、なあ、明美」

「だめだめ」強い口調で答える。

いまはだめなんだってば。何度言ったらわかるの。

ドアがひとしきり強く叩かれた。じっとその音に耐える。

「ったくもー……」

足音が去っていく音が聞こえる。

気がつくとまたベッドに横たわっている。いまのは現実だったのかしら。

ゆうちゃんは来たの？

まったくどうなっているのか。自分でも、夢なのか現実なのか区別がつかない。

明美は必死で自分が受けた手術を思い出そうとした。

二重《ふたえ》まぶたの手術は、椅子《いす》に腰かけたまま、まぶたに局部麻酔を打たれ、ほんの十五分ほどで終わった。そのあと野島は、なんの説明もせずに、手術台を指して横になれと言った。

荒々しく脈を探られた。点滴針を刺されて点滴チューブをつながれ、テープで固定された。あわてて、麻酔にかかわるリクエストをした。静脈麻酔がはじまるとすぐ目隠しをされた。そこまでは、おぼえている。

最初にボトックスを打ちますからと野島は言ったはずだ。眉間のあたりにちくちくとした痛みを感じた。そのあと、麻酔が効いてきてうつらうつらしはじめた。野島と看護師が、まわりで動き回る足音が聞こえた。ヒアルロン酸をやると言うような声がしたはずだ。野島の声だ。またしばらく、動き回る音。それから服がこすれるような音。ふたりはなにか話し合っている。なんだろう。思い出せない。明美はまた、眠りに落ちていった。

4

翌日。金曜日。当直勤務を終えて、小宮真子が署を出たのは午前九時。疋田は自宅から直接、成増に向かったようだ。

赤羽駅から京浜東北線《けいひんとうほく》に乗り、王子《おうじ》駅で降りた。

都電荒川《とでんあらかわ》線の電車を待っているあいだ、スマホで飛鳥山《あすかやま》病院を検索してみた。いま付き合っている医師の中原がかけ持ち勤務している病院だ。通勤ルートの途中にあるので、寄ってみようと思ったのだ。中原と会えるかもしれない。週末になるから、うまくいけばデートの約束も、と。

検索に引っかからなかった。都電を一駅で下りる。

疋田の携帯に電話を入れたが出なかった。

本郷《ほんごう》通りから一本裏手の通りで病院の看板を見つけた。クリーム色の五階建ての古いビルだ。入り口のボードに書かれた診療科目には、内科、循環器科、泌尿器科、消化器科、老年内科とあり、療養病床施設とうたわれている。高齢者向けの病院のようだ。

中はゆるい冷房が入っていた。天井の蛍光灯の半分が消えていて、薄暗い待合室だ。長椅子に三、四人の患者が散らばっている。正面受付カウンターに職員の姿は見えない。

院内の案内図によれば、診察室や検査室は一階にあり、二階は一般病棟とリハビリ専用ルーム。三階から上が療養病棟。その横に、曜日ごとの各診療科目の担当医名が貼り出されている。ぜんぶで六名いたが、中原の名前はなかった。金曜日の午前中は、自分の担当日だと本人の口から聞いているのだが。

受付カウンターの奥を覗きこむと三人の事務員が、書き物をしていた。看護師の姿は見えない。

近くの椅子に座っている老女に、受付時間について尋ねてみた。

「診察ならもうしてないよ」老女は言った。「先月で終わっちゃったのよ」

「先月というと？」

知らないのか、という顔で老女は小宮をふりかえった。「今月いっぱいで閉院になるの」

閉院？　そんな話は中原から聞いていない。

「あの、消化器科の中原先生はご存じですか？　金曜日のご担当だったと思いますが」

「中原？　そんな先生いないわよ。消化器科はずっと昔から横田《よこた》先生ひとり。わたし、かかっていたから」

小宮はとまどった。中原は消化器科ではなく、内科を担当しているのだろうか。ほかの患者たちを見やった。七十歳以上と思われる高齢者ばかりだ。みな手持ちぶさたそうに、ぼんやりと前を眺めている。

「失礼ですけど、おばあちゃんはリハビリに来られたんですか？」

「違うわよ。紹介状をもらいに来たの。ほかの人もみんな同じよ」

「ほかの病院に移るんですか？」

「閉院しちゃうんだから、そうするしかないじゃない。院長に書いてもらってるの。でもさ、紹介状まで金とるらしくて、踏んだり蹴ったり」

カウンターの奥にいるのが院長だろうか。

「ここ、建て替えかなにかするんですか？」

「だから、もう終わりって言ってるじゃない。入院患者だって、今月いっぱいで出て行けって言われてるし。寝たきりの人ばかりだから、行くあてもなくて大変」

「いつ決まったんですか？」

「先月の中ごろ」

ずいぶん急な話だ。

「入院患者は何人くらいいるんですか？」

「五十人かそこらいるんじゃないの」

「どうして閉院するんですか？」

「借金抱えて倒産するんじゃないの。院長の奥さんとか金遣い荒いらしいし。そのせいか知らないけど、五十嵐《いがらし》先生なんか、ノイローゼになって死んじゃったのよ」

これほどの規模の病院が、それしきで閉院するだろうか。医師が死んだというのはそれとは関係ないだろう。困るのは患者だけではない。少なくとも、百人単位の職員がいるはずだ。その人たちはどうするのだろう。

小宮はエレベーターで三階まで上った。静かだった。ナースステーションには、女性看護師がひとりいるだけだ。空き部屋が多い。患者のいる部屋には、医療機器がずらりと並んでいた。酸素チューブを装着された寝たきりの人ばかりだ。

看護師に閉院について訊いてみると、困った顔でそのとおりですと言った。先月分の給料もまだもらっていないとも。転院のストレスで患者さんがふたり死んだ。患者はまだ三十人ほど残っているが、転院先の病院が見つからないという。

小宮は一階に戻り、正面カウンター奥にいる事務員を呼びつけた。制服を着た四十がらみの女が出てきた。ここに勤務している医師の中原先生に連絡を取りたいのだがと訊いてみた。

「中原？」女は小首をかしげた。「そういう先生はいらっしゃいませんが」

「非常勤でお見えになっているはずですが」

「よそから来ているお医者さんはいません」

あらためて、ここが閉院するというのはほんとうかと訊いた。

「今月いっぱいで終わります」女はそれだけ言うと、立ち去っていった。

中原がうそをついているとは思えなかった。以前は勤めていたのではないか。酒が入っていた席なので、つい、いまでもと出てしまったのかもしれない。小宮は釈然としない気持ちで病院を出た。

歩いて王子駅に戻った。中原の携帯に電話を入れてみようかと思ったが、診察中で出ないだろうと思い、疋田の携帯に電話を入れた。今度は出た。

「ちょっと急いでる」いきなり疋田は言った。

「なにかありました？」

「いない」

「野島先生ですか？」

「診療時間が過ぎても、現れなかった。これから、自宅に行ってみる」

どうしたのだろうと小宮は思った。昨日のきょうだ。自分たちが訪問したのに関係があるはずだ。

「和光市ですよね?」

来る必要はないと疋田から言われたが、「行きますから」と告げて小宮は電話を切った。急ぎ足で改札に向かった。池袋まで行って、東武東上線の急行に乗れば四十分で着く。

5

ドアの外で待っていると、管理人が出てきた。若い男だ。

「いらっしゃいませんが」

「中はどうだったんですか?」疋田は訊いた。「荒らされた様子は?」

「いやぁ、ないです」

「野島さんが入居したのはいつでしたっけ?」

管理人は手にしたバインダーを見て、「去年の一月です。単身で入居されています」と答えた。

ここは和光市駅に近いマンションだ。東京メトロの車両基地の東側。広い敷地に十棟の高層マンションが建っている。野島の住まいは駅に近い市立図書館の裏手の第三棟。二階の2LDKだ。築三十年が経過しているわりに、手入れが行き届いている。成増院までクルマでも電車でもすぐだ。

契約書類にある野島修一の携帯に電話しても、つながらなかった。

広いエントランスホールを出たところで管理人と別れた。

成増院で張り込みをしている野々山に電話を入れたが、やはり野島は来ていないという。いったい、どこへ消えてしまったのか。

朝倉結衣が死んだのを知らされたためだろうか。ひょっとしたら、野島自身、朝倉結衣の死になんらかの関わりがあるのだろうか。でなければ、この事態は説明がつかない。

青々と葉を茂らせたシイの木の木陰から、末松が現れた。

「クルマはありますよ」

「間違いない？」

「シルバーのカローラ。野島のクルマです」

「いったん、ここへは帰っているか」

「でしょう。家は？」

「いません。昨日の夜か、きょうの朝、野島は家を出たんだと思います」

「まずいなあ」

昨日、診察室で朝倉結衣が死んだのを告げたときの野島の様子からして、もっと自分たちは慎重に対処するべきではなかったか。医療ミスで朝倉結衣を死なせてしまったのを念頭に置いて。

最悪のケースも想定するべきだった。野島修一は思いつめている可能性がある。下手をすれば、みずからの命を絶《た》つ線もありうる。

岩井刑事課長から電話が入った。野島が自宅にいない旨《むね》を話すと、成増院に戻れと命令された。

「ここはどうしますか?」

「刑事課の人間をやる。診療所が優先だろ」

「令状は取れましたか?」

「取った。自宅もガサを入れる。もう、うちの捜査員が着く頃だ。間に合うように急げ」

「了解しました。すぐに」

電話を切ると疋田は末松とともに駐車場にとって返した。途中、小宮に電話を入れて行き先を変えるように告げた。

「野島は賃貸で入居ですか?」ハンドルを握る末松が言った。

「ええ、月十三万」

「わりと安いんですね。クルマだって医者にしちゃ地味だし」

「ほかに持っているかもしれないですよ」

「かもしれないけど、派手じゃないよね」

診療所にしろ、住まいにしろ、質素なのは間違いない。医者なのに慎《つつ》ましいくらいだ。テレビのコマーシャルで流れる美容整形外科の派手な印象とはかなり落差がある。

成増院に着くと、院の向かいの駐車場にクルマを停めた。乗り込んできた野々山に、

「本院のほうには訊いてみたか？」と末松が訊いた。

「来ていません」

「来ていても教えないんだろう」ぶすりと末松は言う。

それはないだろう。

「院の患者は？」疋田は訊いた。

「追い払っているようです」

黒のミニバンが駐車場に入ってきて、すぐ横に停まった。

助手席の刑事が家宅捜索令状を見せた。疋田はクルマから降りて、刑事から令状を受け取り、末松たちをふりかえった。

「乗り込みます。行くぞ、野々山」

三人で成増院の入居しているビルの階段を上った。すぐうしろに三人の刑事課の刑事と

ふたりの鑑識員がついてくる。

顔見知りの事務員に令状を見せた。化粧の濃い桑原《くわばら》という一番年長の女性だ。家宅捜索する旨を告げると、桑原はそれを受け取り、ほかに為《な》す術《すべ》もないという感じでうなずいた。院を臨時閉鎖するよう告げてから、野島修一の私物が置かれている場所を聞き出した。診察室にまとめて置かれているようだ。

鑑識員は靴にカバーをはめて、診察室に入っていった。その奥には手術室がある。待合室に集められた六人の職員は混乱し、とまどっていた。無理もない。責任者が出勤してこず、代わりに警察がやってきて家宅捜索をはじめたのだ。

手分けして職員たちに、野島の行方について質問した。野島のプライベートを知っている職員はいなかった。市川和代の行き先についても同じだった。小宮真子が到着して、事情聴取に加わった。

診察室の鑑識が終わり、疋田と小宮も靴カバーをかけ、ラテックスグローブをはめて診察室に入った。

野島専用のスチール机と椅子、患者用のベッドがあるだけのシンプルな部屋だ。

小宮がパソコンの電源を入れて、中身のチェックをはじめた。

疋田《たば》は机の最上段の引き出しを開けた。筆記用具が少しとペンライト。二段目には問診票の束や各種のファイル。三段目には医師向けの雑誌がつまっていた。胸部外科のものがほとんどだ。

小宮はものも言わず、パソコンのファイルを調べている。疲れているのだろうか。険《けわ》しい顔つきだ。

「無理して来なくてもよかったのに」疋田は声をかけた。

「そういうわけにはいきません」小宮は不機嫌そうに言った。

「昨夜はなにかあったか？」

「静かでした」

では、そこそこ睡眠は取れたのではないか。

「飛鳥山病院って知ってますか？」

「いや、知らない。王子にある病院か？」

王子駅のすぐ横に飛鳥山公園があるのだ。

小宮は画面を見ながら、うなずいた。「そこに行ってみたんです。でも、中原さんがいなくて」

「いないって……例の医者？」

小宮が付き合いはじめた男だ。

「青戸の病院に勤めているんじゃないのか？」

「金曜日は、飛鳥山病院で診察しているはずなんですが、姿が見えなくて」

小宮はその病院が経営難で閉院に追い込まれて、混乱していると言った。

「マコ、間違っていたら申し訳ないが、その中原という医者は、名義貸しでもやっているんじゃないか？」

「来る途中、ずっとそれについて考えていたんです。たぶん、そうかもしれない」小宮は暗い顔つきで言った。

医療機関に名前を貸して、報酬だけ受けとる行為だ。医療法違反で懲役刑もある犯罪だ。もしそれがほんとうなら、とんでもない男だと疋田は思った。

事情聴取に呼びつけて、洗いざらい吐《は》かせるか。しかし、それは望まないだろうと小宮の落胆する顔を見て思った。

それでも、小宮は、とりあえず自分以外の男といっしょにはならない。そう思うと安心できた。しかし、それは言わないでいた。小宮から、野島の住まいについて訊かれた。

「簡素なマンションだった」

「クルマもあったんですね？」

「あった」

「どこへ、消えちゃったんだろ」

小宮は朝倉結衣と北沢明美の名前を使ってパソコンの中身の検索をしているが、電子カルテ以外に出てくるものはない。手術室で鑑識活動している鑑識員が顔を覗かせた。

「こっちは終わりました。ルミノール反応もやりましたが、ちょっと意味ないです」

手術室だから、人間の血液は至るところに落ちているはずだ。いちいち調べていてはキリがない。鑑識員たちは、様々な証拠品類をビニール袋におさめていた。ガーゼ片や人の髪の毛といったものだ。

待合室で事情聴取をしていた末松が顔を見せた。

「野島と北沢明美は知り合いだったみたいですよ」末松は言った。「事務員がふたりの話すのを聞いていて、そういう印象を持ったみたいです。野島は北沢明美の下手《したて》に出るような話しぶりだったらしくて」

「話の中身はなんです？」

「わからないようです」

「どういう関係ですかね？」

「見当つきません」

「市川和代について、なにかわかりましたか？」

「それがまったく。履歴書の一枚ぐらいあると思ったんですけど、どういうわけか見当たりません。こっちにはなかったですか？」

「いまのところ見つかりません。スタッフが撮った顔写真とかあるでしょう？」

「それもなくて。彼女は不定期に来ていたみたいですね。ここのスタッフの連中、彼女は新宿の本院から派遣されてきているものと思っていますよ」

「そうなんですか?」

「よくわからないけど」

鑑識員たちはとなりにある処置室に移っていった。そこは手術機材の保管場所と看護師室を兼ねているはずだ。

疋田は小宮に声をかけて、小さな手術前室から手術室に入った。

六坪《つぼ》ほどだ。壁際に手洗い用のシンク。革製の黒い施術ベッドの上に、天井から二台の無影灯が吊《つ》り下がっている。その横に血圧計などのモニター類や点滴のスタンドが立てかけられていた。部屋の隅《すみ》に電気掃除機を立てたようなレーザー治療器が置かれてある。

手術台に寝かされている朝倉結衣の姿を想像した。ここで、点滴を使って静脈麻酔が行われていたはずだ。

手術道具が収まっているキャビネットの引き出しを開けて、一点一点確認していく。脂肪の抜き取りに使ったシリンジがあった。異常はない。

プラスチックボックスの引き出しを開けて調べていた小宮が、「これって」と声を洩らした。

小宮は小さなプラスチックケースを持っていた。黒っぽい棒のようなものが入っている。上から見ると数字が並んでいる。0から8までと小数点。金属面などに数字を刻印するポンチスタンプだ。小宮はその中から「3」を取りだして、疋田に見せた。

「似ていませんか？」

上半分がカタカナのフで、下半分が丸い半円。朝倉結衣と北沢明美の体にあった〝3〟そのもののように見える。

「どうして手術室みたいなところに、ポンチなんて置くのかしら」

「事務室に置いてあったのかもしれんぞ」

「でも見つけたのはここですよ。この部屋で使ったんです。火かなにかで炙《あぶ》って、人の体に押しつけたのかしら？」

言いながら、小宮は部屋を見渡した。

ガスコンロはおろか、アルコールランプといったものもない。

「麻酔で意識を失っているあいだに、こんなもので焼き付けられたって？」疋田は言った。

「形がそっくりですから……」

「焼けば痛むぞ。北沢明美の首にあったのは、火ぶくれした痕のようには見えなかった。だいたい、火で焼かれた鉄を押しつけられてみろ。痛くて、麻酔なんかいっぺんに覚めるぞ」

「そうですよね。朝倉結衣の胸にあったのも、火傷《やけど》の痕じゃなかったみたいだし」

疋田は渡されたポンチをもう一度見た。しかし、似ている。そのものだ。

小宮は手術室の隅に歩み寄り、床に置かれたステンレス製の容器を調べだした。

なにをするのか見守っていると、小宮は容器のふたを開けて横向きに倒した。透明な液体がぱっと床にこぼれて、一面に湯気のような白いものが立ち上った。床の液体はみるみる小さくなり、十数秒足らずで乾いて消えてなくなった。

「驚かせるなよ」

「爆発なんかしませんから。液体窒素《ちっそ》ですよ。高校の授業でやりませんでしたか？」

疋田は容器を見た。取扱注意、液体窒素と書かれた黄色いラベルが貼られてある。

「ほくろやイボとりに使うんですよ」

「こんなものをどうやって？　零下《れいか》二〇〇度近いんだろ」

「綿棒につけて患部に当ててるだけです。二、三回やればイボなんて簡単に取れるみたいですよ。ポンチをこれに浸《ひた》して、押しつけたんじゃないかしら」

「野島のイタズラか？」

「わかりませんけど、きっと意味があると思います」

「あとで、このポンチと死体にあった〝3〟を比べてみよう。そうすれば、はっきりするから」

「そうしましょう。でもこれで、野島の逮捕令状が取れますよね？」

「状況から見て請求すれば下りるだろう」

「早く野島を見つけて保護しないと」

「そうだな」

下手をしたら自分で首をくくりかねない。

診察室にいる末松に呼ばれた。野島の机を調べていた野々山が、クリアブックを開いていた。

野島修一が書いた論文の抜き刷りだ。『先天性心疾患へのアプローチ』というタイトル。臨床検査技師学会の紀要《きよう》に載せたものらしい。日付は四年前の六月だ。末尾にある野島のプロフィールは、共立埼玉中央病院循環器科医師となっている。

「北沢明美が言ってましたよね。『きょうさい』って。あれじゃないかな」野々山が言った。

共立埼玉中央病院の共と埼で〝きょうさい〟になるが。

「幸平、この病院に当たってみろ」末松が言った。

「いまここで?」

「早くしろ」

急《せ》かされるように野々山は携帯を取りだした。電話番号案内を呼び出して共立埼玉中央病院の電話番号を調べ、そこにつなげた。代表番号につながると、循環器科に切り替えてもらい、北沢明美の名前を出して話しはじめた。

三分ほどで会話が終わり、野々山は疋田をふりかえった。

「北沢明美もこの病院で勤務していました。三年前に辞めたそうです」

「知り合い同士だったのか」末松が言った。

6

成増院のスタッフによると、液体窒素を使ったイボとりは頻繁《ひんぱん》に行っているらしかった。ただ、数字の刻印をするポンチは仕事で使ったためしはないし、見るのもはじめてだという。共立埼玉中央病院について知っているスタッフはいなかった。

副署長の曽我部から、念押しの電話が入った。赤羽ハートクリニックの院長への口利きだ。疋田は月曜日に行きますからと返事をしたものの、曽我部は引き下がらなかった。仕方がなく、その場で赤羽ハートクリニックに電話を入れ、早々に電話を切る。

捜査員にまじって、待合室の隅にぽつんと小宮が座っていた。さびしげな顔をしていた。声をかけると、小宮は不意を突かれたような表情で疋田を見上げた。

「わたし、引き上げてもいいですか?」

「いいよ。ここまで引っぱって悪かった。帰って休んでくれ」

「わかりました。お願いします」

去っていく小宮の背中を見送った。元気がなさそうだった。

午後一時、捜査員を引き連れて刑事課長の岩井が現れた。厳しい顔をしていた。野島の立ち回り先について、疋田はメモひとつ出てこないと答えた。野島のマンションはどうですかと訊いた。

「向こうも同じだ」と岩井は言った。

「朝倉結衣がいた痕跡は見つかりましたか？」

野島が朝倉結衣を一時的に自宅に運んでいた可能性があるのだ。

「髪の毛一本見つかっていない。野島あてのダイレクトメールや雑誌があるだけで、住所録や手紙もない。こっちが頼りだ」

「野島が北沢明美と同じ病院で働いていた可能性があります」

疋田は論文の抜き刷りを見せ、北沢明美が大幅な手術代の値引きを受けていたらしいことを話した。

岩井はさしたる関心を示さなかった。「昔、いっしょに働いていたよしみで値引きしたんじゃないのか？」

「そう思いますが。ただ、これを見てください」

疋田は朝倉結衣の胸部が写っている写真と3のポンチを見せた。じっと見入る岩井に、液体窒素を使って朝倉結衣だけでなく北沢明美の肌にも〝3〟の刻印《こくいん》をつけたと思われると説明した。岩井は理解に苦しむという顔で疋田を見た。

「野島がやったのか？」

「そう思います」

「よくわからんが、美容の一環として？」

「美容とは関係ないと思います」

「だったら一体なんなんだ？」

「わかりませんが、朝倉結衣の両親と北沢明美は、心当たりがあるようです」

「訊いたのか？」

「何度か訊きました。答えをはぐらかされています」

「数字の刻印が野島の失踪と関係しているのか？」

「わからないです。野島の実家はどうですか？」

「うちの捜査員に張り込ませている。近場のホテルもしらみつぶしで、当たらせている最中だ」

「まさか高飛びするとは思えませんが」

「羽田《はねだ》と成田《なりた》にも捜査員を送る。野島の取引銀行とカード会社にもだ。やつが金を引き出したりカードを使った時点で、居場所がわかる。野島といっしょに手術をした看護師は見つかりそうか？」

「市川和代ですか？　奇妙ですが、彼女がここにいたことを示す書類が一切見つかりません。履歴書はおろか、写真一枚見当たらないんです。新宿の本院に行けばあるかもしれませんが」

岩井の目が一瞬輝いた。「野島の携帯の通話記録を調べた。昨日、新宿の本院へ電話しているぞ」

「院長の木内にですか？」

「わからん。とにかく、野島が携帯で電話をかけた相手を調べるぐらいしかない。これから手分けしてうちの連中に当たらせる。疋田、おまえは新宿の本院に行ってみてくれ」

「わかりました。埼玉の病院はどうしますか？」

「あとあと。野島を見つけるのが先決だ」

「了解。すぐに」

*

三好が電話を切ると、内海がふりむきざまに言った。

「いまの電話はどなたですか？　赤羽中央署とか仰《おつしや》っていましたよね」

三好は自分の心臓に手をあて、「ほら、心臓神経症の警官だよ。上司の母親の診察をしてもらいたいと前から言ってきているだろう」

内海は胸をなで下ろした。それなら無害だろう。

「すぐ切ってくれとかさ。この手の話ばかりだよ」言いながら、三好は内海の前に腰を落ち着けた。

「体がいくつあっても足りない。早いところ、代表に話をつけてもらって、津田沼のほうへ移らないと」

「貸付金さえ入れれば、すぐにでも移れますから。ところで、ネクストから返事はありましたか？」

「昨日のきょうだよ。そう簡単に右から左へ流せる額じゃないだろう」

「そうですね、はは」内海はしらばっくれた。「まあ昨日の様子からして、貸付は決まったようなものです。渡部先生のほうはどうですか？　なにかお話があるそうだけど」

渡部は茶封筒から数枚の紙を取りだして、机に載せた。額に降りかかった長い髪を手ではらいながら、「ご提案されている買収金額を少し精査してみたんです」と口にした。

三好が身を乗り出した。

「一床あたり、ざっとですが、四百万円前後で計算されているようなのですが、少し高いのではないかなと思うんです」

「どれくらいが妥当なの？」三好が紙を見ながら訊いた。

「財務諸表と照らし合わせて、患者ひとりあたりの利益とコストを計算してみますと、一床あたり、二百五十万円から三百万円ぎりぎりのラインに落ち着くのですが」

三好は怪訝《けげん》そうな顔で内海をふりむいた。「代表、どうなの？」

「弱りましたなぁ。経営のプロからご指摘を頂戴《ちょうだい》しては」

内海は恨《うら》めしげな顔で、女医に一瞥《いちべつ》をくれた。

「元々、二五〇床以下の中規模な病院は、経営が難しいんです。でも、経営改善ができないというわけではないんですよ。誤解なさらないようにしていただければと思うんですが」

「企業や健保組合を呼び込んだり、コスト削減を図るんじゃないのかね？」

「それはやりますよ。徹底的に」それまで黙っていた下地が口をはさむ。

「診療科目別にニーズを調べて、医師の増減は必須だと思います」渡部が言った。「看護師の入れ替わりが激しいようですから、病院に保育所を併設して、定着化を図るなりすれば、長い目で見ればプラスになるはずです」

三好がじっと腕を組んで聞き入っている。

「三好先生、先般、津田沼の病院を訪問されたとき、どう思われましたか？」内海が訊いた。

「まあ、清潔に保たれていたし、病院としてのランクは上々だと思ったけど」

「受付をどうご覧になりましたか？　小窓を開けただけの、いかにも昔風の受付ですよね？　わたしなら、あの窓をぜんぶ取っ払って、オープンカウンター方式にしますね。それだけでずいぶんと風通しがよくなるはずです」

三好はなるほどという顔でうなずいた。

内海は続ける。「それから、玄関横には花壇を作ります。春は菜の花、秋はコスモスが咲き乱れる美しい花壇を」

「金勘定ばかりと思っていたけど、内海代表、なかなかいいことを言うじゃないか。見直しましたよ」

内海はべろっと舌を出し、頭をかきながら、「差し出がましくて、申しわけありません」と謝った。

「何度も言うようだが心臓病というのは特別なんだ。国もそれは認めていて、診療報酬を引き下げるような真似《まね》はしない。なあ、渡部くん。きみからも言ってあげなさいよ」冗談めかして言うと、渡部は、「すみません。つい余計なことをしてしまいました」と言った。

「いいんだよ。トリはたくさんついてくるからさ」

金の卵を産むトリ。三好は心臓病患者をたびたびそう口にする。

「それはあるかと思いますが、津田沼の病院は、市内に三カ所の土地を持っています。そこに老人保健施設を建てれば、経営安定の柱に――」

三好は渡部の言葉を、さえぎるように口を開いた。「向こうに移ったら、わたしは、自分の仕事に専念したい。若い医者のトレーニングもしなきゃならん。病院経営まではとても手が回らないと思うんだよ。どうだね、渡部くん。例の話、受けてくれる気になったかね？」

「ちょっと、荷が重いのですけど」渡部は目を伏せて答えた。

「外科医として、スキルを積みたいというきみの気持ちはわかるよ。でも、経営にくわしい医師というのは、替えがないからね。なんなら、最初は理事からスタートというのは？」

渡部は学園祭で、演劇の主役を突如《とつじょ》言い渡された女子生徒のように顔を赤らめた。

「ちょっとよろしいですか？　なにを仰っているのか、さっぱり呑《の》み込めないのですが」

下地があいだに入った。

「経営学修士号を持っている彼女にさ、理事長をまかせようかと思っているんだよ」

言われた渡部は、三好と内海にちらちらと視線を送っている。

興奮した面持《おもも》ちでいる三好を内海は冷めた頭で見ていた。

「そうだったんですか」内海は口をはさんだ。「彼女ならうってつけかもしれないなあ。賛成ですよ。どうですか？　渡部先生、この際引き受けてみては」

医師法の規定により、病院の理事長は医師または歯科医師の資格を持っていなくてはいけないのだ。

「理事としてでしたら、お手伝いできるかと思いますが」

「まあ、いい、いい。この場ですぐ結論を出さなくてもさ。考えておいてくれたまえ。じゃ、診察があるから失礼するよ」

三好がいなくなると、下地がきつくしめたネクタイをゆるめた。「しかし、あの先生、お調子者だな」

「下地」真顔で内海がいさめる。「この仕事はこれまでとは違う。長く稼《かせ》ぐ」

下地は気に食わない顔で、内海を見やった。「理事長職までやる気ですか？」渡部は無視している。

「三好の口から出たんだ。引っ込めるわけにはいかないだろ」

「それはそうですけどね。手術の中継といい、気になるなあ」言いながら、下地は渡部に流し目をくれる。

「手っ取り早く、手数料を稼いでおさらばというわけにはいかない」

「それはいいんですけどね。どうかな、渡部先生？」下地は意地悪げな顔で続ける。「二年前の病院も肝心なところで、あんた、ふた月もトンズラこいたし。どうもあのときから、仕事を選別するようになった」

確かにあれを境に、診察など、医師としての本来の仕事は極力避けるようになった。ダーティな仕事に、目覚めてきたと解釈するべきだろうか。「まだ腰が座っていなかっただけの話だ」と内海が渡部に助け船を出した。

「それについては、以前お話しした通りです」渡部は何者もよせつけない感じで答えた。

7

木内美容整形外科新宿本院は、歌舞伎町《かぶきちょう》の東のはずれにある雑居ビルの三階にあった。一階はファストフード店だ。簡単なパーティションで区切られた待合室では複数の若い女性が順番待ちをしている。外国人女性もいた。

末松とともに手術室のような部屋に通された。狭い。手術台の横に移動式の無影灯が置かれている。壁際に黒い管のついた治療器が二台並んでいた。それを指して、末松が口を開いた。

「ここはレーザー治療室のはずですよ。手術室はこの廊下の奥」

末松は二度も来院しているので、中に詳しい。

「外国人の患者もいるんですね」疋田は訊いた。

「気がつきました？　フィリピーナですよ」

「このあたりのフィリピンクラブで働く女の子？」

「いや、日本全国の。出稼ぎにきているフィリピーナのあいだで、困りごとなんかあったら、ここに来れば相談に乗ってくれるっていう評判が立っているみたいで」

「駆け込み寺みたいですね」

「まさにね。望み通りにしてくれるらしいから。タイや中国の女の子もいますよ。彼女たち、朝早くここに来て、丸一日がかりで手術を受けてね。手術が終わると、仲間が現れて連れて帰っていくんです。こないだも、うめき声を上げながら出て行くのを見ましたよ」

「尋常《じんじょう》じゃないな」

「新しい人生のはじまりっていうやつです」

「器械を使った大がかりな脂肪吸引だってやるんでしょ?」

「やっていますよ」

「術後の安静が必要のはずなのに」

「そうとばっかりも言っていられないんじゃないのかな。よその美容整形外科で手術に失敗した女の子たちも大勢やってくるし。救いの神とあがめられているみたいですね」

患者の要求を丸呑みにする一方で、杜撰《ずさん》な流儀がのさばっているのではと疋田は疑った。それが分院の成増院でも常態化して、医療事故につながったとは考えられないか。野島から、大きな手術を受けた患者は、ここに入院させると聞いたのを思い出して、末松にそのことを訊いた。

「入院を申し出た患者は、近くの総合病院に入院させるようです。動けないときは介護タクシーを呼んで」末松が答えた。

「しかし、どの国も同じだな」

「なにが？」

「女性が美しくなりたいっていうのは」

「フィリピーナは違うな。彼女らは商売だから。フィリピンに家族を残して出稼ぎに来ているでしょ。豊胸手術や二重まぶたの手術も、好きでやっているわけじゃないんだ。日本人好みに改造しているんですよ」

みずからが望んで美容整形手術を受けているのではないということか？　それにしても、患者の健康を度外視したやり方は許されるものではないと思うが。

「木内って、どんな医者ですか？」

「会えばわかりますから。苦労人みたいな印象を受けるけどなあ。私大の法学部を卒業してから、仕事でアメリカに渡ってね。そこで交通事故に遭《あ》って大けがをして医者を志《こころざ》したそうです。向こうの大学の医学部を卒業して日本でも医師免許を取って。中国やフィリピンの医者の資格もあるそうです。本人は中国語も英語もペラペラだから」

ドアが開いて青い手術着を着た小太りな男が現れた。丸顔だ。メガネをかけ、腫れぼったい目をしている。

「またあんたか」男は両手を広げ、おどけるような仕草で言った。

院長の木内義和のようだ。

「きょうは手術じゃなかったの?」末松は気安い感じで訊いた。

「手術はこれから。きょうはなに?」木内は好奇心をふくらませた目で疋田を見た。分院の成増院で起きている事件など、意に介しているようには見えない。

「野島先生について聞いてるよね?」末松が訊いた。

「午前中電話が入ってさ。いなくなっちゃったって?」言いながら、じろりと木内はまた疋田に目をくれた。

「野島先生、こっちに来ているんじゃないの?」

「ここへ? 来てないなあ。見ていってもらってもいいけどさ」

「昨日、野島先生から電話があったよね?」

「ああ、そうなの」

「木内先生が話したんじゃないの?」

「おれじゃないよ。うちのナースじゃないかな? 訊いてあげようか」

「あとでいいよ。それより、野島先生の居所を知りたいんだけどさ。わかんないかな?」

「家にいないの?」とぼけるように木内は言う。

「いないから、こうして来たんじゃないの」

「警察でしょ。パソコンでぱちぱちって弾《はじ》くと、居所なんてすぐわかっちゃうんじゃない？」木内は薄笑いを浮かべ手ぶりをまじえて言う。

「彼女とかいないの？　野島先生には」

「知らないよ。彼とは飲んだりしないしさ」

「またご冗談を。腕がいいのを見込んで、分院をまかせたんでしょ？」

「腕はいいよ。とびっきりだな。でもうちと分院は独立採算制だしさ」

「野島先生とは最近会った？」

「ひと月ぐらい会ってないな」

「ここで会ったの？」

「そうだけど」

「いつ？」

「先月の七夕だったな」

疋田は手帳のカレンダーの頁《ページ》をめくり、日にちを確認した。「日曜日ですけどここで会ったんですか？」

「その日は僕に別件が入っていて、彼にはピンチヒッターで働いてもらったの」

末松が疋田を見た。「係長、ここは土日もやってるんですよ」

疋田は自己紹介して、名刺を渡したが、木内はろくに見もしないで、手術台の上に放った。

「成増院で手術を受けた朝倉結衣という女の子について、野島先生から連絡が入りませんでしたか？」疋田は訊いた。

「川に飛び込んで死んじゃった女の子？　知らないねぇ」

「手術直後に亡くなった可能性もあります。それについてはご存じですか？」

「末松さんにも言ったけど、うちから紹介したわけじゃないし、なにも知らないって」

話になりそうもなかった。

「市川和代という看護師をご存じですね？」疋田はあらたまった感じで訊いた。

「成増院で働いている子？」

「彼女は以前、こちらで働いていませんでしたか？」

「働いていないよ」

「成増院のスタッフはこっちで働いていたって言ってるよ」末松が口をはさんだ。

「知らないねぇ。どんな子？　かわいい？」

「勘弁してよ、まったく」言いながら末松は、これ以上いても時間のむだだという顔で疋田を見た。

疋田も同感だった。礼を言って、本院をあとにする。

「いつもあんな感じなんですか？」疋田は訊いた。

「もっとおどけてますよ。きょうはふたりで行ったから様子を見てたかな」

警戒しているようには感じられなかったが。

そのとき携帯がふるえた。小宮からだった。こんな時間にどうしたのだろう。オンボタンを押して耳にあてる。

「見つけました」小宮は言った。

いきなり言われて、疋田は意味がつかめなかった。

「野島と北沢です。同じ病院で働いていましたよね。そのとき、患者取り違え事件が起きているんです。逮捕者もいます」

患者取り違え？　一体なにを言っているのか。

「マコ、どこにいるんだ？」疋田は訊いた。

「桶川の病院にいるんです。いま出たところです。これから上尾《あげお》署に行きます。すぐ来てください」

それだけで電話は切れてしまった。午後四時を回っていた。

8

上尾駅に着いたのは五時ちょうど。桶川市は上尾署の管轄だ。

署に着くと二階の刑事課に上がった。冷房の冷たい風が当たる入り口近くの席で、小宮は背中を丸めるように捜査報告書を読んでいた。部屋には数人の刑事がいるだけで課長席は空《あ》いていた。自宅に帰らず、成増からこっちに来たのかと疋田が訊くと、小宮はうなずいた。

「どうしても気になっちゃって」

小宮は捜査報告書の入ったファイルの背表紙を見せた。

〝共立埼玉中央病院における患者取り違え事件〟とある。

「さっき言っていたのは、これか？」

「そうです。手術で患者同士を間違ったんです。病院では詳しい中身は教えてもらえなくて。看護師がひとり逮捕されているんですよ」

「野島は？」

「手術に麻酔医として参加しているし、朝倉路子も加わっているんです」

「朝倉路子って、朝倉結衣の母親の？」

「そうなんですよ」小宮は困惑した表情で頁を繰《く》り続ける。

「北沢明美は？」

「あ、彼女もいますから」

なにがどうなっているのか、疋田にはさっぱり呑み込めなかった。疋田は順番に説明してくれと頼んだ。小宮は報告書を開けたまま疋田を見やった。

「共立埼玉中央病院というのは、上尾市と桶川市と北本市の三つが共同で作った公立病院です。桶川市にあります。三十年前にできました。地域の基幹病院です」

「患者の取り違え事件というのは？」

「四年前の六月九日火曜日です。この日、中央手術部では八人の手術が行われる予定になっていたんです。そのうちのふたりの患者が取り違えられてしまった」小宮は頁を繰りながら続ける。「胆のうガン患者の柳昌邦《やなぎまさくに》七十三歳、それから大動脈弁狭窄症《きょうさくしょう》患者の井出《いで》保夫《やすお》。こちらは六十九歳です」

「大動脈なんとかっていうのは？」

小宮は自分の胸に手をあてた。「心臓の弁が貝殻のように硬くなってしまう病気のようです。ふたりとも朝の九時から手術がはじまる予定でした。取り違えに気づいたのは十時近くで、そのときはもう柳さんの胸は開胸されていました」

「胆のうガン患者が間違って心臓を切られたって？」

「そうなんです。本来なら胆のうガン患者の柳さんは、第七手術室で手術を受けるはずだったんです。でも間違って、心臓手術が行われる第三手術室に運び込まれてしまって、それで」

「第七手術室には井出という心臓病患者が運び込まれたのか？」

「ええ。でも、井出さんの手術は予定から一時間遅れたので、結果的に開腹はされずにすみました」

「遅れた？」

「執刀医の受け持ち患者が病棟のほうで危篤《きとく》になって。それで急遽《きゆうきよ》呼び出されて、そっちの処置をするのに手間取ったせいです。手術の開始が一時間近く遅れたおかげで、第七手術室のスタッフは患者の確認作業に充分な時間が取れて、患者が違うのに気づいたんです」

「それですぐ第三手術室に知らせたが、そっちではもう手術がはじまっていた？」

「そうです。第三手術室では、野島修一が麻酔医として、それから朝倉路子は看護師として参加していました」

「手術室は一カ所に固まってあるのか？」

「この病院は四〇〇床もある大きな総合病院ですから、手術はすべて中央手術部で行われます。そこは通廊型になっていて、ひとつの廊下の左右に四つずつ手術室が並んでいます。これです」

小宮は言いながら、見取り図を開いて見せた。

「中央手術部には病棟の看護師がストレッチャーに乗せて患者を運んできます。そのあと、ここの受付で」と小宮は入り口側にある手術部受付を指した。「手術部専属の看護師にバトンタッチするようなんです」

「そのバトンタッチに失敗した？」

「そうです。第三手術室で行われる予定だった井出さんの心臓手術の担当のひとりは、金《かな》森芳枝《もりよしえ》という女性看護師だったんですけど、彼女が勘違いしました。胆のうガン患者の柳さんを心臓手術が行われる第三手術室に運び入れてしまったんです」

「逮捕者というのがそれ？」

「そうです。この金森が業務上過失傷害容疑で逮捕されました」

「バトンタッチするとき、患者に声とかかけないの？」

「ふたりとも、麻酔がかかっていたようですけど、細かなところはわからなくて」

頁を繰る小宮の手を止めさせて、疋田は訊いた。「ちょっと待って。各々のストレッチャーに、名札とかカルテとか載せているんじゃないのか？」

「それもよくわからなくて。とにかく、ストレッチャーに寝ていた柳さんに、逮捕された看護師の金森が、『井出さんですか』と声をかけると、『はい』って返事をしたので、第三手術室に運び入れてしまったみたいです」

「北沢明美はどう関わっているの？」

疋田が訊くとまた小宮は頁を繰った。「北沢明美は井出さんを循環器科病棟から運んできた病棟の看護師です」

「手術には加わらなかった？」

「病棟看護師ですからバトンタッチしたら終わりです。手術は手術部の看護師の受け持ちですから」

「朝倉路子は手術部の看護師なのか？」

「そこの主任看護師です。野島修一はこの手術の前に、循環器科から手術部に移ってきています」

「整理すると、死んだ朝倉結衣の母親と野島修一が人違いの心臓手術に加わった。北沢明美も、その患者取り違え事件に関わった……」

「そうです」言うと、小宮はようやく報告書から顔を上げた。

「この手術に関わったほかの人間は？」

「執刀医と執刀医の助手がいますから全部で五人」

「逮捕者はひとり？」

「金森芳枝だけです。手術部の看護師長だったみたいです」

疋田は小宮の顔を覗き込んだ。「だいたいはわかった。でもこれって、朝倉結衣の事件と関係しているのか？」

小宮は顔を曇らせた。「はっきりとは言えないんですけど……うちの捜査の過程で浮かんできた三人が共通した業過（業務上過失）に絡《から》んでいるのが怪しいと思って。疋田係長、手術室の番号、気になりませんか？」

言われてはじめて気がついた。

第三手術室――液体窒素でつけられたと思われる〝3〟の痕。

「朝倉路子も北沢明美も〝3〟の痕を知って、ひどく狼狽《ろうばい》していたじゃないですか？」

「この取り違え事件の起きた手術室の番号と同じだったから、驚いたのか？」

「たぶん」

それはどうだろうか。

〝3〟を見て、すぐ自分たちが関わっていた取り違え事件に関係する数字を連想しただけなのだろうか。朝倉結衣の母親は、〝3〟を見て、それまで警察に協力的な態度だったのが急変した。北沢明美も似た反応を示した。両者とも、この取り違え事件を警察に隠したかったというようにとれる。もしそうなら、この取り違え事件そのものに、触れられたくない〝なにか〟があったのかもしれない。

「〝3〟の痕をつけたのは、誰だろう？」

「医者の野島しかいません。朝倉結衣も北沢明美も成増院で麻酔で眠らされていたときに、液体窒素を使ってつけられたと思います」

「なんのために？　野島だって、取り違え事件に関係していたんだし。過去の忌《い》まわしい記憶を思い出したくないという点では三人と同じじゃないか？」

「わかりませんけど、まさか看護師の市川和代が……」

「市川がそんなことをする理由があるか？」

「わかりませんけど、命令されてやったとか」

医者の命令に逆らえなかったのは考えられる。あるいは、べつの要素。ふたりは恋愛関係にあり、市川は言いなりだったとも。

「野島を見つければ市川の居所もわかるだろう。それより、マコ、間違って手術を受けた柳昌邦は、その後どうなった？」

「ガンが体中に転移して、十カ月後に亡くなったそうです。間違った手術を受けたとき、すでにフェイズ3の危ない段階にあったみたいで」

「それは病院で聞いたの？」

「ええ。病院で」

「間違った手術を受けたせいで、死期が早まった可能性は？」

「その因果関係はないようですけど、詳しい内容まではわからなくて」

疋田は捜査報告書にざっと目を通した。事件が発生したふた月後、匿名《とくめい》の通報があって、事件が発覚したとなっている。手術がはじまったのは九時五分。術前の検査が行われたあと、九時三十五分に皮膚切開、胸骨切離、そして心膜の切開へと進んだ。人工心肺装置を取り付けるため、大動脈壁に送血管が挿入《そうにゅう》されたとき、患者取り違えの連絡が入って手術が中断したとある。被疑者の供述調書や参考人供述調書も目を通した。

気が急いてきた。患者取り違え事件に関係したスタッフのうち、三人は既知の人物なのだ。ひょっとして、この患者取り違え事件は朝倉結衣の死体遺棄事件となんらかの関係があるのではないか。

部屋を見渡して、このヤマの担当はいるかと小宮に訊いた。

「担当していた係長さんがいます。呼んできますから」

小宮は席を離れると髪の多い大柄な男を連れて戻ってきた。五十歳前後だろう。業務上過失事件を扱う捜査一係の石上《いしがみ》という係長だった。

石上は疋田と小宮のあいだに立つと、「赤羽のほうで死体遺棄事件があったそうで」と威圧的な口調で言った。

疋田は立ち上がって、石上と向き合った。「その死体の母親が、こちらの事件に関係していたようなんですよ」と相手に負けないように答えた。

「聞きましたよ」石上は疋田を正面から見すえた。「なんですかね。うちの患者取り違え事件と共通した関係者っていうのは」

疋田は相手のペースに巻きこまれないよう、事務的に口を開いた。「三人います。石上係長、座って話しませんか?」

石上はでっぷりした体を椅子に落とし込んだ。

「患者取り違えというのは、実際どうだったんですか？」疋田はあらためて訊いた。

「珍しい事件でね。ちょうど、わたしが係長になって異動してきた年だった」

「匿名の通報者は、わかってます？」

「わからずじまいだ。でも地元の拠点病院でしょ。やらざるを得なかったわけだ」

「病院の家宅捜索で有力な物証は見つからなかったようですね？」

石上は口をへの字に曲げて、うなずいた。「事件発覚がふた月後だからね。なにもありゃしません。証拠っていやぁ、間違えて切られたご老人の胸に残った傷だけですよ。これ」

石上は手荒く捜査報告書を繰ると、胸の真ん中を一直線に縦に切られた痕が残っている柳昌邦の裸の胸部写真が現れた。

疋田は頁を繰り、中央手術部の見取り図を広げた。「ここの受付に各病棟からストレッチャーに乗せられた患者が集まってくるわけですね？」

「そうだね。手術室は八つあるでしょ」石上は太くて汚い人さし指でそこをさした。「これらがいっせいに九時からはじめるわけだな」

「同時にはじまるんですか？」

石上は何度も言わせるなという感じで、「少ない日は四つか五つ。このヤマのときは八つ全部で手術があったはずだよ」

「病棟から患者を運び入れるとき、受付が狭いから、混雑するんじゃないですか？」

「かなりひどい。人によっちゃあ、病棟のほうで軽い麻酔をかけられて、ストレッチャーに横になってるでしょ。そういうのは意識がなくなりかけて、うつらうつらしてるしさ。それを病棟の看護師が押してくるわけよ。八時から九時っていうのは、夜勤明けの看護師が交代する時間帯だしね。人が足りないときは、ひとりでストレッチャーを二台押してくるのもあるくらいだから」

「この事件のとき、取り違えられたふたりは、それぞれの病棟から、看護師がひとりで運んできたわけですよね？」

「そうだったね」

「手術自体は手術部の看護師の担当で、病棟の看護師はタッチしないと聞きました。具体的に患者のバトンタッチはどのような手順で行われますか？」

疋田が訊くと、石上は捜査報告書の中身に目を通しはじめた。しばらくして、石上は口を開いた。

「えっとですねえ、原則的にはですよ。病棟の看護師が手術室に着くでしょ。そこで手術部の看護師にカルテを渡す。でもって、患者の名前を確認し合ってから、そいつを手術部のストレッチャーに移し替える。わかります？」

「この事件のときも、そのようにしたんですか？」

「それが守られていなくてさ」なれなれしい感じで石上は答えた。

「違っていた?」

「だめだめ。規則なんてあってなきがごとし。病棟と手術部の看護師が対面して確認し合うなんて絵に描いた餅《もち》。このヤマのときだって、病棟の看護師は受付の前に患者を乗せたストレッチャーを置きっ放しにしてさ。カルテをカウンターの上に放り投げて、看護師詰め所の中に入ってしまったくらいだから」

「そのとき、井出さんを運んできた看護師が北沢明美ですね?」

「そうですな」

「どうして中に入るんですか?」

「あなた、病院に行っていない?」

見下すような感じで言われて疋田はむっとしたが、あまり詳しくないものですからと答えた。

「手術の前に、病棟のほうでいろいろと患者に処置をするでしょ。点滴のルートを確保したり麻酔を打ったり。そういう諸々《もろもろ》を報告するわけ」

疋田は先を急かした。「そのあとは?」

石上はひと呼吸空けて続けた。「あなた方が騒いでいる北沢明美は報告をすませると、確認作業もしないで詰め所を去っていった。そのあと逮捕された金森芳枝が看護師詰め所から出てきた。受付の手前のストレッチャーには柳さんがいたわけですよ。ふっとカウンターを見れば、一番手前に心臓手術を受ける井出さんのカルテがある。それだけで金森は柳さんを井出さんと勘違《かんちが》いしたわけだ。でもって、彼を手術用のストレッチャーに移して、第三手術室に運び入れてしまった。そういう経緯です」

「ひとりで移したんですか？」

「いやぁ、無理無理。古い病院だから、機械式の移し替え装置はないんだよ。金森は手術部の看護師に声をかけて三人がかりで移したんです。そのあと、金森がひとりで手術室まで運んでいったの」

「ちょっとよろしいですか？」小宮が疋田の肩越しに割り込んだ。「移し替えるときですけど、金森は患者に声をかけて確認しなかったんですか？」

「金森本人は声がけしたと言っていましたけどね。実際はかけていなかった。柳さん本人に訊きましたが、声をかけられた覚えはないと言っていますから」

「リストバンドとか、つけていなかったのでしょうか？」

「この事故のあと、つけるようになったみたいだ」

「バトンタッチする際、柳さんは麻酔をかけられていませんでしたか？」疋田が訊いた。

「病棟では吐き気止めの薬を飲んでいただけですから。意識ははっきりしていたはずですよ。もう片方の、本来心臓手術を受けるはずだった井出さんは、病棟でモルヒネを打たれていて意識がもうろう状態だったようだけど」

「では、間違った名前を呼べば、柳さんは気づいたわけですね？」

「その通りです」

金森は保身のために、取り調べでは患者の名前を呼んで確認したと抗弁していたのだろうか。

「あくまで単純なミスですか」疋田は言った。「それで金森は業務上過失傷害の線で落ち着いたわけ？」

「関係者の証言が一致していますから。動かしようがないね。動転していたのは、金森本人だけですよ」

憎々しい感じで言いながら、石上が開いたのは、逮捕時の金森芳枝の写真だった。ほっそりした顔つきの女だ。鼻が高い。正面をまっすぐにらみつけるような目は意志の強さを感じさせる。

「取り調べで否認していた？」

「最初から最後までずっとね。プライドが高かったな。この若さで、手術部の看護師長だったから」

看護師長といえば一般企業では課長に相当するはずだ。公立病院であっても、実力主義だったのだろうか。

「何歳でした？」

「三十三。手術部の二十五人の看護師を束ねていると言ってさ。本人は鼻高々だったよ」

「優秀でした？」

「さあ、どうだか。大宮の病院から引き抜かれて来たと言っていたけど」

「それでも単純なミスを犯してしまったわけか……」

「ベテランになればなるほど、単純なミスを犯しがちになるんじゃないの。全体がわかっているがゆえにさ」

「柳さんは第三手術室に入ってから麻酔を受けたと思いますが、このとき患者の確認作業は行われなかったんですか？」小宮が訊いた。

麻酔医として参加した野島の対応はどうだったのだろう？　朝倉路子は？

「しなかったみたいですよ」

「執刀したふたりの医者は？」疋田は訊いた。

「してないね。本来なら医者たるもの、手術開始と同時に手術室に入らなければならない。ところがだ。このときは、ふたりとも遅れて入ってきた。まあ、ふだんからそういうルーズなところだったんでしょうな。執刀医が入ってきたとき、もう、患者の顔にマスクがかぶさっていたし、麻酔で眠らされちゃってるから、執刀医の連中は声のかけようがないよ」

疋田は関係者の一覧表を見た。朝倉路子はこのとき四十五歳。主任看護師だ。

「金森とともに手術に参加した看護師は、朝倉路子だけですね？」

「そうですね。朝倉は執刀医の横で器械出しをする役目ですよ。熟練していないとできない仕事みたいだけど」

「金森は外回り担当となっていますが、こちらは？」

「麻酔医といっしょになって患者の全身状態をチェックするんです。器械出し担当より軽い作業ですね。金森は看護師長でしょ。ふだんは手術に参加しないんです。全体を見るポストだからね。この日は八つ全部で大きな手術が重なったから参加したと言ってました」

「朝倉路子の供述は取っていないようですね？」

「話は聞いてありますよ。調書として残していないというだけだ」

「麻酔医の野島修一や執刀医も？」

「疋田さん。何度も言うように、ミスは単純なものだったんですよ。金森以外、関係者の証言もぴったり一致しているし」

「匿名の通報で、ふた月後に事件が発覚したというのが気になります。病院側が事件を隠ぺいしようとしていた可能性はありますか？」

「隠ぺいするつもりはなくて、院内で調査をしてから、警察に告発するつもりだったんですね。コンプライアンス委員会にかけられた書類が残っているし、うちとしたって、それ以上はできないでしょ」

決めつけるような言い方に、疋田は疑問をいだいた。

「地域の基幹病院ですから」石上は言った。「五百人からの職員がいるし。いつまでたっても警察沙汰《ざた》にならないのを快《こころよ》く思わない人間もいたと思いますよ」

これ以上突《つつ》いても、むだなようだ。

「わかりました。で、金森芳枝は起訴されたんですよね？」

「その年の十二月に一審があって、執行猶予《しっこうゆうよ》付きの禁錮《きんこ》八カ月」

「禁錮刑？」

「ええ」言うと、石上は口を引き結んだ。

厳しい。罰金ではすまなかったのか。ミスが大きいと裁判所は判断したのだろうが。

「控訴審は？」

「控訴はしなかった」

「では禁錮刑が確定？」

控訴して争えば、あるいは無罪判決も勝ち取れたのではないか。

「あの、公立病院ですよね？」小宮が訊いた。「金森芳枝は病院を辞めさせられましたか？」

地方公務員が禁錮刑以上の刑が確定した場合、地方公務員法により自動的に失職する。

公立病院勤務で公務員に準じているとするなら、金森もその規定に沿った処分が下された可能性がある。

「辞めさせられたって聞いてますよ」

予想通りの答えが返ってきて、疋田は小宮と顔を見合わせた。

「重大な医療ミスですよ、これは。公立私立を問わず、同じ病院にはいられなかったはずだ。執刀医だった三好先生や助手の五十嵐先生あたりも、いつの間にかいなくなっちゃったし」

ふと疋田はその名前に引っかかりを覚えた。

「いま三好先生って仰いました？」疋田は訊いた。

「腕のいい先生ですよ。当時、循環器科の科長をしていたし。東京で心臓専門のクリニックを開業したって聞いています」

疋田は捜査報告書を繰った。当日のくわしい報告がなされている頁で、その個人名が目にとまった。三好英正とある。赤羽ハートクリニックの三好先生も、名前は英正といったはずだが。執刀助手は五十嵐康宏《やすひろ》となっている。

疋田は小宮にスマホで赤羽ハートクリニックの院長の名前を検索してみてくれないかと頼んだ。

小宮はその場でスマホを操り、結果を見せてくれた。三好英正と表示されていた。同姓同名だろうか。一般人ならまだしも、心臓外科医という狭い枠組みで、それはないのではないか。もし同一人物なら、自分が知っているあの三好がこの取り違え事件に連座しているではないか。

赤羽ハートクリニックが開業したのは三年前のはずだ。この取り違え事件のあと、病院を辞めて赤羽に移ってきたとするなら時期的に一致する。逮捕されていなくても、取り違え事件の当事者として、責められる立場にあったはずだ。自発的に辞めた可能性も考えられた。

野島修一も、この取り違え事件のせいで、同じときに病院を去ったのではないか。

疋田はあらためて朝倉結衣の死体遺棄事件を思った。取り違え事件の関係者のうち、三人が死体遺棄事件の周辺で名前が上がっている。これをどう受け止めればよいのか。

さらに、取り違え事件の手術の執刀医は、疋田自身が心臓を診てもらっている三好先生だ。

事件の中心に野島がいるのは確かだ。野島の元には、取り違えの手術を行った当事者にあたる看護師の娘が来て整形手術を受けた。その手術は失敗し、それを隠すために、野島は死体を遺棄した疑いがある。それだけではなく、同じく取り違え事件に関係する看護師の北沢明美が野島の整形手術を受けて、奇妙なことに、こちらも失敗している。

それを恨みに思った北沢明美は野島に対して、『きょうさい、忘れたのかよ』と脅しめいた文句を吐いている。さらに、野島には、ふたりの手術に参加した市川和代という看護師の行方を故意《こい》に隠滅《いんめつ》した疑いもある。

野島の腕はいいらしいが、事実だろうか。麻酔医から、簡単に美容整形外科医に鞍替《くらが》えができるものだろうか。

単純な死体遺棄事件ではなく、もっと根深いものがあるのではないか。

もしそうなら、取り違え事件そのものを掘り下げて調べる必要がある。関係者にもう一度会って直接話を聞くしかないだろう。三好からもだ。実刑判決を受けて病院を辞めさせられたはずの金森芳枝とも会わなくてはならない。……彼女は会ってくれるだろうか。

「ほう、あの先生、赤羽で診療所を開いているんですか」小宮のスマホを覗き込んでいる石上が言った。

小宮は、疋田が心臓の診察を受けているのを知っており、そのクリニックがここであることも承知している。

「石上係長」疋田は言った。「この金森芳枝と連絡を取りたいんですが、ご存じですか？　できればきょう会って……」

石上は残念そうな顔で疋田を見た。「無理だと思います」

「というと？」

「電車に飛び込み自殺したとか」

「どこで？」

「荻窪《おぎくぼ》だったかな……そういう噂《うわさ》を小耳にはさんだだけなんですが」

「ご家族の連絡先は？」

石上はうーんと唸《うな》った。

「金森は結婚していなかったんですか？」

「この事件のあと、離婚したって聞いたけどな」

「兄弟や親は？」

「オヤジさんがいるんじゃなかったかな。そっちの電話番号なら報告書にあると思いますよ」

「執刀助手の五十嵐先生はいかがですか？」小宮が訊いた。

「その方も同じときに病院を辞めたと思います」

「どちらに行かれたかご存じですか？　報告書にはないようですけど」

疋田はおやっと思った。どうして、執刀助手など訊くのだろう。

「わからないなぁ」

「病院に行ってみたいと思いますが、どなたかご存じですか？」疋田は訊いた。

「事務長が窓口になっていますね。彼以外はだめでしょう」

晩の六時を過ぎていた。きょうこれから動くのは無理だ。出直すしかない。

捜査報告書を借り受けてデイパックにおさめ上尾署をあとにした。

9

「石上係長って、かなり金森を追い込んだんでしょうね？」小宮は言った。

「係長になって着任早々だろ。一発手柄を上げたいっていう山っ気はあっただろうな」疋田は首筋に浮かんだ汗をハンカチでぬぐいながら答えた。

「きちんと捜査はできたのかしら」

「ひと通りはやっているように見えるが」

「どうでしょう。野島の行方はつかめそうですか？」

「刑事課は盗犯第二と第三係を全員投入したが難しい。自宅にも手帳のたぐいはないし。立ち回り先がつかめない」

「新宿の本院は？」

「そっちもだめだ。実家の張り込みもしているようだけど、現れたという連絡は来ない。Nシステムで野島の自家用車の過去の動きを追っているはずだけどな」

「朝倉結衣が手術を受けた晩ですね？」

「その日が中心になる」

朝倉結衣の体を運ぶとすれば、クルマ以外に考えられない。

「野島はうそをついていますよ」

「演技がうまいのかもしれない」

「北沢明美は野島に脅しめいた文句も使っています。なにか、弱みを握っているのかしら」

「どんな弱みを？」

「あるとしたら、患者取り違え事件の」

「取り違え事件のなにを？　北沢明美は手術担当じゃないぞ」

「でも、患者を運んできたのは彼女です」

「取り違えたのは金森だ。北沢明美に過失はない。むしろ、第三手術室にいた医者や看護師の責任がより重い気がする」

「わたしもそう思いました」

「どっちにしても、北沢明美は第三手術室でのやりとりを知る立場にはなかった」

「とは思いますけど……もう一度、北沢明美と会わないといけません」

「あの女が会って、正直になにかを話してくれると思うか？」

そう言うと、小宮は押し黙った。朝倉結衣の両親についても、同じかもしれないと疋田は思った。

「取り違え事件を調べてからにしたほうがいいような気がする」疋田は言った。「なにか出てくるかもしれない。共立埼玉中央病院に行かないとな」

「赤羽ハートクリニックの三好先生のところへは？」

「月曜日に行く用事がある。そのとき訊いてみる」

疋田は本部の厚生課長がらみで、副署長の曽我部から三好に口利きを頼まれていることを話した。

「診察を受けるんじゃないんですね？」

「受けないよ」

「よかった。心臓は大丈夫なんですね？」

「おかげさまで、もう二十年ぐらいはもちそうだよ」

「定年までですか？」くすりと小宮は笑みを洩らした。「こっちには明日もう一度、来ますか？」

「そうするしかないな」

「きょうはこれから署に行きますよね？　わたしは直帰させてもらってもいいですか？」

「もちろん。そうしてくれ」

「明日ですけど、ちょっと用事があるかもしれないし」

「ひょっとして、例の医者と会うのか？」

小宮は眉間に皺を寄せて、厳しい顔でうなずいた。

疋田はひやりとした。中原という医者と会って、名義貸しについて問いただすのだろうか。そうだと決まったわけではないのに。

「昼間はつい、思いついたこと口にしちゃったけど」疋田は弁解がましい口調で言った。「名義貸しですか？」

「……そうだな」言いながら、小宮の様子を窺う。

あれから、中原と連絡を取り合って、その疑いが晴れたのだろうか。

つい悪い方へ導こうとした本心を悟られてはいないか。

「まだそうだと決まっていないんじゃないか。あまり突き詰めないほうがいいような気がする」

疋田の言葉を小宮は聞いていないようだった。

そのときホームに電車が入ってきた。空いていた席に離ればなれに座った。

疋田は赤羽に着くまで報告書に没頭した。途中で金森芳枝のことを思い出し、末松の携帯にメールを入れて、金森芳枝の飛び込み自殺について調べるように伝えた。

署に着いて、刑事課に出向いた。ほとんどの捜査員は出払っていた。課長の岩井が落ち着かない感じで窓から外を見下ろしていた。野島の行方について訊くと岩井は道路地図を広げた課長席に戻った。

「七月三十日の夜だ」岩井は言った。「九時三十五分、吹上《ふきあげ》観音前交差点近くのNシステムが戸田《とだ》方面へ向かう野島のカローラを検知している。ここ」

埼玉県道68号線の東京と埼玉の境目だ。高島平団地《たかしまだいら》のほぼ真西、一キロほどの地点。一キロ先に荒川があり、そこには首都高速と新大宮バイパスが通る巨大な笹目橋《ささめばし》がかかっている。疋田はその橋の中間に指を当てた。荒川の真上だ。

「戸田方面へ向かう途中、橋の上で停まって朝倉結衣を落としたとは考えられませんか？」

「歩道がついているから、やろうと思えばやれる。でもこの時間帯だ。片側四車線だしクルマは多い」

「橋に道路灯はついていますか？」

「ついてる。当日は晴れていて見通しはいい。人の体を抱えて橋から落とすような真似をすれば、いやでも人の目を引く」

「結衣に意識があったとしたら？」

「車道と歩道のあいだには、けっこう高い柵《さく》がついている。立って歩けるにしても、そこを乗り越えさせるのは容易じゃないぞ」

疋田は地図に置いた指を戸田側へなぞった。首都高の戸田南インターチェンジあたりだ。

「橋を渡りきってから、ここのインターに入って、首都高でさらに北へ走った可能性は？」

与野《よの》インターあたりで下りれば、荒川まで十分とかからないで着ける。

「そっちは行っていないはずだ。途中で何カ所かにあるNシステムには引っかかっていない」

「では、笹目橋を渡らなかったのですか？」

岩井はうなずいた。「いま、吹上観音前交差点から笹目橋方面に向かって聞き込みをはじめているんだよ」

カローラ一台が通っただけのはずだ。目撃証言など出てくるだろうか。

「荒川の河川敷《かせんしき》は？」

「真っ暗だぞ。人っ子ひとりいない。そっちは、明日の朝一番でかかる。桶川の病院はどうだった？」

疋田はデイパックから捜査報告書を取りだして、かいつまんで報告をした。岩井は怪訝そうな顔で疋田を見上げた。

「埼玉でヘマをしでかした連中が、ごっそり上京？」

「そうです」

「そのうちのひとりが、自分の手術代を値引きさせるために、昔仲間だった医者を脅した？」

「その見方もできるとは思いますが、朝倉結衣の死体遺棄事件には結びつきません」

「案外、結衣も同じような真似をしたんじゃないのか？」

考えもしなかった質問に疋田は即答できなかった。

「朝倉結衣が取り違え事件を知っていて、野島を脅したと仰りたいのですか？」

「結衣は短大で医療関係のコースを専攻していたんだろう。取り違え事件を知っていたっておかしくない。当事者だった母親から、ちらっと聞くなり、していたかもしれんぞ」

「手術代を値引きさせるために？　どうでしょうか……」

「可能性としてはありじゃないのか」

「そうなると、過失致死ではなくて殺しも視野に入れないと」

「野島の身柄確保が先決だ。野島さえ捕まえれば全面解決になる」

そうだろうか。

疋田は赤羽ハートクリニックの院長が取り違え事件に関係しており、副署長の曽我部からその院長に口利きを頼まれていることも話した。

「疋田、おまえ、クリニックに行って、それを口実に取り違え事件について訊き出したいんだろう？」

「当然、その話はすると思います」

「どんな秘密があるにしても、取り違え事件の張本人がそう易々《やすやす》と口を割るとは思えんがな。まあ、好きにするさ」

「課長、明日、桶川の病院を訪ねてみたいと思います」

岩井が目をつり上げた。「行ってどうするんだよ？　明日はおまえたちも聞き込みの数に入っているぞ」

「今度のヤマの背景を知るためには、どうしても必要だと思いますから」

ぶっきらぼうに、岩井は大判の茶封筒を見せた。送り主は東大の法医学教室だ。

「血液中から麻酔の成分や脂肪が見つかったって書いてある」と言いながら、岩井が差しだしたカラー写真には、ピンク色に染められた脂肪の細胞組織が写っていた。

肺の血管から見つかったようだ。窒息以外に考えられる死因として、脂肪塞栓症《そくせんしょう》もしくは肺塞栓症などによる心筋梗塞《こうそく》または心不全が考えられるともある。

脂肪塞栓症は交通事故の現場でよく聞く言葉だ。骨折や肉組織が挫滅《ざめつ》するような重傷を負うと、肉の脂肪分が血液中にまぎれこんで血管をふさいでしまい、臓器不全を引き起こす合併症だ。血液透析を施《ほどこ》さなければ死んでしまう。しかし、朝倉結衣の体に激しい損傷はなかった。

「脂肪塞栓症ってなんですか？」疋田は訊いた。「交通事故ならともかく、骨一本折れていない。血液中に脂肪組織など流れ出すはずがありません」

「マル害は脂肪吸引手術を受けていただろ？」岩井は困惑した顔で続ける。「脂肪塞栓症との因果関係について、一課の特殊班に訊いてみたんだよ。脂肪吸引っていうのは、体の脂肪を壊すだろ。その脂肪の小さなやつが心臓や肺の血管につまると、臓器不全で死亡する事例があるそうだ」

「……というとあったんですね？」

「過去に数件。ただし、お腹の脂肪とりだ。ポンプや器械を使って大々的にほじくり出す手術を知らんか？　成増院がやっている注射器で吸い出すような程度で死亡した例はない」

「そうですか」

今回は関係ないだろう。医師として、野島の腕はいいのだ。

「ただし、手術直後に動き回ったりすると脂肪片が血管に入りやすくなるそうだ」岩井が引き止めるように言った。「それを防ぐためには、施術直後の安静が絶対に必要だが、そういう施設のないところで脂肪吸引をすると、ろくなことにならんらしい。過去に死亡例が出たのも、オフィスビルの中にある診療所だったと言ってる。成増院はどうだ？」

「……まさにそのものですが。入院施設はありませんし」

安静にしていられたかどうか怪しいものだが。

朝倉結衣の場合、手術が終わって麻酔が覚めたあと、すぐに帰宅させられたはずだ。ひょっとしたら、北沢明美も……。

疑問をいだきながら生活安全課に戻った。

10

生活安全課では末松と野々山が待ち構えていた。すでに刑事課から野島の動静について聞かされていたふたりは、矢継ぎ早に質問を投げかけてきた。

「明日はわたしらも、刑事課と合流して、野島の捜索に当たればいいんですね？」末松が訊いた。

「そうしてください」疋田は答えた。

「笹目橋を中心にした捜索ということですが、えらく広範囲だ。防犯カメラを調べたり、近所の聞き込みをするらしいですが」

「スエさん、とにかく野島の捜索が最優先だ。早いところ捕まえないと、このままじゃやばい」

自殺する可能性があるのだ。

刑事課からも二十名近くの捜査員を送り込む。それで足りるだろう。

朝倉結衣の血液検査の結果について話すと、末松が口を開いた。「脂肪塞栓症はないと思いますよ。真冬じゃないし、マル害は若いじゃないですか」

「……と思うんだよ」

「おまけに、心筋梗塞とか心不全とか、ありえないと思いませんか？」

疋田は満足に答えられなかった。

「係長、埼玉はどうだったんですか？」

野々山に訊かれたので、疋田は桶川署で借りた捜査報告書のファイルを見せ、取り違え事件を説明した。

「行方不明になっている野島と死んだ朝倉結衣の母親と北沢明美、それから係長が通っている三好先生も関わっているって？」末松が驚いたような顔で訊いた。

「三好先生までか、どうかわからない」疋田は答えた。

「でも現実に、取り違え事件で亡くなった人の手術をしてるんでしょ？」

「まあそうだけど」

「係長は自分の主治医だから、ひいき目に見ているんじゃないの？」

「それはないって、スエさん」

言ってみたが、末松の言い分も当たっているかもしれないと思い直した。

「それにしても、わけがわからんな」末松が途方に暮れた顔で洩らした。

「ちょっとすいません。いなくなった野島修一は、この取り違え事件と関係しているんですか？」野々山が訊いた。

「麻酔医として、その手術に参加しているんだよ」

「じゃ、やっぱり、朝倉結衣の手術が失敗したのを苦にして、逃げ回っているわけですね？　業務上過失傷害と自分でもわかっているから」

「いまの時点では、そのほうが正確だと思う」

「北沢明美は、このまま放っておいていいんですか？」

野々山の言葉は寝耳に水だった。

「幸平、おまえ、失踪した野島が北沢明美の命を狙うとでも言いたいのか？」末松が言った。

「だって、北沢明美も野島が手術に失敗した口じゃないですか。朝倉結衣と同じ立場だ。生きてるか死んでるかの違いです」

「極端だな」

「いや、スエさん、北沢明美も念のために保護しなければいけないと思います。体調も悪いようだし」疋田は言った。「野島はいいから、スエさんと野々山は明日の朝一番で北沢のアパートに回ってください。刑事課のほうにはわたしが言っておくから」

「うちの署の近くのビジネスホテルに連れて来ればいいですね？」

「そうしてください」

「了解。それから、取り違え事件で執行猶予付きの禁錮刑になった金森芳枝ですが、二年前の五月十五日、荻窪駅ホームから転落して、八王子方面行きの特別快速に轢《ひ》かれてますよ」

野々山が言った。

「時間は？」

「二十二時三十五分。下りホームの端っこで。運転士は飛び込みには気づいていないな」

疋田は野々山が差し出した報告書を見た。荻窪署のものだ。

金森は八王子方面行きの中央線特別快速に飛び込んだとなっている。目撃者はいない。電送で送られてきた遺体の写真は、酷《ひど》いものだった。線路に付着した肉片はほとんど人の形をなしていない。首から上も頭髪が判別できるくらいで、細切れだ。茶色く血で汚れた運転免許証に、かろうじて金森芳枝という文字が見えた。

「自殺？」疋田は訊いた。

「そう見ていいでしょう。いまの係長の話を聞くと、わからんでもないな」末松が引き取った。

「取り違え事件でひとりだけ禁錮刑を受けたんですから」野々山が言った。「病院を辞めさせられて、行くところがなくなったんでしょうか？」

「いや、看護師だからな。その気になれば、どこでも再就職できるはずだぞ。それに優秀だったんですよね？」末松が訊いた。

「看護師長だった」疋田が答えた。

亡くなったときは三十五歳。将来を悲観してだろうか。

やはり取り違え事件について、調べ直さなくてはいけないと疋田は思った。

「朝倉結衣の両親に、もう一度訊いたほうがいい」末松が言った。

「もちろん。そっちはスエさんにまかせますから」

「やれやれ、忙しい。じゃ、北沢を保護してからそっちに回りますわ」


十時過ぎ、疋田は署を出て家路についた。

携帯に慎二からのメールが届いていた。きょう会う約束をしていたのだが、埼玉に行く用事ができて、明日に延ばしてもらっていたのだ。

いったい、野島はどこへ雲隠れしてしまったのだろうか。成増院で野島と会った日のことを疋田は思い浮かべた。最初、雑談を交わしていたとき、野島の様子に不審な点はなかった。美容整形外科医としての自信すら感じられた。それが朝倉結衣の死亡を告げた途端、一転して動揺したのだ。あれは朝倉結衣の死を知らされての驚きだった。死体遺棄が露見して、それを警察が嗅《か》ぎつけたことに対するものではなかった。

シリンジによる脂肪吸引手術にせよ、ボトックス注射にせよ、難しいものではない。かりに手術が失敗したとしても、応急処置を施せば、最低限、命は取り留めたはずだ。朝倉結衣が手術を受けた二日後には、北沢明美も同様の脂肪吸引手術を受けた。そちらも失敗している。

両者とも埼玉で起きた患者取り違え事件の関係者だ。それがどうしても引っかかる。野島の失踪と無関係であるはずがない。一方で朝倉結衣の母親は、自分の娘から野島の手術を受けるのを知らされていなかった。

朝倉結衣にしても、母親が関係した患者取り違え事件は知らなかったかもしれない。そうだ。朝倉結衣は知らなかったのだ。ただ単に、美しくなりたいがために手術を受けたのだ。でもどうして、星の数ほどある美容整形外科の中から成増院を選んだのだろう。

ふと疋田は、朝倉結衣の友人が、四月から五月にかけて、短大のキャンパスで朝倉結衣が見知らぬ女と話し込んでいるのを見たという証言を思い出した。その女は美容整形の勧誘をしていたらしい。ひょっとしてこの女は、市川和代ではないだろうか。

アパートの自分の部屋に灯りがついていた。疋田はあわてて駆けだした。ドアを開けると、窓際にもたれかかっていた慎二がぱっと顔を上げた。ゲームをしていたようだ。鍵をあずけていたのをすっかり忘れていた。

「あれ？　いつからいた？」

声をかけて上がった。

「えーと、六時から」ゲーム機を持ったまま慎二は答えた。

五時間も前からではないか。部屋は冷房が効いて充分に冷えている。

「明日じゃなかったか」

「あ、うん、でもいいかなあと思って」

「お母さんには言ってきたのか？」

つい強い口調になってしまった。

「八王子のじいじのところに泊まると言ってきたから」

疋田は肩の荷を下ろした。恭子から連絡がないところを見ると、うそはばれていないようだ。

「メシは食べたか？」

「ううん、まだ」

きょうの晩は、買い置きのカップラーメンですまそうと思っていたのだが。

「腹減ってるだろ？」

「うん、減ってる」慎二はゲーム機を床に置くと、うれしそうな顔で立ち上がった。

まだこの時間なら、駅近くのファミレスは開いている。そこへ連れていくしかないだろう。エアコンをつけたまま、ふたりしてアパートを出た。午前零《れい》時に近かった。それでもまだ外は暑かった。

いましがた電車を降りたときは疲労困憊《こんぱい》していたのに、こうしてふたりで歩いていると、活力が盛り返してきた。酒造メーカーの見学を途中で放り出してすまなかったと詫《わ》びた。慎二はうん、大丈夫だよと答えた。

「さっきやっていたゲームはなに？」

「パズドラZ」

知っている。小学生高学年くらいのあいだで流行《はや》っているゲームのはずだ。中学生とはいえ一年生だから、やっていてもおかしくはない。

駅前のファミレスで慎二はチーズインハンバーグを食べ、疋田はサバの味噌《みそ》煮《に》御膳を食べた。アパートに帰る途中でアイスクリームショップに寄り、キングサイズのソフトクリームを買った。

歩く道々、相談事について尋《たず》ねてみた。学校のことらしいが、固有名詞が頻繁に出てきて、なかなか意味が取りづらかった。

「そのオキっていうのは友だちなんだよな？」疋田は訊いた。

「うん、沖田《おきた》が悪いんだよ」

新任で英語を教える坪井《つぼい》という女性教諭の教え方が悪いらしく、学期末になるとクラス全体が授業中に騒いだりして、授業どころではなくなったという。沖田という慎二の友だちが、そうなるきっかけを作ったらしかった。

「一学期の最初のころは、いつもオキ、オキって坪井先生に呼ばれていたのに、無視するようになって。そうしたら、クラスのみんなが授業中に勝手なことをしだして」

「坪井先生はどうしたの？」

「怒ったさ。どうして授業を聞けないんだって。イヤなやつは出てけって。そしたら、オキが先生の顔なんか見たくない、大嫌いだって言って。そしたらクラス中で、みんな拍手してさ。坪井先生は夏休みに入る前に学校を休んじゃった」

「慎二もみんなと同じように先生の悪口とか言ったのか？」

「うん。言った」

相談事というのはこれか。よほど困っているのなら、放ってもおけないが。

だからといって、どう助言するべきか、とっさに思いつかなかった。

慎二はそれ以上訊いてこなかったので、疋田も考えるのをやめた。

「お母さん、おしゃれになったよな」疋田は言った。

ぽかんとした顔で、慎二が疋田の顔を見ているので、「このまえ、署に来たんだよ」と付け足した。

「母さん、学校にはよく来るけど」

「授業参観とかじゃなくて?」

「手当とかの手続きをしに。家でよくギャアって怒る」

「お母さんが?」

「ときどき、あ、でも、しょっちゅう」

恭子が怒る? 実家住まいで祖母はいる。ふたりきりのときに怒るのだろうか。

「むかしから?」

「うーん、勉強のこととかで。シギセンに出るんだよ」

「なんて言った?」

「だから市議選。選挙」

「お母さん、小平市の市議会議員に立候補するの?」

「そう言ってる」

疋田は恭子が署にやって来た理由に思い当たった。それを言いたくてやって来たのではないか。それにしても、市議会議員に立候補するとは。もともと福祉関係で働いていたから、そちらの意識は強かったのだろう。議員として働くのはいいが、慎二の世話がおろそかになりはしないだろうか。

冷房の効いた部屋でふたり枕を並べて寝た。慎二はずっとしゃべり続けた。根負けして、疋田は先に寝てしまった。朝まで夢も見ないでぐっすりと眠った。

第四章　禁錮《きんこ》

1

　待ち合わせ場所に、中原雅弘は白のカッターシャツ姿で現れた。ここは青砥《あおと》駅構内にあるベーカリーカフェだ。朝早くから申しわけありませんと小宮が詫《わ》びると、中原はかまわないと言いながら、薄い椅子《いす》に腰を落ち着けた。

「ここ、セルフなんです。アメリカンコーヒーでいいですか?」

「いいけど、きみは?」

「もう、すませましたから」

　シナモンロールを胃におさめているが、それ以上、食べる気にはなれない。

　カウンターで支払いをすませて、コーヒーを持ち帰る。

　中原はコーヒー代をよこしたが、小宮は受けとらなかった。

「いやぁ、驚いた。患者さんのいる前でデートの約束をするなんて、はじめての経験だったな」

「お仕事中でしたか？」

昨晩、電話をかけたのは七時前だったが。

「受け持ちの入院患者の世話をしていて」中原は顔つきをあらためた。「来る途中考えたんですよ。なにか急用でもできたのかなって」

小宮が警官であるのを斟酌《しんしゃく》して、そう思ったのだろうか。それならば話は早い。これまでと様子が違うのに気づいたらしく、中原はコーヒーを口に含んで、カップを置いた。

「疲れてらっしゃる？」患者を診《み》る口調で中原は言った。

「当直明けから仕事が続いているものですから」

「それで、きょうもこれから仕事に行くんですか？」

「わかりますか？」

「だいたい格好を見れば。明日は休みだよね？」

「休日です。中原さん、わたし昨日、飛鳥山病院に行って来ました」

小宮の言った意味が、中原は一瞬、わからない感じだった。

「あ、王子の？」と言うのがせいぜいだった。

「あそこ、閉院になるんですってね。ご存じありません？」

虚《きょ》を突《つ》かれた感じで、中原は小宮の顔を見返した。

「……聞いてはいるけど。でも、またどうして飛鳥山病院になんか……」

「金曜日の午前中は、飛鳥山病院で働いているとお聞きしたんですけど」小宮はまっすぐ相手の目を覗《のぞ》きこんで言った。

中原は目をそらした。「そんなこと言ったっけ？」

「仰《おっしゃ》ったと思います。でないと、わたし行かなかったから」

「聞き間違いじゃなかった？」

「でも、あなたはご存じですよね？　あそこが閉院するのも」

「近場だし、そんな噂《うわさ》は耳にしましたよ」他人行儀な感じで中原は言う。

「消化器科の横田先生はご存じですか？」

「横田……名前は聞いたな」

「消化器科は横田先生ひとりだけなんですよね」

小宮が言うと、中原は困惑した顔つきになった。当たっていると思った。

「お医者さんがお小遣い稼ぎで、余所《よそ》の病院に名前を貸したりしますか？」

中原は負けてはならないという感じで、小宮の顔を見すえた。「あなた、保健所にでも行って来たの？」

「保健所に勤務先の届けを出すのですか？　はじめて知りました」

「あなた、このわたしが名義貸しをしていると思っていない？」

「違いますか？」

中原は呆《あき》れた顔で、「冗談じゃないよ」とつぶやいた。

「もし違うんでしたら謝ります」

「びた一文もらっていないよ。あそこの院長とは、昔からの知り合いだから、つい応じただけなんですよ」

あっさり認められて小宮は拍子抜けした。

これまでとは違い中原の顔が薄汚れているものに見えた。将来の伴侶《はんりょ》とか、そういう甘い考えを持っていた自分はどこを探しても見つからなかった。

「お金のやりとりとはべつの話ではありませんか？」

「医者の世界っていうのは、狭いんですよ。潰《つぶ》れそうだけど、患者さんもいるからお願いしますって言われたら、断るわけにはいかないでしょ。あの病院は乗っ取りにあって相当厳しい状態にあるんですよ。あそこに勤めている医者なんか、ノイローゼになってレンドルミンを常用したあげくに飛び降り自殺したくらいだから」

飛鳥山病院で患者から聞いた話を思い出した。あれと同じだ。五十嵐という医者が死んだはずだが。そのときふと、共立埼玉中央病院の取り違え事件に関わった医師の名前を思い出した。

「その亡くなられたお医者さんは、五十嵐先生と仰いませんでしたか？」小宮は訊《き》いた。

「知るわけないじゃないですか。あのさ、小宮さん。きょうの用件って、それなの？」

「いえ違います」

「じゃ、名義貸し？　さっきも言ったとおりじゃないか」

「いいんです。その件はもう」

中原はおびえた目で、小宮を見つめた。

「……告発とかしないよね？」

「しませんから」

小宮はきっぱりと言った。席を立ち軽く会釈をして店を出る。

その場でスマホを取りだして、中原の登録ページを表示させた。それを削除しようとしたが、やめた。まだ訊かなくてはならない用件があるような気がしたからだ。でも、結婚相手として話すことは金輪際《こんりんざい》ないだろう。

＊

そこは疋田が二十分前に通ったばかりの笹目橋の上流、一五〇メートルにあるプレジャーボートの係留所だった。広い河川敷《かせんしき》にあり、まわりには大学や実業団の野球場がある。

一般車に混じってたくさんの警察車両が停《と》まっていた。疋田は自分の乗って来たクルマをそこに置いた。

桶川に出向く途中で、朝倉結衣の死体遺棄《いき》現場発見の報が入ったのだ。

真夏の太陽が照りつける。ふたつある桟橋《さんばし》のそれぞれに七、八艘《そう》のモーターボートが係留されている。桟橋の手前あたりで警察の警戒線が張られ、その中で警官たちが草むらの捜索に当たっていた。小柄な岩井の姿が目にとまった。地面についたタイヤ痕《こん》の鑑識《かんしき》活動を指示している。疋田は岩井のそばに歩みよった。

「あの連中がうるさくてかなわん。この天気だし」岩井が警戒線の向こうにいる野次馬を見て言った。野球のユニホームを着た人や夏服を着た人が三十人近く見守っている。

「ここのボートの持ち主ですか?」

「野球やってる以外の連中はみんなそうだな。ボートをやらせろって」

「課長、野島のクルマのタイヤ痕が見つかったんですか?」

「そこだ」

鑑識標識の7が置かれている場所を岩井は指した。桟橋の付け根にある土のところだ。リブ型のタイヤのトレッドパターンがくっきりと残っている。

「まだ石こうで固めていないが、ほぼそれに間違いない。ここ以外に二カ所でも同じ型のタイヤ痕が見つかってる。足跡はこれからだが、多すぎて無理かもしれない」

岩井は妙なものを手に提《さ》げていた。

「メス？」

疋田が訊くと、岩井は桟橋の横の斜面を指した。

「あそこの草むらに落ちてた」

岩井はビニール袋を頭の上にかざした。日の光を手でよけながら、

「手術用の替え刃式メスだぞ。ステンレス製で型は二十二番」

先端部分が丸みを帯びたメスだ。幅は一センチほどあるだろうか。二十二番は大きな部類だ。刃の部分にうっすらと茶色い染《し》みがついている。

「柄《え》のところに野島の指紋が検出された。茶色の染みは人血だ」

疋田は驚いて、ビニール袋の中のメスを見た。

「野島がここに来た？」

「成増院の事務員のひとりから、野島が以前、荒川のモーターボートに乗って遊んでたっていう証言が出たんだよ。三十日の夜、野島はこのあたりを車で流していただろ。それで、昨日からこのあたりを重点的に聞き込みさせた」

疋田はあらためて目の前に広がる荒川と係留されているボートを見た。

「三十日の夜、野島はここに朝倉結衣を連れてきたのですか？」

「そう見ている」

岩井は桟橋のたもとに疋田を導いた。二メートルほど先にある木の部分だ。チョークで丸く囲んだ中に、小さな染みがある。岩井はそこにしゃがんで、

「微量の滴下血痕《てきかけっこん》だ。血液型は朝倉結衣と一致している。三十日の夜からきょうまで、このあたりで雨は降ってないから、彼女のものである可能性がある。DNA鑑定をやるから、いずれはっきりする」

「野島のクルマから血痕は見つかりましたか？」

「血痕は見つかっていないが、トランクに女の頭髪が見つかった。そっちもDNA鑑定に回してあるが、たぶん朝倉結衣のものだろう」

疋田はもう一度メスを見やった。「連れてきて、それをここで使った？」

岩井は無念そうな顔でうなずいた。

桟橋のたもとは整地されていて、クルマで入って来られる。ここに連れてこられたとき、朝倉結衣はまだ生きていたのだろうか。それとも死んでいたのか。それを尋《たず》ねると岩井は、「それは野島に訊いてみないとわからん」と答えた。

「わたしはおそらく、死んでいたと思います」疋田は言った。

「どうして？」

「死んでいなければ、遺棄する必要がありませんから」

「この血痕はどう説明する？」

「体の置かれた向きによって違いますが、死後数時間以内なら、メスで体を切れば、血液が流れ出るはずです」

「それはわかるが、ここで野島はメスを使っている可能性が大だぞ。結衣はまだ生きていて、とどめを刺したと考えられないか？」

「いえ違います。朝倉結衣の死体にあったスクリュー痕を思い出してもらえませんか？きれいに切り裂かれていたじゃありませんか。東大の鑑定では鋭利な刃物による切創《せっそう》の疑いがあるとなっているし」

「疋田、おまえ、野島はスクリュー痕に見せかけるために、ここで結衣の体を切ったと言いたいのか？」

「現状ではそうとしか思えません。メスで切ったのはほかにも理由があります。スクリュー痕は首のあたりにありましたよね。あの場所はシリンジによる脂肪吸引をしたあたりです。手術の痕跡を消すためではないでしょうか？」

岩井はしばらく考えてから口を開いた。

「そうかもしれんな。死体が見つかったとき、美容整形手術をした痕跡が見つかってしまえば、早い段階で美容整形外科が疑われるし」

「ただ、赤羽の水門に漂着したのは二日後ですから、死体を遺棄した日は、三十日以降であるかもしれません」

「それは連中に訊いてみた」岩井は野次馬を見やった。「荒川にくわしいのばかりだ。ここから赤羽の水門までは、九キロほどあるが、浅瀬がかなり続く。下流の戸田橋近くには、小さな入り江もあるというし。そういうところに引っかかったりすれば、二日ぐらいはゆうにかかるらしい」

「なるほど。で、彼らのうち目撃者なんかはいませんよね？」

「野島を知っている人間がひとりいた。一度、自分のボートに乗せたそうだ。今年の三月に」

「野島はここにボートを持っていたわけではないんですね？」

「持っていない。ふらっとやってきて、乗せてもらえないかと声をかけられたようだ。ここに来たのは一度じゃないかもしれない」

「それで、ある程度の土地鑑はあるわけか」

「あると見ていい。このあたりは夜になると、真っ暗になるだろう。ナイターの設備もないし」

「いま、クルマで走ってきましたが、河川敷の手前でクルマのライトを消して入ってくれば、人目にはつきません」

「成増院からここまで、夜なら二十分で着く。死体を遺棄する場所としてまっ先に思いついたのかもしれん。しかし、たまらん暑さだな」

岩井は手ぬぐいで首からしたたり落ちる汗をぬぐった。

疋田もワイシャツの首元が汗でびっしょりになっていた。

疋田はもう一度、桟橋の根本にあるタイヤ痕を見た。

三十日の夜の天気や月齢はどうだったろうか。雲もなく月明かりがあったと仮定して、そのときの光景を頭に描いた。土の上を音もなく、野島の運転するクルマが桟橋の横に停まる。運転席から出た野島はトランクを開け、中に入っている朝倉結衣の死体を抱き上げて、土の上に置いた。服を脱がせて裸にすると、白い裸体がぼうっと浮かび上がる。自分が脂肪吸引した部分にメスを入れ、さっと切り裂く。首、肩、腹、足……等間隔を置いて似たような長い切り傷を作る。

それだけではない。空のペットボトルのようなものを使って、荒川の水をくみ上げる。傷つけないよう慎重にカテーテルを口から喉に通し、荒川の水を胃の中に送り込む。すべて水死と見せかけるための偽装だ。

そして、桟橋の上から死体を川の中に投げ込む――。

「疋田、どうした？　浮かない顔じゃないか。偽装工作もしているし、野島による犯行は、確定したんだぞ。シリンジによる脂肪吸引に失敗して、脂肪塞栓症を引き起こし患者を死なせてしまった。その後始末のために死体を遺棄した」

「それはわかるのですが、どうして、こんなところに運んできたんでしょう？」

「何度も言わせるなよ。死体を遺棄するためには、格好の場所じゃないか。簡単な手術で患者を死なせてしまったんだ。業務上過失致死で逮捕されるし、医師免許も取り上げられると思い込んでパニクったんだろう。あわてていたんだよ。ここしか思いつかなかったんだ」

疋田は、野島と面と向かって話した日のことを思い出した。朝倉結衣の死を告げたときの表情に邪心はなかった。死体遺棄をしたようにはとても見えなかったのだ。

「野島は腕のいい医者です。彼がそんなに簡単に手術に失敗するでしょうか？　しかも二回も続けて」

疋田はひとりごちたが、岩井の耳には届かなかった。

「野島の逮捕状請求に走らせた。午後には指名手配だ。野島は逃げ切れない」

「野島の携帯は？」

「電源が切られている」

逃げにかかっているのか。野島は気が動転しているはずだ。どんな手段に訴えても、早期の確保が望まれる。

「市川和代も同様の手配をお願いします」

疋田は、朝倉結衣と北沢明美の手術に立ち会ったのが市川和代であり、野島と同様に行方不明というのを強調した。

そのとき携帯がふるえた。末松からだった。

「いません」末松は言った。

「病状も聞いていて、北沢明美が？」

「いないって、いくら呼んでも返事がないから、大家に部屋を開けてもらったんですよ。洋服類が持ち出された形跡があります」

「アパートの人はなにか言ってる？」

「昨日の夕方、旅行用バッグを提《さ》げて出て行ったのを目撃した住民がいます」

「体調は回復したんだろうか？」

「それが酒でも飲んでいるのかと思うぐらい、おぼつかない足取りだったそうなんですよ」

「……タクシーかなにかを呼んで？」

「そこまでは見ていないそうですが。どうしますか？　朝倉結衣の両親の聞き込みに行きますか？」

疋田は自分のいる場所を教え、北沢のアパートで待機するように告げた。

北沢は体調が急変して、病院に行ったのだろうか。もしそうなら、旅行用バッグなどを抱えて行くだろうか。そもそも病院に行く気があるなら昼間のうちに行っているはずだ。

郷里に帰ったのだろうか。ひょっとしたら、アパートが危険だと判断したから出ていったのではないか。

それは自分たちが一昨日、彼女を訪ねたのに関係しているかもしれない。あのとき、北沢明美の首についていた〝3〟を本人に教えてやった。それで明美はなにかに感づいたに違いない。アパートにはいられない、なにかしらの事情に。それには野島がからんでいる。

それを岩井に話すと、「北沢のアパートを張り込めば、野島が現れるのか？」と訊かれた。

「肝心の本人がいなければ意味がないと思います」

「体調が悪くなって田舎《いなか》に帰ったんだよ。それより、おまえたちの担当を頼むぞ。新宿の木内美容整形外科を張り込め。野島が現れるかもしれん。市川の手配もしておく」

その可能性は充分に考えられた。「これからすぐに向かいます。桶川は月曜日以降にしますから」

「赤羽ハートクリニックはいいのか？」

「それは月曜の朝イチに」

「ほどほどにしておけよ。おまえの主治医なんだろ」

「わかってますから」

2

翌日。

疋田は雑居ビルの二階にある空き室から、通りを隔《へだ》てた反対側にあるビルの一階出口を見ていた。木内美容整形外科のあるビルだ。また、通路の奥にあるエレベーターが開いて、女性が出てきた。四十過ぎだろうか。女性は出口の自動扉が開くと、明治《めいじ》通りの方向に歩き去っていった。

午後二時。小雨がぱらついている。日曜日なのに診療をしているため、朝方から女性の出入りが続いている。もうこれで十一人目だ。

見張りを交代したばかりの野々山が椅子に座るなり、「ここに来るんでしょうかね？」と早くも不平をこぼした。

「数パーセントの確率だな」末松が言う。

「九州とか、高飛びしてるんじゃないですか？」

「外国に逃げられたら終わりだぞ」

「ぼくならそうしますね。時間は充分にあったんだし」

疋田らが成増院を訪問したのは、三日前の木曜日だ。死体遺棄を警察に知られたのに気づいて、すぐ飛行機に乗れば、逃げおおせたはずだ。

「係長、ほかはどうですか？」末松が訊いた。

「まだなにも連絡がない」

張り込み先は七カ所ほどあるが、どこにも野島が姿を現した形跡はない。人のよさそうな木内の顔を思い浮かべた。ひとつしかない系列医院の医師だ。死体遺棄で警察に追われている身としても、かくまっている可能性は否定できない。

「よくわからないんですけど、北沢明美は野島に呼び出されて……殺されたわけじゃないですよね？」

「馬鹿言え」と末松。

北沢明美の出身は北本市。実家は長男夫婦と母親の三人暮らしだ。問い合わせたが、北沢明美は戻ってきていない。

末松が疋田の横に来た。「疋田係長、成増院の帳簿をもう一度見てみたんですけどね。死んだ朝倉結衣は正規の施術料金を支払っているんですが、北沢明美は大幅値引き、どころかタダ同然という感じかな。やっぱり昔のよしみというだけじゃないね」

「取り違え事件をバラすと脅して値引きさせた？」

「と考えるほうが自然じゃありませんか」末松は言うと、張り込んでいるビルの出入り口を眺《なが》めた。

自動扉が開いて、ピンクの制服を着た看護師が現れた。トートバッグを手に提げている。休憩だろうか。それとも、交代か。

「そういえば、この近くに寮があると聞いたな」末松がぼそりとつぶやいた。

「看護師の寮？」疋田は訊いた。

「ええ、顔見知りになった看護師から聞きました」

いまどきの看護師は、待遇をよくしなければ居着かない。よく聞く話だ。

疋田は慎二を思った。昨日帰宅したとき、まだいるのではないかと期待を抱いていたが、やはり慎二はアパートにはいなかった。一昨日の晩、寝入りばなに慎二といろいろな話をした。学校や友だちや好きな教科についてだ。恭子の話はしなかった。確か、まだ博物館レポートの宿題が残っていると言っていた。都内にある博物館なら、どこでもいいから一カ所訪ねて、そこの様子をレポートにまとめるというものだ。疋田はそれについて行ってやると約束したのだ。どこの博物館がいいのかなと話しているうちに、疋田は寝入ってしまった。

そのときドアが開いて小宮が姿を見せた。チノパンにTシャツの上から紫色のストールをかけている。雨に濡《ぬ》れたあとがついていた。

「どうした？　休みなのに」疋田は声をかけた。

小宮は答えず、窓に張りついて下を見やった。「どうですか？」

張り込みについては昨日、電話して教えてあった。気になるのだろう。教えるべきではなかったかもしれない。それにしても、きょうここに現れたのは、医者の男とのデートが流れたからだろうか。少なくともデートに出かける格好ではない。

「野島は、ここに来ないと思うけどなあ」小宮が言った。

「それでも我慢して待つしかないよ」

「ほかはどうですか?」

「現れていない。マコ、例の医者と会ってきたのか?」

小宮の眉根《まゆね》に深い縦皺《たてじわ》が寄った。

様子がおかしい。

「もう、あの人とは会いませんから」

憤然《ふんぜん》とした口調で小宮が言ったので、疋田は驚いた。やはり、中原という医者と会って、じかに、名義貸しについて問いただしたに違いないと思った。

小宮にしても、騙《だま》されたと思ったのだろう。一生の伴侶となるべき男が、うそつきだったのだ。しかも、そのうそは偶然からわかったのだ。

しかし深く訊くのはためらわれた。同時に少しばかり安心した。小宮がその男と別れたのは確かなようだ。

「中原さんは、王子にある病院に名義貸しをしていました」

疋田はどきりとした。やはりそうだった。

「飛鳥山病院とかいうところに？」おずおずと訊いた。

小宮はうなずいた。「その病院なんですけど、ちょっと気になって。共立埼玉中央病院で取り違え手術をした関係者の中に五十嵐康宏という医者がいましたよね？」

「手術の助手だ。どうかしたか？」

「一昨日、飛鳥山病院を訪ねたとき、五十嵐という名前の医者がいたのを聞いてはいたんです。それで昨日、中原さんに会ったときも、似たような話が出て。名前はわかりませんが、飛鳥山病院に勤めていた医者が睡眠薬を多用して投身自殺した話を聞きました」

「確かか？」

「飛鳥山病院に、五十嵐康宏先生はいますかと電話してみたんです。そしたら、三月に自宅のマンションから飛び降り自殺したらしくて」

「睡眠薬の飲みすぎで？」

「詳しくはわかりませんけど。病院自体に問題があるようです。なんでも乗っ取りにあっていたとか」

さらりと言った小宮の顔を疋田はまじまじと見つめた。「マコ、そのことを伝えに来たのか？」

「亡くなった五十嵐という医者について調べないといけないと思って。ふたりめですよね？」

小宮の言ったふたりめというのは、患者の取り違え事件に関係する者のうち、ふたりまでが死んだことを意味している。奇妙だと思った。ほかの関係者である野島と北沢は姿をくらましてしまった。やはり取り違え事件には、なにかあるに違いないと疋田は思った。

「北沢も見つからないんですよね？」

「だめだ。実家にも帰っていない」

「わたし、朝倉結衣のご両親の自宅に行って来ました」

「いつ？」

「たったいま。その足でここに来ました」

「どう言っている？」

「それがもう、会ってくれなくて。マンションの表の扉も開けてくれませんでした」

「よっぽど会いたくないんだな」

朝倉結衣の母親の路子は、取り違え事件の関係者だ。自分の娘の死を知らされた当初は、殺されたに決まっていると言い張っていたのに、その後、連絡がない。それだけではない。自分の娘のアパートへ警察が調べる前に出向いて、事件に関係のある品々を持ち去った可能性さえあるのだ。

「野島の指名手配は、いつ報道発表になりますか？」

「いま上で調整中だが、明日の朝になると思う」

「のんびりしていますね」

「そうだな。どのみち明日はべつの関係者を訪ねるし」

「ひょっとしたら疋田係長の主治医？」

「そうだよ。まさかあの先生まで、関わっているとは思えないが」

「それは会ってみたうえで。わたしもお供します」

「それはいいけど、あまり突っ込まないでくれよ」

「たとえばどんなふうに？」

「だから、おれにまかせろって」

「わかりました。では明日」

来たときと同じ硬い表情で、小宮は部屋を出ていった。

3

月曜日。午前八時半。

疋田は小宮とともに赤羽ハートクリニックを訪ねた。事務員がひとりいるだけで、院長の三好英正は来ていなかった。診療開始前に三好先生と会って話したい用件ができたと伝えた。事務員はとまどった感じでその申し出を受け入れた。

誰もいないロビーで待った。

「今月で閉院するんですか」小宮が言った。

受付の横の壁に、今月いっぱいで閉院する旨の知らせが貼り出されている。

津田沼にある大きな病院を買収して、そちらに移る予定であると疋田は説明した。

入り口のドアが開いて、サマースーツを着込んだ三好が現れた。遅れて、白いスカートにベージュのカットソーを着た女が姿を見せた。体にぴっちりしたハイウエストのスカートのため、腰がくびれて、きれいなボディーラインが見える。肩にブランドものの黒いハンドバッグをかけていた。以前、見かけた女医であるのに、ようやく気づいた。

疋田が立ち上がると、三好はまた具合が悪くなったの、と声をかけてきた。

「いえ、きょうは違います」

三好は思い出したという顔で、「あ、あれ」と言った。

副署長の曽我部から要請のあった件と勘違いしているようだ。

「診察ではなくて別件で伺いました」

三好は驚いたような顔で疋田を見た。「またなにかね。あらたまって」

三好の斜め後ろで女医が疋田を見ていた。三十前後だろう。ふくよかな顔をした肌のきれいな女性だ。

「先生、ちょっとここでは」

疋田が言うと、三好は女医に行っていなさい、と言い、自分は診察室に入っていった。

疋田と小宮もそれに続いた。

疋田は患者用の椅子に座り、小宮はうしろに立った。診察用の椅子に腰を落ち着けた三好が疋田をふりむいた。

「あわただしくてかなわんよ。いよいよだから」まんざらでもない顔で三好は言った。

疋田は小宮を紹介してから、「ここは今月いっぱいで閉じてしまうんですか？」と訊いた。

「両方やっていては、カネがいくらあっても足りないじゃないですか」

「津田沼の病院はもう買収されたんですか？」

「したさ、先週」

「それはおめでとうございます。こちらの患者さんたちは……」

「引き続き向こうで診ますよ」

「よかった。安心しました」

「疋田さんにとっては少し遠くなるがね。いつでも来てくれたまえ」

「ありがとうございます。痛み出したらすぐに」

「いつでもいらっしゃい」

「手術のほうは今月も続けられますよね？」

「少しセーブしている。近いうち、ビッグイベントをやるのでね。これがなかなかきついんだよ」

「と申しますと？」

「わたしが所属している心臓外科学会があるんだが、今週、そこに向けて手術を中継することになってさ」

「先生の手術を学会の会場に中継して見せるんですか？」

「そうだよ。板橋《いたばし》セントラル病院でやる。カメラをたくさん使ってね。ネットの回線を使うんだけどさ、その技術が特注なんでわかりづらくて困る。パソコンのライブチャットみたいなわけにはいかないんだよ。そこの器械なんだけど」

部屋の隅《すみ》のテーブルの上に、ノートパソコンとサーバーのような器械が置かれていた。壁のモジュラージャックから伸びたＬＡＮケーブルが器械に接続されている。

「いちおう、ここに残っている職員にも見られるようにしてあるんだけどね。会場のほうの設営はこれからだよ」三好は疋田をふりかえった。「そうそう、あなたから申し出のあった患者さんはどうするの？」

「それはまたのちほど」

「そうかい。まあ、そんな具合だからさ、津田沼へ移ってからにしてもらうと助かるんだが」

「承知しました。そう伝えておきますので」

「悪かったね。向こうへ移ったら、すぐ対応できると思うから」

「なにかとお忙しいなか、ありがとうございます」

「いやいや。そうだ、いい機会だ。きみに紹介しておこう」

三好は電話で受付を呼び出し、「渡部先生に来るように伝えて」と言って電話を切った。そのあとすぐドアが開いて、先ほどの女医が入って来た。

「わたしと同じ心臓外科医の渡部陽子くんだ。疋田さん、彼女は経営のプロでね。MBAの資格も持っている。津田沼の病院で、わたしのパートナーとして、取り仕切ってもらうんだ」

三好が疋田を紹介すると、渡部は深々と頭を下げて名刺を寄こし、「よろしくお願いいたします」と言いながら三好の横に回った。

「ライブ中継も、彼女にまかせてある。優秀なんだ。オールマイティーだよ。前の病院でも医者として働きながら、経営チェックを重ねて、とうとう黒字化させてしまった手腕の持ち主だから」

三好が言うそばで、渡部は笑みを浮かべている。

「それはお心強い」疋田は言った。「ライブ中継の患者さんは、やはり重い心臓病患者の方ですか？」

「かなりだな。この渡部くんが担当している」三好は渡部を見やった。「六十五歳の男性で胸部大動脈瘤《りゅう》の患者さんだったね」

渡部はうなずき、「過去に心筋梗塞《こうそく》を二度起こしています。腎臓障害もありますから、かなり重篤《じゅうとく》です」

「どんな手術になりますか？」

「その患者さんの罹患《りかん》部分は五センチまでふくらんでる」三好が言った。「血管がもろいからステントも入れられないんだよ。人工心肺をつけて、その部分を人工血管に置き換えるわけだけどね。五時間くらいかかるかな」

「病院が移る時期に、ライブ中継とは忙しいですね」

三好は一歩引いたような口調で言った。「いろいろ事情があるんだよ。な、渡部くん」

「そうですね」にこやかに渡部は相づちを打った。

「ファイナンスの関係でさ、どうしてもやらざるをえなくなってね。資金繰《ぐ》りであっぷあっぷだよ。渡部先生や代表のおかげでなんとか乗りきったけどね。そうだ、一度、内海代表ときみを引き合わせないといけないな」

「内海代表といいますと？」

「買収でいっしょに汗を流してもらったコンサルタント会社の人間だよ」

「先生」渡部がそっと三好の肩に手をあてた。

三好ははっと気づいたように、

「いやあ、すまんすまん、内輪の話だ。勘弁してくれたまえ。ところで、きょうはなんの用だったのかね？」

疋田は少し込みいった用件なんですがと言い、渡部の顔を窺《うかが》った。

それに気づいた三好が、渡部に部屋を出て行くように促《うなが》した。

彼女が部屋から出て行くのを見届けてから、疋田はおもむろに口を開いた。

「今朝先生はニュースをご覧になりましたか？」

「ニュース？　それどころじゃないねえ。今朝は」

「実はですね、野島修一という美容整形外科医が死体遺棄容疑で指名手配されたんですよ。成増にある美容整形外科です」

疋田は言うと相手を見つめた。

うしろに立っている小宮が息を呑《の》む気配がした。

三好の表情に変化はなかった。野島を忘れてしまったのだろうか。

「それがなにか？」三好は特別な感情を見せず訊いた。

ならば続けるしかない。

「朝倉結衣という短大生が、荒川で水死体になって発見されたのはご存じですよね？」

三好はしばらく考えた末に、「ニュースでやっていたのだろ？」と口にした。

「そうです。今月の一日、わたしが岩淵水門に浮いている死体を引き上げました」

「ほう、きみがねえ」

「朝倉結衣のお母さんはご存じですよね？」

「誰だって？」

「朝倉路子さんといいます。野島修一と同じ病院で働いていた看護師ですよ」

ふたりの名前を出すと、三好は狼狽《ろうばい》したような妙な瞬《まばた》きを繰り返した。

ようやく思い出したようだ。

「先生がこちらを開設する前、ご一緒の職場で働いた方々ですよね？」

三好は珍しく疋田から目をそらし、「まあ、それと似た名前の人間は知っているけれどもね。……その朝倉路子の娘がどうしたんだって？」

「野島修一の美容整形外科手術を受けたのですが、手術が失敗しました。あわてた野島修一が娘さんの死体を荒川に投げ込んだんです。それをわたしが引き上げた」

思いがけない答えに、三好は言葉が出ないようだった。

「おふたりとは共立埼玉中央病院のお仲間でしたよね？　野島修一は同じ循環器科病棟から手術部に移られたお医者さんです。朝倉路子は手術部の主任看護師。それで、よろしいですね？」

疋田が問いかけると、少し口を尖《とが》らせて三好はうなずいた。

「きょう、こうしてお邪魔させていただいたのは、ほかでもありません。野島修一の立ち回り先についてご存じでしたら、教えていただかなくてはなりません」

三好の表情に余裕が戻った。

「疋田さん、昔いっしょに働いていたからって、どうして、わたしがいまの居場所を知っているというの？　おかしいぞ、まったく」

「ではもう一点。同じく共立埼玉中央病院の循環器科で働いていた看護師で北沢明美はご存じですよね？」

三好の顔がふたたび強張《こわば》った。

「どうなんですか？」

「ああ、知ってる。ちょっと気の強い子だった」

「彼女も野島修一の美容整形外科手術を受けているんですよ」

「北沢も？」三好は身を乗り出すように疋田の顔を覗き込んだ。

「脂肪吸引やヒアルロン酸の注射を受けたようですが、彼女の手術も失敗しています。そのせいで、彼女は体調をくずして、かなり苦しんでいるはずです」

三好は怪訝《けげん》そうな顔で疋田と小宮の顔を眺めた。

今度の事件について、三好が聞くのはきょうがはじめてのようだ。

「……で、どうしているんだね。彼女は?」あらたまった感じで三好は言った。

「それが彼女も行方不明になってしまって、困っているんです。先生はご存じありませんよね?」

「彼女が埼玉から上京してきたとき、病院は紹介してあげたよ。三年ぐらい前に」

「そうだったんですか。そのあとは?」

「病院にいるんだろ?」

「いいえ、病院には勤めていません。今はデパートの化粧品売り場の販売員です。ちなみに五十嵐康宏先生はご存じありませんか?」

「知ってますよ。わたしの助手だったから」

今度はあっさりと認めた。

「投身自殺して亡くなったのはご存じですか?」

三好の顔がぱっと赤らんだ。

「自殺? いつ?」

「この春のようですが、くわしいことまではわかりません。どうでしょうね、先生、ご協力いただけませんか?」

「協力って、いったいどうしろというんだよ?」

「なんでも構いません。野島修一と北沢明美の立ち回り先について、思いつくところがあったら、教えていただきたいのです」

「だから、それは無理だって」

「医療関係者同士で、なにかネットワークがあるのではないですか？」

「なにを言い出すかと思ったら……そんなもん、あるわけないだろ」

「わたしが申し上げたネットワークというのは、四年前に共立埼玉中央病院の中央手術部で起きた事件の関係者という意味です」

　思わせぶりな言い方が気に入らなかったらしく、三好は目をむいて、疋田を見すえた。

「いったい、なにが言いたいんだっ」

「それは三好先生が一番よくご存じのはずです」

　三好は落ち着かないふうに首を左右にふり、呆れたような顔で疋田をにらんだ。

「あのなあ疋田さん。その件はもうとっくに決着がついているんだ。いまさら蒸《む》し返してどうする気ですか？　いくら警察とはいえ、度が過ぎるぞ」

「まったくそう思いません。当時の事件の関係者が、死体遺棄の被疑者になったり、命まで落としたりしている。亡くなった朝倉結衣の母親とあなたをのぞいて、生き残っているものは行方がわからない。これはどう考えればいいんですか？」

　三好は肝の据わった顔で疋田を見すえた。

「それはあなた方の仕事でしょうが」三好ははねつけるように続ける。「忙しいんだ。出て行ってくれ」

疋田は席を立ち、軽く会釈をして、小宮を先に退室させた。

ドアノブに手をかけ出て行く間際にふりかえる。

「三好先生。このままではすまないと思います。なにかありましたら、先生のご自宅に伺《うかが》わせていただきますので」

疋田はそう言い残して診察室をあとにした。

署に戻ると警務課に出向いた。稟議書《りんぎしょ》の判をついていた副署長の曽我部が顔を上げた。

赤羽ハートクリニックの三好と会ってきたと伝える。

「そうか、会ってきたか」無関心を装《よそお》って曽我部が答える。

一連の事件の関係者と三好とのつながりをすでに聞かされており、本部の厚生課長がらみの口利きについては、どうでもいいような感じだ。それならばそれでいい。

小宮を待たせている。飛鳥山病院の聞き込みだ。

4

カルテラックの上にその容器を見つけたのは小宮だった。太陽のイラストが描かれたドクターズコスメ。成増院にあったのと同じもののはずだ。ここは飛鳥山病院の三階にあるナースステーション。一階の待合室に患者はおらず、事務所にも人はいなかったので、三階まで上がってきたのだ。

小宮は顔見知りらしい女性看護師に警察手帳を見せ、五十嵐康宏について質問を繰り出している。看護師はひとりだけだ。四十くらいだろうか。華奢《きゃしゃ》な体格で、胸に堀内《ほりうち》のネームプレート。疲れがたまっているのだろうか、動作のひとつひとつが鈍《にぶ》い。

「五十嵐先生がご自宅で投身自殺したのは、三月の中ごろだったと思います」

堀内が答えると、追いかけるように小宮が言った。「五十嵐先生のお宅はどこですか？」

「えっと、滝野川《たきのがわ》だったと思いますけど。中庭で頭から血を流して倒れているのを同じマンションに住んでいる人が見つけて」

滝野川ならここからすぐ近くだ。

「時間は？」

「夜中だったんじゃないかしら」

「自殺に間違いありませんでしたか？」

堀内は神妙な顔で続ける。「……と思いますけど、なにか？」

「五十嵐先生って、ふだんから睡眠導入剤を使っていらしたと聞いていますが、どうだったんですか？」

「麻酔前投薬のことですか？」

「そうですね、それ」

堀内はしばらく考えをめぐらせてから、言いづらそうに口を開いた。「あの、わたしも当直のとき、一度、先生が薬局から持ち出すのを見て……けっこう効《き》き目があるし」

「精神的にお辛《つら》かったのでしょうか?」

「どうでしょう」堀内は答えをはぐらかせた。

「堀内さん、理由はご存じ?」

強い口調で訊かれて、堀内は逃げ場がない感じでうなずいた。「去年の秋ぐらいだったかしら。この病院で亡くなった患者さんのご家族を名乗る方から、頻繁《ひんぱん》に先生あての電話がかかってくるようになったんです。おまえの処置が悪かったから死んだんだって、ずっと責められ続けて」

小宮は疋田と顔を見合わせた。「その方のお名前は?」

「わからないんですよ。患者さんのご家族の名を騙《かた》って、電話をかけてきていたみたいで」

「五十嵐先生がこの病院に着任したのはいつですか?」小宮は調子をあらためた。

「二年前だったと思います」

「失礼」疋田は割り込んだ。美容液の容器を指さし、「あれってドクターズコスメですよね?」と訊いた。

堀内は驚いたように、カルテラックを見やった。

「あ、たぶんそうだと思います。仲間が買っていましたから」

「お店で販売していたんですか？」

「そうではなくて、一階の事務所で。業者の人がまとめて持ってきたときに買ったはずです」

「いま病棟を見せてもらってきましたけど、まだかなりの患者さんが残っていますよね？」

「そうなんです」重苦しそうな顔で堀内は続ける。「一昨日も移送先の病院で亡くなった方がいらっしゃって。移送のストレスのせいです。困ります」

「この病院は、なにか乗っ取られたとかいう噂が流れていますけど、そのあたりの事情はご存じですか？」

堀内はいっそう困った表情を浮かべて、「それについては、他言するなと言われていますので、お答えできません」

小宮はしばらく、堀内を見つめた。よほど事情があるようだ。

「堀内さん」小宮がやわらかい口調で言った。「あの……ＭＲの方はご存じですか？」

「昔は大勢いましたけど、もう来なくなりました」

ＭＲ——医薬品メーカーの営業担当だ。

「ご存じの範囲でけっこうです。お名前をお聞かせくださいますか？」

堀内はじらすような感じで、事務机の引き出しを開け、輪ゴムでとめてある名刺の束《たば》を取りだすと小宮に渡した。

「差し上げますから」どうでもいい感じだ。

小宮は輪ゴムをほどいて名刺を見た。二十枚ほどだ。堀内はそのうちの三社の名前を口にした。半年前まで、頻繁に病院に顔を出していた会社だという。

彼らは営業成績を上げるために、飛鳥山病院へ日参していた。病院を取り巻く事情に通じていたかもしれない。とりあえず、彼らを頼るしかないだろう。最後に病院のオーナーの名前と住所を訊き出して病院をあとにした。

5

浅草《あさくさ》。隅田川に面したオープンカフェ方式の店内だ。丸テーブルに四、五人が散らばり、そのうちの一卓で、度の強そうなメガネをかけた男が遅いランチをとっていた。教わった通りの風貌《ふうぼう》だ。ここに来る前に会った他社のＭＲによれば、まだ三十歳になったばかりだが、管理職の筆頭候補という。

疋田が声をかけると男はうなずいて席を立ち、矢崎《やざき》と名乗った。背が高い。

「食事を取りながらでも構いませんか？」落ち着いた口調で訊かれ、「もちろんです」と疋田は言った。

クリームパスタに手をつけた矢崎の前で、疋田と小宮はコーヒーを注文した。

午後三時五分。病院回りを仕事にするMRの昼食は、遅い時間帯のようだ。

挨拶《あいさつ》代わりに、飛鳥山病院の名前を口にする。

矢崎は以前、飛鳥山病院を担当していたのを認め、いま現在、同病院が破綻《はたん》間際にあることも承知していた。

「いまはもう薬剤の納入はしていないのですね？」疋田は訊いた。

「この春から止まっていますよ」

「納入を断られたのですか？」

「五月に院長から、いきなり納入業者を替えるという電話が入りまして」パスタをすりながら矢崎は続ける。「寝耳に水でしたよ。でも決裁者ですから、命令は絶対なんですけど」

「決裁者というと、病院の責任者ですね？」

「必ずしもそうとは限りません。キーパーソンが複数いる場合もあるので」

「かなり経営が厳しいと聞いていますが、いかがですか？」

矢崎はフォークを置いて、疋田を見つめた。「経営が厳しいのは、あの病院に限りませんけど」

「でも患者を残したまま、いきなり廃院というのは、医療機関としてぎりぎりのところまで追いつめられているのではないですか？」

矢崎は水をひとくち飲み、「看護態勢の問題と聞いていますよ」と言った。

「看護態勢？」

「苦しい経営状態にある病院というのは往々にして、粉飾《ふんしょく》するものです。ご存じありませんか？」

「見当がつきません」

「たとえば診療報酬の請求のとき、所属する看護師数を水増ししたりします」

「飛鳥山病院もやっていた？」

「噂話ですよ。でもそれが発覚して、支払い基金の側から数億円の返還を求められた。今年のはじめですね。これがきっかけになって、資金繰りが悪化したと聞いています」

「同じ時期に、メディカルオプという医療機器卸《おろし》業者が院長に取り入ったらしいですね。この会社が赤字を拡大させたと聞いていますが」

ここに来る前に会ったMRから聞いた話を披露すると、矢崎の目が光った。

「メディカルオプをご存じですか。それなら話は早いと思いますが」

「なんでも好条件の融資を院長に持ちかけたとか」

「……保証金ですか？」値踏みするように矢崎は言った。

保証金という言葉の意味がわからなかったが、疋田はうなずいた。

「メディカルオプが借金の肩代わりをする見返りに、病院の土地と建物、経営権まで与えるという契約を交わしたんじゃないかな」

至極当然という感じで矢崎が言ったので、疋田は耳を疑った。保証金というのは借金と同義語のようだ。それにしても経営権まで与えるとは、どういうことか。

「それで融資は実行された？」

矢崎は意味深げにうなずき、残りのパスタをフォークに巻きつけた。

「二月の終わりごろだったかな。メディカルオプ側は院長に理事長の交代を命令したはずです。聞いたこともない医者が理事長になりましてね。メディカルオプは、その新理事長名で次から次へと高額な医療器械を購入してリース会社に転売していった。そのカネはびた一文、病院には入らない。病院はあっという間に火の車……という感じかな」

運ばれてきたコーヒーに口をつけながら、矢崎の言葉を吟味《ぎんみ》した。メディカルオプが詐《さ》欺《ぎ》同然の手口で病院側を陥《おとしい》れたという。乗っ取りは手段であり、目的はあくまでカネなのだろうか。

「高額な医療器械というとたとえば？」

「超音波診断装置とか骨密度測定装置とか。新品なら三百万は下りませんよ。それに、購入する必要もない。空リースという手がありますから」

「まるで取り込み詐欺ですね。あなたはそれを目の当たりにしたわけですか？」

矢崎は空になった皿にフォークを載せ、横にどかした。

「取引が中止になった時期ですから」憮然《ぶぜん》とした表情で矢崎は続ける。「院長には何度か、メディカルオプとのつきあいはやめたほうがいいと助言させていただきましたよ。長くおつきあいさせていただいたんですが、残念です」

「そのメディカルオプが現在も病院を乗っ取りにかかっていると解釈していいわけですね？」

矢崎はナプキンで口元を拭《ふ》き、質問した小宮を見やった。

「そう見ていいでしょうね。がんじがらめになった元院長……元のオーナーは言いなりじゃないですか」

「いまはもう、飛鳥山病院はその方のものではなくなっているのですか？」

矢崎は厳しい顔でうなずいた。「それどころか、メディカルオプ側から、四月以降の診療報酬の全額を差し押さえられているはずです。廃院になるのは目に見えていましたよ」

「差し押さえられた診療報酬の額はどれくらいになりますか？」疋田は訊いた。

「瘦《や》せても枯《か》れても大規模病院ですからね。二、三千万というところかな」

「矢崎さん、それほどの病院がたった一千万の見せ金につられて、経営権を譲るような契約をするものですか？」疋田は強い口調で言った。

矢崎は呆れたような顔で、

「現物は見ていませんから知りませんよ」

「病院名で医療機器を購入しては転売していったというのが事実なら、病院の実印は誰が握っているんですか？　売買契約ひとつ作るにしても、実印が要《い》りますよ」

「ですから理事長が交代したと申し上げたはずです」

「元のオーナーがその新理事長に実印をあずけた？」

打出《うちで》の小槌《こづち》を与えたも同然ではないか。

「ほかにないでしょう」

疋田は納得がいかなかった。長いあいだ地域医療に取り組んできた病院が、素人《しろうと》同然のブローカーの言葉を信じて、あっさり乗っ取られるのだろうか？

「そんな子どものような手に簡単に引っかかるものですか？」

矢崎は眉根に縦皺を寄せ、言い聞かせるように続ける。「医者を専門にする詐欺集団を見くびってはいけません。人情の機微《きび》を知り尽くしていますから」

「どんなふうに？」

「お医者さんに取り入るためには、誇りを絶対に傷つけない。それがなによりの鉄則になります」

ＭＲの営業のイロハを聞かされているようで、疋田は辟易《へきえき》としてきた。

疋田に代わって小宮が口を開いた。

「お聞きしていると、メディカルオプ側は最初から病院の再建など眼中になくて、はなからつぶしてしまう魂胆《こんたん》だったような気がします。いかがでしょう？」

矢崎は生徒を見るような顔で、疋田と小宮を見やった。

「いま日本につぶれかかっている病院が何百あるかご存じですか？　その多くは銀行にも見放されて給料も払えないのが実情です。そんな病院にアングラマネーを流し込んで病院を私物化するのは、珍しくもない。こう言ってはなんですけど、お医者さんって、世間知らずが多くて、ころっと騙《だま》される」

疋田はコーヒーを飲みながら、矢崎の言葉に聞き入った。

「手形を乱発したり病院のカネを横領するぐらいですむうちはまだ可愛《かわい》いほうかもしれません」矢崎は続ける。「病院の不動産を売り払ってしまうような輩《やから》もいますからね。乗っ取りと言えばそうでしょうが、実際は病院食いつぶしグループですよ」

疋田はそれでも解《げ》せなかった。口先だけの輩に、病院が身ぐるみ剝《は》がされるなど、あるのだろうか？　資金繰りに窮《きゅう》した病院サイドが、ＭＲを通じて自分たちに都合のいい話を拡散させているのではあるまいか。

「警察だってわかっているんじゃないですか？」矢崎に言われた。

「……捜査中ですのでお答えできません」疋田はそう答えるのがせいぜいだった。

「こちらを扱っている会社をご存じでしょうか？」

小宮がパンフレットを矢崎の前に差し出した。成増院に置かれていたスウェーデン製のドクターズコスメのパンフレットだ。太陽のイラストが描かれている。

矢崎はしばらく眺めたが、はじめて見るものだと言った。

「飛鳥山病院にあったものです。商品名を頼りに調べてみましたが、取り扱っている卸業者がありません。メディカルオプ側が持ち込んだものではないかと思うのですが」

木内美容整形外科成増院の事務員に訊いたところ、看護師の市川が昨年、成増院に持ち込んだという。新宿の本院では扱っていない。

「これって効き目があるんでしょうか」言いながら矢崎はパンフレットを返した。「乗っ取りグループって、それまでのしがらみで胡散臭《うさんくさ》い取引相手の商品を扱ったりするのはありますから」

「効き目のありなしにかかわらず、売りつける？」

矢崎は長い息をひとつ吐いた。「連中にモラルを求めてもむだですよ」

小宮は訊くことは訊いたという顔で、横を向いていた。

午後三時半を回っていた。礼を伝えて店をあとにする。

表に出たところで、小宮が、「時間がありません。わたしは地下鉄で九段《くだん》の法務局に行きますから」と言った。

「そうしてくれ」

メディカルオプの法人登記を調べるのだ。

乗っ取りグループの大まかな情報は手に入った。その裏を取るためには、飛鳥山病院の元オーナーと会わなければならない。

6

その古いマンションは白山《はくさん》通りから、小石川《こいしかわ》植物園へ下る坂の途中にあった。警察を名乗り、部屋に入った。飾り気のない簡素な住まいだ。背中を丸めるように細身の男がソファに浅く座っていた。スラックスに半袖のボーダーシャツという出立《いでた》ち。飛鳥山病院の元院長の田端昭久《たばたあきひさ》だ。

額《ひたい》が広く髪が短い。五十五、六歳だろうか。袈裟《けさ》を羽織《はお》れば、僧侶として通じるような風貌である。疋田を見つめる大きな二重《ふたえ》まぶたの目に、おびえが浮かんでいた。家族は不在のようだった。

疋田が訪ねた理由を説明するのを田端は黙って聞いていた。矢崎から教えられた件について、田端は否定しなかった。もうあの病院はわたしのものではありませんからと、肩をすぼめるように口にした。

　診療報酬の水増し請求について問いただすと、「それはどこでもやっているから」と開き直るように認めた。

「それが銀行にも知れて、資金の借り入れができなくなったと伺っています。そうでしたか？」疋田は念を押すように訊いた。

「そればかりじゃなくて。いま思うと看護師不足が一番の元だったかな」

「と仰いますと？」

「去年の秋には入院患者は百五十人いたんだ」足を組み替えて田端は続ける。「でも看護師がどんどん辞めていって、とても面倒見切れなくなっちゃった。暮れには入院患者は百人を切ってしまって。メーンバンクから送り込まれてきた事務長だって力がなかったし」

「人材不足ですか……」

「ひどかったんだ。ばたばた、辞めていくんだよ。二月なかばになって、知り合いの建設会社の役員から病院の再建に長《た》けている人物を紹介されたんです。わらにもすがる思いで、西新宿のオフィスに駆けつけたなあ」遠い昔の思い出を語るように、田端は言った。

「場所は覚えていますか？」

　田端は大きな目を動かしながら、当時の光景を頭に描いている様子で続ける。「オフィス専用の高層ビルあるでしょ？　七階だったかなあ。立派な応接室でしたよ。『医事新報《いじしんぽう》』

から『医師会誌《いしかいし》』まで、書架にずらっと並んでいてね。じつに壮観だった」

その雰囲気で信用してしまったのだろうか。

「紹介された人物の名前は？」疋田は訊いた。

「さかもとのぶお」

疋田が差し出したメモ用紙に、田端は坂本信男と書きつけた。

「坂本の写真はありますか？」

「ない。一枚も」不機嫌そうに田端は言った。「貫禄《かんろく》がある男だったよ。愛嬌《あいきよう》もあって。対面するなり、すぐに、よく来てくれた、先生の病院はどうですか、なんて早口でまくし立てられてさ。こっちだって、苦しいときだったから、つい口がゆるんでしまった」

「そのときの会話を憶《おぼ》えていますか？」

「診療報酬のマイナス改定が続いて、うちのような慢性期病院は青息吐息《あおいきといき》ですよ、とか言ったかな。そしたら相手は、『それは先生のところだけじゃない。でも先生のようなご立派なお医者さんが貧乏くじを引くような厚生行政はけしからん。こう見えてもわたしは、老人ホームをふたつと病院を三つかけ持ちで経営しています。微力ですが、わたしでよければ手助けさせていただきます』とこうきた」

自分が被害者だといまだに気づいていないような口ぶりに、疋田は困惑を隠せなかった。田端はそのときの模様を身ぶりもまじえて語りだした。

『ちょうどいま、都内の賃貸マンションを五十億で買収する話が進んでいるんですけどね。先生のところの負債はどれくらいですか？』坂本は訊いた。

『銀行から七億、ほかの買掛金を合わせてぜんぶで十二億ぐらいになります』田端は答える。

続けて、ベッド数と外来患者数を訊かれた。すると坂本は、十二億の借金でその患者数ではきつい。借金を減らさないといつまでたっても悪循環だと言う。

『それができるくらいなら、もうとっくにしている。どなたか出資していただけるような方はご存じありませんか？』田端は助けを求めるように言った。

坂本は肉のついた腹を揺すり、柔和《にゅうわ》そうな目を細めて、

『先生、その借金を減らすのがわれわれの役目になりますから。まかせていただけますか？』

『それはもう、是非《ぜひ》ともお願いいたします』田端は深々と頭を下げてから、坂本を見やった。『ちなみにどうやって減らすのでしょうか？』

『いま呼んでいる松原《まつばら》先生が岡山《おかやま》県の農協の理事長と太いパイプを持ってましてね。松原先生から農協のほうへひと声かけてもらって、十二億の融資証明を出してもらう。それを元に銀行との交渉に入ります』

『……どのような内容の交渉になりますか？』

『十二億を半分の六億まで棒引きしてもらうように話し合います』

田端は驚いた。『そんな話を銀行が承諾しますか?』

『銀行だって、このまま行けば、病院が破産するのはわかっているから、最終的には了解せざるをえない。そのあたりの交渉はこれまでなんべんもやってきて心得ています。どうぞまかせてください』

自信に満ちあふれた話しぶりに、田端はすっかり呑まれてしまった。そのときドアが開いて、『遅れました。松原です』と細身の男が息せき切って入ってきた。

四十前後。髪を整髪料で固めた、銀行員然とした男だった。渡された名刺には、医療法人社団理事長、松原康夫《やすお》とあった。

『代表、話はどのあたりまで進んでいますか?』と松原はよく通る声で訊いた。

坂本はそれまでの話をかいつまんで披露した。

『田端先生の前で失礼に聞こえるかも知れませんが、いまの民間病院は体力がなさすぎます』と熱心に松原は語った。『厚労省が民間潰しに走っているんだから、こっちだってそれなりに対抗しないといけないんですよ。うちのほうも現在、横浜《よこはま》で二〇〇床の救急病院を持っている医療法人の再建に入っていますからね。そこで培《つちか》ったノウハウを同業でいらっしゃる田端先生にお貸ししますので』

『そうですか。大いに励《はげ》みになります。実はわたくしの知り合いの病院も半年前に倒産してしまったんですが、そちらもなんとかなりませんか?』

つい調子に乗って田端は口走った。

『やってやろうじゃないか』それまで黙っていた坂本が口を開いた。『どうだね、松原くん?』

松原はうつむきがちに、『お力添えしたいのは山々ですが、まずは田端先生が先決かと存じます。どうですか、代表?』

『そうだ。松原さん、もっともだ』

そのころの田端は、病院に住み込んでいるかのように毎週四日の当直をこなす日々を送っていた。心身ともに疲れ切った田端に、目の前にいるふたりとの出会いはたとえようもないほどの救いだった。

ふたりと再会したのはそれから二週間後の夜だった。

指定された六本木のホテルに入ると、ふたりは弁護士を連れてきていた。その席で、田端は再度、銀行への返済方法について確認を求めた。

『先日もお伝えした通り、農協の融資証明を銀行に見せてもらいます』余裕たっぷりな感じで坂本は言った。『値引き交渉の過程で銀行側のOKが出たら、現金ですぐに支払いますと申し出ていただけますか?　その現金はこちらで用意しますので』

田端は胸をなで下ろし、

『それは助かります』

『ただし、交渉がまとまるまで、現金を支払う必要はありませんからね。もし交渉が途中でパーになったら、わたしらが丸々損になりますから』

『はあ、そうですね』

『田端先生、肝心なのはここからですよ。先生のお持ちの不動産にすべて賃借権か仮登記を打ってもらいます』

『それはまた、どうしてですか？』

坂本は同席していた弁護士に話題をふった。

『そうしておかないと、銀行側に不動産を差し押さえられたり、競売《けいばい》にかけられたりしますから。そうなったら病院は終わってしまいます』黒メガネをかけた弁護士は念押しするように言った。

そうかと田端は腑に落ちた。

『そういう流れで臨みたいと思いますが、田端先生』一区切りついた感じで、坂本は言った。『わたしらも銀行側と話し合うについては、それなりの立場が要《い》りますので、松原先生を一時的に病院の理事長につかせてはいただけませんか？』

『わかりました。銀行側との交渉がスムーズに行ったとして、そのあとは？』

坂本は待っていましたとばかり、身を乗り出した。『それなんですけどね、先生。交渉がまとまった暁《あかつき》には、リベートをいただいてから、理事長職はお返しいたしますし、そのままわたくしサイドで経営しても構いません。先生のお好きなほうで』

　それからの細かな話し合いで、借金の棒引きが了承されたら、その時点でべつの銀行から七億円の借り入れを起こし、そのうちの一億円をリベートとして支払う、ということになった。病院の事務長らが見守る前で必要な書類に印を押し、契約がまとまった。

その席で、坂本は、川島《かわしま》という男を紹介して、『以後、病院には川島が常駐して、実務を引き受けますので、よろしくお願いいたします』と口にした。

　その川島に坂本は、『実印を受けとったら、しっかり管理しろよ。絶対に他人に渡すな』と田端の見ている前でくどいほど言い聞かせた。

　翌週からやって来た川島は、事務次長として精力的に動き回った。事務所の机の配置を換え、観葉植物を置いた。医者不足を補うと言って女医もスカウトしてきた。

　しかしそれらはすべて田端を欺《あざむ》くための方便に過ぎなかった。芝居だったのだ。川島は陰で、次々に高額な医療器械を発注しては転売を繰り返していた。気づいたときには数億円単位の被害を被《こうむ》っていた。あげくに、リベートの費用と称して、裁判所に診療報酬の差し押さえまで申し立てする有様《ありさま》だった。裁判所からその許可が下りたという話を聞いて、田端は奈落《ならく》の底に突き落とされた気分を味わわされた。

　疋田は田端の口から出た言葉に引っかかりを覚えていた。

松原が、坂本を〝代表〟と呼んでいた。今朝訪れた赤羽ハートクリニックでも、同じ呼び方をされていた人間がいた。内海代表と言っていたはずだ。病院の買収を手伝ってくれているコンサルタントのはず。単なる偶然なのだろうか。コンサルタントというものは、そういう呼び方をするのが常なのだろうか。確認しなければならない。

田端が落ち着きを取り戻してから、疋田は警察に訴えなかったのですかと口にした。

「訴える？　どうやって？」田端はヒステリックな顔で訊き返した。

「詐欺でもなんでも。警察は相談に乗ってくれるはずですが」

「誰を相手に？　もう連中はすっかり消えてしまったんだ」

「……写真などは？」

「あるはずないじゃないか。だめなんだよもう」

「そう仰らずにお力添えしますから」

坂本以下の連中は、病院のあちこちに足跡を残しているはずだ。病院サイドでも怪しんだ職員はいただろう。手書きのメモや指紋も残っている可能性がある。そこまで推《お》し量《はか》れたか。重い荷物を背負い込んだ気分だった。彼らの犯罪を証明するためには、膨大《ぼうだい》な手間と労力がかかるはずだ。家宅捜索と聞き込み程度ですむ話ではない。

辞去《じきょ》するため腰を上げたとき、田端の口から出た〝スカウトした女医〟を思い出して尋ねた。

「一週間か十日、いただけだったな」田端は言った。

「名前は覚えてます？」

「……渡辺《わたなべ》だったかな」

疋田はしばらく考えてから言った。「渡部ではないですか？　名前は陽子」

「そうだ」怪訝そうな顔で田端は疋田の顔を見た。「確かそんな名前だったよ」

女医の容姿についても訊いた。赤羽ハートクリニックにいる女医と似ている。

疋田は奇妙な巡り合わせに混乱した。乗っ取りグループの親玉は、〝代表〟と呼ばれていて、その一味と思われる女が、赤羽ハートクリニックに勤務している。

疋田は見えない虫が背中を這《は》い回るような感覚を覚えた。

携帯がふるえているのにしばらく気づかなかった。

出てみると末松の低い声が伝わってきた。

「……自殺です」

なにを言っているのか疋田にはわからなかった。

「誰が？」

「野島。目の前にいます。手首を切って血まみれで……」

疋田はその場で立ち上がった。「どこで？」

「看護師の寮」

「木内に教えてもらったのか？」

「あの医者が教えないから、看護師に訊いて。すぐ駆けつけて、大家に入れてもらったんです……だめだった。死んでる」

「自殺直後？」

「まだ一時間経《た》っていないかもしれない」

場所を聞き、疋田はあわただしく田端宅をあとにした。夜のとばりが下りていた。


地下鉄大江戸《おおえど》線東新宿駅にほど近い六階建ての賃貸マンション。明治通りから東に二〇〇メートルほど入った住宅街の一画にある。古い造りだ。二階の202号室。ドアノブの中に鍵穴がある。セキュリティの弱いタイプだ。

玄関には男物の革靴がきちんとそろえられて置かれていた。末松のほかに新宿署の刑事の顔も見える。鑑識員らが現場検証に入っていた。

疋田も頭から帽子をかぶり、足カバーを靴下の上から履《は》いて上がった。

がらんとした縦長のワンルームだ。家具はひとつもない。ダイニングキッチンに続いて、ベッド兼用のソファがあり、そこに目をつむった野島がもたれかかっていた。背広姿だ。左手首から腰元まで、おびただしい量の血に染まり、血はソファから床に滴《したた》り落ちている。すべて滴下血痕だ。一部はまだ乾《かわ》き切っていない。

右手のところに手術用のメスがあり、刃に血が付着している。

「直腸温度を調べるぞ」

新宿署の刑事の指図で死体をソファから、ブルーシートの上に載せる。

その場で鑑識員が野島のズボンと下着を取り外すのを、末松は青白い顔で見守っている。

「部屋の鍵は？」疋田は声をかけた。

「野島のポケットに入っていました」と末松はビニール袋に入ったキーを見せた。

古い型のステンレスキーだ。文字の刻印はない。複製品と思われた。

「木内はなにか言っていますか？」

「ここ以外に、四階でも寮として三室使っているらしくて」

「鍵は木内が野島に渡した？」

「認めていませんが、合い鍵はけっこう数があるようです」

「木内が言ったんですか？」

「いや、野々山が看護師に当たっていて、そこから。合い鍵は本院の事務室に置いてあります」

「野島はやっぱり本院に現れたの？」

「それはないと思います。来れば、看護師が気づきますから」

「野島は、ふだんから合い鍵を持っていた?」

「……どうも、その線が強い」口惜《くや》しそうに末松は言った。

「遺書は?」

「どこにもない」

疋田は死体の切り口を見た。左手首の動脈が三センチほどにわたって、ぱっくりと切れている。ためらい傷はひとつもない。覚悟の上で、メスを当てたのだろうか。

いくら医者とはいえ、みずからの体にメスを入れるのだ。少しぐらい、ためらうはずだ。傷は手首と水平だ。真一文字に切り裂かれている。見事すぎる。

部屋の鑑識はまかせて、疋田は末松を連れて木内美容整形外科に出向いた。

部屋の合い鍵は、更衣室のロッカーに収まっていた。

木内に訊問《じんもん》したものの、合い鍵を渡したのは認めなかった。

その足で赤羽中央署に戻った。

刑事課は混乱していた。

まだ多くの刑事たちが新宿に出向いているようだった。課長席の前に佇《たたず》んでいる岩井に木内の様子を報告した。

「合い鍵はいくつある?」岩井が訊いた。

「ばらばらです。おおむねそれぞれの部屋につき、三つほど」

「202号室の鍵は？」

「ひとつ残っているだけです」

「野島が、いつでも使えるように持ち出していたのか？」

「わかりません」

「ほかの人間が渡した可能性は？」

「……といいますと？」

「市川が住んでいた朝志ケ丘のアパートを野島が訪ねている」

「野島が市川のアパートに？」

「アパートの聞き込みでわかった。野島のマンションにも、市川らしい女が出入りしていたようだ」

「いつですか？」

「三月から五月にかけて。もっと前からかもしれん」

「……ひょっとして、ふたりは愛人関係にあった？」

岩井はきっぱりした口調で、「そう見ていい」と答えた。

野島も亡くなり、事件の裏を知っている可能性があるのは市川だけだ。

「202号室から市川のものと思われる足跡が見つかった。靴、それから素足。合計六つ。朝志ケ丘の市川のアパートにあった靴と足跡が一致した」

疋田は息が止まるほど驚いた。

「ほかの足跡はなかったんですか？」

「野島と市川の足跡だけだ」

「あの部屋にふたりでいた？」

「野島の死亡推定時刻は午後六時。その前後にいた可能性はある」

「防犯カメラの映像に市川が映っていますか？」

「それらしい人間は映っていない。防犯カメラが付いていない階段から上がったかもしれん」

疋田は左手の傷口を説明した。

「睡眠薬かなにか飲ませて、そのすきに市川が殺したと言いたいのか？」

「でないと、あの傷は説明がつかないような気がします」

「わからん女だ」岩井は忌《い》ま忌《い》ましそうな顔で続ける。「成増院、野島のマンション、朝志ケ丘のアパート……足跡は残っているが、この三カ所からは遺留指紋が見つからん」

遺留指紋とは、現場で採取された指紋から、被害者やそれに関係する人間を除いた指紋を言う。結果的にもっとも被疑者に近い人物のものとされる。市川が被疑者と仮定しての話だが。

「一刻も早く市川を確保しないと」

疋田が言うと、岩井は口を引き結んでうなずいた。

生活安全課には部下が戻っていた。野島の死を目の当たりにした末松は、まだショック状態から抜け切れていないようだった。

岩井から聞いた話と自分の推理を披露すると、末松の顔色が変わった。

「野島は市川に殺されたって……」信じられないようにつぶやく。

「どうして、市川が野島を殺すんですか？」野々山が訊いてくる。

「……わからん」疋田はそう答えるしかなかった。

「心中とか」小宮が言い添える。「野島の手首を切ったところで恐くなって逃げ出した」

市川という顔のわからぬ女の存在がつかみきれない。野島との仲はどの程度だったのか。いまは、どこに住んでいるのか。なぜ、写真一枚残していないのか。

小宮が一枚の紙切れを疋田に差し出した。

登記簿謄本《とうほん》だ。商号欄《らん》にはメディカルオプとある。MRから訊き出した医療機器卸業者だ。本店の所在地は西新宿となっていた。三人の取締役の名前が連なっていた。その中に代表取締役として坂本信男の名前があった。ほかのふたりははじめて見る名前だった。疋田は、「ほんとうにあったのか」と洩《も》らした。

「この会社の履歴も見ましたけど、休眠会社じゃないかと思うんですよ」小宮が言った。

「どうして、そう思う？」

「登録してる場所に行って来ました。西新宿のオフィスビルです。登記にある部屋にメディカルオプという名前の登録はありません。別会社です。過去にもメディカルオプが入居していた事実はないみたいです」

「おかしい。そこにいたはずなんだが」

疋田は言うと、田端から聞かされた病院乗っ取りグループについて話した。

「ここにある坂本というのは実在する人物ですか？」小宮が訊いた。

「そう思う。マコが休眠会社だと思う理由はなんだ？」

「万が一、病院側に調べられたとき、登記しているかどうかはとても大切ですから。そのとき本物の会社だったら、すんなり信用されると思います」

「会社は本物だけれども中身がない？」

「その可能性はあると思います。休眠している会社なんていくらでもあるし、その名義ごと買いとるケースはよくあるそうですよ」

「メディカルオプというのが医療機関専門の乗っ取り屋と仮定してみよう」疋田は言った。「彼らはずっと昔から似たような手口で犯罪を繰り返してきただろうか？」

「それはわかりませんが、係長の話を聞くとかなり手慣れていますよ」野々山が言った。

「飛鳥山病院に勤めていた五十嵐も投身自殺したんですよね。そしてきょう、野島も手首を切って自殺した。なにか奇妙な気がします」

末松が野々山をにらんだ。「自殺じゃないと思うのか？」

「関係者のうちふたりが立て続けに自殺って、ありえますか？」

「五十嵐は自殺としても、野島の場合は少し怪《あや》しいかもしれない」

野々山は肩をすぼませた。「……そのメディカルオプっていう乗っ取りグループが陰で動いているような気がしませんか？　疋田係長？」

「こじつけはやめろよ。とにかく、これで終わればいいんだが」

「係長は、この先もまだ死人が出ると思っているんですか？」

疋田は答えなかったが、内心不安でならなかった。きっとなにか起きるに違いない。しかし、それが具体的になにを指すのか疋田にはわからなかった。

「係長はさっき、赤羽ハートクリニックのコンサルタントの連中も『代表』と呼ばれていたと言いましたよね？」末松が言った。「乗っ取りグループの女医もいると」

「わたしも聞きました。内海代表とかって」小宮が続ける。「女医も見たし」

「その内海とかいう男を見たんですか？」

「確認はしていない」

月初めに、遠目で姿を見たのがそうだったろうか。

「赤羽ハートクリニックは津田沼の病院を買収したんですよね？」野々山が言った。

「もうすんだと思う」

「買収の交渉で赤羽ハートクリニックの院長から、なにか具体的な被害を受けたとかいう話は出ましたか？」

　末松に訊かれて、疋田は小宮と顔を見合わせた。

「それについては、まだなにもない」疋田が答えた。

「では、もう、そのコンサルタント会社の役目は終わったと考えていいんですね？」

「おそらく」

「それでも、その内海とかいうコンサルタントとメディカルオプがつながっていると考えるんですか？」

「それはまだ、わからない……」

「待ってください」小宮が疋田を見て言った。「一部の人間が残って、津田沼の病院の経営をまかせられるんじゃありませんでしたか？　確か、あの渡部先生とかいう女医が」

　言われて、疋田は女医の顔を思い出した。「そうだった」

　疋田は三好から聞かされたことを話した。渡部というＭＢＡの資格を持つ心臓外科医であり、買収した病院の理事長になるかもしれない女のことを。

　渡部をはじめて見た日を思い出した。患者とは思えないふたりの男が検査室で待ちかまえていた。あの男たちのどちらかが、内海と呼ばれる男だったとしたら……。

「ちょっと、気にかかります」野々山が言った。「心臓のなんとかいう難しい手術のライブ中継をするとかでしたよね？」

「胸部大動脈瘤。それがどうした？」

「調べてみたんですけど、手術のライブ中継自体はけっこうあります。でも、動脈硬化とかで狭くなった血管をカテーテルに置き換える手術がほとんどみたいです」

「今回のライブ中継は、学会向けというより、借り入れする金融機関に対するデモンストレーションのようだけどな」疋田は答えた。

「腕がいいところを見せるのですか？」

「うむ。ひいてはカネを稼《かせ》げるということをアピールする狙いがあるようだが」

「そんな必要があるんでしょうか」皮肉っぽく末松が言った。「三好先生の腕はみんな知っているんじゃないですか？」

「少しでも有利な利率でカネを借りるために無理しているのかもしれない」疋田は言った。「とにかく明日もう一度、ハートクリニックを訪ねて、三好先生と話してみる。そうすればはっきりする」

「早急に内海をはじめとする連中に会わないと」小宮が言った。

「容疑が固まらないうちは無理だ」

「わたしは渡部という女医について調べてみましょうか？」

「本人と会って話を聞くのか？」

「まさか。もう一度、飛鳥山病院に行きます。短い期間でも病院にいたんだから、きっとなにかを残しているはずです」

「わかった。まかせる。スエさん、野々山、明日はおれにつきあってくれ」

末松は野々山と顔を見合わせ、厳しい顔でうなずいた。

7

薄い壁を通して、女同士の喋《しゃべ》り合う声が聞こえる。韓国語のようだ。なにか遠いところに来てしまったような嫌《いや》な感覚は、そのせいだろうか。シティホテルとは名ばかりで、実際は民家を改装した窮屈《きゅうくつ》な建物だ。新大久保《しんおおくぼ》の住宅街にあり、夜がふけるにつれて賑《にぎ》やかさが増してくる。

息苦しくなり寝返りを打つ。枕カバーに血の混じった鼻汁が伝った。ティッシュで、ぬぐった。つけっぱなしにしてあるテレビから、野島という名前が洩れてきた。今朝のニュースの続報のようだ。リモコンを使って音量を上げる。

死体遺棄事件の容疑がかかっている医師が、新宿で自殺したという。

うそだ。あの野島にかぎって、自殺するなんてありえない。

どうにか体を起こした。もうニュースは終わってしまった。

ベッドサイドの鏡をおそるおそる覗き込む。

赤黒いものがこちらを向いていた。鼻のあたりがザクロの実のように腫《は》れて、うっすらと血がにじんでいる。まぶたも水ぶくれしたように垂《た》れ下がり、目をふさいでいた。

息を吐くたび、体の内側にこもった熱のせいで、悪寒《おかん》に襲われる。手術から十日以上経っても、体は快方に向かわない。いったい、どうなってしまったのだろう。悪くなっていく一方だった。いまでは物音もうまく聞きとれない。

警察は野島が朝倉結衣の死体を遺棄したというが、本当だろうか。腕の確かな野島が手術に失敗して死体を捨てるなんて……でも、どうだろう。この自分も野島の手術を受けた。そのあげくにこの様《ざま》だ。野島になにかされたのだ。

コンパクトミラーのふたを開けて、左耳の側にかざした。髪を右手ですくいながら横目で鏡を見やる。耳たぶの下に、〝3〟が映っているのが見える。これも野島がつけたのか。

朝倉結衣とその母親の路子について女の刑事から聞かされたときは心底驚いた。

そして、その朝倉結衣の胸にも〝3〟があったという。それを刑事から聞かされて恐ろしくなり、アパートにじっとしていられなくなった。

どうして、こんな忌まわしい数字を刻みつけたのだろう……。いくら考えてもわからない。朝倉結衣の手術にしても、失敗したのではなく、野島ははなから殺すつもりだったのではないか。

薄い刃物で背中を撫《な》でられたような気がして、鳥肌が立った。自分も同じ目に遭《あ》ったのだ。こうして生き永らえているのが、不思議なくらいだ。

しかし、その野島も死んでしまった。偶然ではない気がする。

手術を受けた数時間を思い出そうとするが、うまくいかない。

とにかく、体をなんとかしなくては。自分に残された時間は少ない。もってせいぜい二、三日だ。経験でそれくらいはわかる。でも、救急車には頼れない。警察に通報されてしまうから。

助けてくれる人が欲しい。自分のすべてを受け入れてくれる人が。

さんざん考えた末に、浮かんでくるのはひとりだけだった。救いを求めるなら、あの人しかいない。

手探りで携帯を取り上げ、その番号を表示させる。思い切って発信ボタンを押した。呼び出し音が鳴る。六度目に相手が出た。

その声を聞いてふっと体が軽くなった。この人だけが味方だと明美は感じた。いますぐ、こんな宿を抜け出して、その人の元に駆けつけたい気持ちで一杯になった。

どれほどの時間、話しただろう。教えられた内容も頭に刻みつけ、電話を切る。

これで助かると明美は思った。自分はひとりではない。冷え切っていた手足が温かくなった。痛みが少しとれたような気がする。

負けちゃいけないと明美は思った。いまここで思い出さなくては永遠に忘れてしまう。思い出せ、思い出せ……。あの日受けた整形手術のことを。野島にいったい、なにをされたのか。どんな手術だったのか。

いまならできると明美は思った。以前から使っている精神安定剤を二錠《じょう》飲み、仰向《あおむ》けになる。息をゆっくり吐きながら、手術を受けた日の夕方を思い浮かべた。

……天井にある丸い無影灯の明かりが透明な光を放っていた。自分はいま成増院の手術室に横たわっている。

野島に手を つかまれ、脈をとられた。それがすむと、市川和代が手首を消毒して点滴の針を刺した。手慣れた様子で点滴セットとチューブをつなぎ手首に固定する。市川が黒いタオルを目の上に載《の》せた。まだ意識はあるのに、いきなりなんだろうと思った。

「ボトックス打ちますよ」

野島の声だ。眉間のあたりに手を置くのが感じられた。ちくりとする感覚はあったが、痛みは感じなかった。

ベッドサイドを歩き回るふたりの足音が聞こえる。

思い出せるのは、いつもここまで。

……眠っちゃだめ。眠らないで。明美は自分に言い聞かせた。あのときのことを思い出さないと。

「じゃ、ヒアルロン酸いこうか」

野島の声がした。鼻のあたりに手が当たる感覚があった。女の声が聞こえた。市川和代だ。「先生、代わってやりましょうか？」

明美はひやりとした。

まざまざと記憶がよみがえってくる。

「そうかい」野島の声。

「簡単ですから」市川だ。

「そうだな。頼もうか」

「わかりました。先生はシリンジ吸引の支度をお願いします」

「うん、早くやっちゃおう」

体が石のように固くなった。ヒアルロン酸を打ったのは、野島ではなく……市川なのか？

明美は考えをめぐらせた。自分が強引な注文をしたので、野島は腹を立てた。その仕返しに、大事な注射を看護師にやらせた？

目の上にかぶさっていたタオルが取り外された。市川和代の涼《すず》しげな目がじっと明美を覗き込んでいる。

まぶたが重くなるばかりだ。眠気がもたげてくる。……思い出せ。

野島の姿がなかった。手術室を出て行ってしまったのだ。市川和代の手に握りしめられた注射針が目の前をよぎった。

それは垂直に立ったままだった。そのまま鼻の横めがけて、落ちてきた。

いったいなにをする気か。看護師ならこんな手付きはしない。

人の顔に向かって、真っ縦に針を突き刺すなどありえない。

しかし現実に、針はその角度で突き立てられた。目をかたく閉じた。恐ろしくて、目を開けていられなかった。このままじゃいけない。声を上げようとしたそのとき、ふっと意識が飛んだ。

……意識が戻ったのは、耳のあたりにかすかな痛みを感じたときだった。頭の近くに人のいる気配があった。目を細く開けてみると、市川が液体窒素の入った容器を部屋の隅《すみ》に持っていくのが見えた。それだけで、また深い眠りに落ち込んだ。

次に目が覚めたとき、市川が注射器をトレーの上に載せているのが見えた。麻酔が切れかかっているとわかった。シリンジによる脂肪吸引が終わったようだ。三本ある注射器は、どれも５ccのところまで赤い脂肪が入っていた。吸い取られたばかりの自分の脂肪だ。手術が終わったと思い、安堵《あんど》した。目が自然と閉じてゆく。ふたたび眠りに落ちていくのを感じる。

「……先に上がってください」

市川の声が聞こえて、消えかけていた意識が戻った。

「いいのかい?」野島の声。

「あとは、まかせてください」

「じゃ、お先に」

不安にかられて、薄目を開けた。野島はいなかった。看護師にまかせて、帰ってしまうなんて無責任ではないか。かたわらで、脂肪のつまった注射器を手にしている市川が見えた。針は抜かれて外筒《シリンジ》だけだ。空いているほうの手で、市川は点滴の三方活栓のコックをひねって外筒をはめようとしていた。なにをする気なのだろう。

思わず洩らした声を市川が聞き取った。市川の目が動いて、こちらをにらみつけた。

市川はシリンジを置き、麻酔薬の入ったアンプルの口を切って、新しい注射器に満たした。もう一度、麻酔で眠らそうとしているのだ。

市川は針を抜き、麻酔薬で満たされたシリンジを三方活栓の側管に差し込んだ。麻酔薬が点滴ルートに注入されていく。

手術は終わっているのに、どうしてまた麻酔をかけるのだろう。脂肪が入ったシリンジをどうするつもりだったのか。野島のいる気配はない。市川の視線を感じて、明美は目を閉じた。そのとき、ドアが開く音がした。

「先生」市川が言った。「どうしたんですか?」

「やっぱり、きょうは最後までいるよ」と野島の声。

きょうは最後まで？　ふだんは市川だけなのか？

目を開けて、そちらをふりかえる。近づいてくる野島と目が合った。野島は何事もなかったような顔で、「もう覚めたのかな？」と声をかけてきた。

市川は野島のうしろに回り、冷めた目でこちらを見つめている。

明美は答えようとしたが、口が重くて動かなかった。どうしてまた、市川は麻酔をかけたのだろう。変だ。それについて訊こうと思い、喉《のど》に力を込めた。……話せない。野島が顔を近づけてきた。どうしたのと言われたような気がする。薄暗い闇が下りてきた。持ちこたえていた意識がだんだん遠くなっていく。

……そこまでが思い出したすべてだった。

自分がなにをされようとしていたのか。どうして、手術が失敗したのか。肝心なところがわからないままだった。それでも、呼び起こせなかった記憶がよみがえってきて、肩の荷が下りたような気分だった。

安定剤が効いてきて、気分がやわらいだ。これ以上、どうやっても思い出せないだろうと思った。いくら考えても、疑問に対する答えは出てきそうにない。

こんなところで、いったいなにをしているのだろう。警察の目をごまかすのが、それほど大事なのだろうか。命とひきかえにしてまで、過去の出来事を隠し続ける意味などあるのか。どうでもいいような気分になってきた。体の力が抜けて穏やかな睡魔がやって来る。それに身をゆだねると、痛みさえ消えていくような気がした。

＊

疋田は都営アパートの駐車場にクルマを停めて歩いた。夜の十一時を回っていた。この時間になってもアパートのあちらこちらで花火や爆竹の音が聞こえてくる。子どもたちは夏休みで、夜ふかしに慣れてしまったようだ。団地から道路をはさんだ向かい側に七階建ての高級マンションが建っている。裏手は陸上自衛隊の十条駐屯地《じゆうじようちゆうとんち》だ。

マンションのエントランスで７０７号室の呼び鈴を押す。いっこうに相手は出なかった。それでもあきらめずに押し続けた。

しばらくしてようやく応答があった。

「どなた？」短いひと言。三好英正の声だ。警戒心が感じられた。

疋田は名前を告げた。至急会って話したい用件があると告げた。

「何時だと思ってるんだ」三好の不機嫌そうな声が響く。

「お電話をしましたが、ずっと話し中だったものでお伺わせてもらいました」

「だから、用件はなんですか？」

「ここではお話しできません。中に……」

疋田の言葉を待たずに三好は言った。「明日にしてくれんか。明日に」

それだけで切れてしまった。

もう一度呼び鈴に手をかけたが、むだだろうと思って疋田は手を引いた。明日、病院に顔を出すしかない。腹を割って話すしかないのだ。

疋田はクルマに戻り、自宅を目指した。冷房を目一杯かけた。きょうも熱帯夜になりそうだ。小平にいる慎二を思った。やはり、冷房をつけて寝ているだろうか。恭子とは別々の部屋で寝ていると聞いている。暑い盛りだ。なるべく早いうちに夏休みを取り、博物館めぐりに付き合わなければ。

そういえば、慎二は友人と学校の先生のことで困りごとを抱えていた。今度会うときは、そのアドバイスをしなくては。いったい、なにを話せばいいのだろう。先生の立場になって考えろとか、そういう程度だろうか。あれこれ考えているうちに、仕事が心から離れて、気分が軽くなった。

第五章　中継

1

翌朝、疋田は八時半ちょうどに赤羽ハートクリニックを訪ねた。

ふだんなら開いている時間帯なのに、入り口の扉は開かなかった。末松とともに待っていると、ようやく若い女性事務員が現れた。ほかの職員は姿を見せなかった。どうしたのだろうと思って事務員に訊《き》いてみた。

「きょうは臨時休診ですよ」と事務員は言った。

「え、聞いていません」疋田は言った。「三好先生はご自宅にいらっしゃるんですね？」

「いないと思います。ライブ手術の会場に、明日午後の中継の準備をするため出向いています」

「板橋セントラル病院ですか？」

「はい」

板橋区本町《ほんちょう》にある四〇〇床の大病院だ。週に二回、三好が出向いて自分の患者の手術をする。疋田も心臓の精密検査で訪れたことがある病院だ。

「きょう一日ずっと？」

「そうなると仰《おつしや》っていました」

疋田は末松と顔を見合わせた。そこに行くしかない。

待機させていた野々山のクルマに乗り込む。

板橋セントラル病院は環状七号線と首都高速が交差する東側にある。十時前に着いた。

疋田は単独で手術部のある三階に上がった。

そこは疋田もはじめて足を踏み入れる場所だ。廊下にあるフロアマップを見た。中央手術部はロの字型の回廊に、時計回りで第一手術室から第十三手術室まで配置されていた。

ナースステーションで訊くと、三好らの手術は、第十三手術室で行われるという。

そこは疋田のいる場所から、まっすぐ伸びた通路の先にあり、ほかの手術室から独立した形になっていた。ハイブリッド手術室とも呼ばれ、最新式の手術台と放射線透視装置を組み合わせた手術室だという。

三〇メートルほど先だ。電話回線で結ばれた大がかりな器械が置かれている。それらの回線が引き込まれた手術室が第十三手術室のようだ。

ナースステーションで三好を呼び出してもらったが、いっこうに三好は現れなかった。疋田は女性看護師に警察手帳を見せ、手術室に行かせてもらえないかと頼み込んだ。看護師は少し驚いた様子だったが、手術前の準備時間だったので、

「スリッパに履き替えて、入ってください」

疋田は言われた通り消毒済みのスリッパに履き替え、通路に足を踏み入れた。

そのとき第十三手術室の扉が開き、白衣を着た医師が姿を見せた。三好だ。互いに通路を進み、中間地点で向き合った。三好は散髪をすませたらしく、白髪頭《しらが》を短く刈り込んでいた。三好は呆《あき》れた感じで、「きみ、いったい、なにをしてるんだ」と声をかけてきた。

「お話しすることがあります」

「きょうは無理だ」三好は言うと、その場できびすを返そうとした。

「内海代表のことです」

三好は不可解な表情で疋田をふりかえった。

「彼がどうした？」

「ここでは、話せません。出ていただけませんか？」

「話したまえ。時間がないんだ」

「だめです。外でお願いします」

女の声がして、三好がうしろをふりかえった。

第十三手術室の扉の前で、女医の渡部が立ってこちらを見ている。

あの女だ、と疋田は思った。乗っ取りグループの一員かもしれない。

「先生、確認お願いします」

渡部の声に反応して、三好が背中を見せた。

「三好先生。五分でいい。話を聞いてください」

「できないといったらできない。こんなところまで押しかけてきて、どういうつもりなんだ」三好は吐《は》き捨てるように言うと、立ち去っていった。

ガードマンがうしろにいて、肩をつかまれた。

仕方なく手術室から遠ざかる。追い出されるように、中央手術部を出た。話にならなかった。令状でも持参しないかぎり、三好と話すことはできそうにない。ライブ手術の準備に、どれくらいの時間を要するのか、わからなかった。とりあえず病院の前で三好たちが出てくるのを待つしかないようだ。

病院は環七の陸橋側に面した正面玄関がある。三好はクルマで来ている。一階の正面玄関横にあるクルマ専用出口を張り込めばいい。

疋田は陸橋の下にある駐輪場に入り、そこが見える位置についた。無線に接続したヘッドセットで、待機している野々山を呼び出す。感度は良好だ。

午前十一時十五分。板橋セントラル病院のクルマ専用出口から、黒塗りのハイヤーが出てきた。後部座席に三好の顔が見えた。疋田は野々山に連絡して、道路に飛び出した。目の前に滑り込んできた捜査車両に乗り込む。

「間違いないですか?」ハンドルを握る野々山が言う。

「いい。追え」

セダンは陸橋脇の側道を走り、環七に入った。十条方面だ。

「赤羽に帰る気ですか?」

「だと思う」

「渡部は?」助手席から末松が声をかけてくる。

「病院に残っている」

セダンは新幹線のガードをくぐり抜けると左折した。

七分後、クルマは赤羽ハートクリニックの入居しているビルの前で停《と》まった。三好が降りて建物に入っていく。

クリニックには内海がいる可能性がある。疋田が面会を申し入れれば、内海が同席するかもしれない。そうなったら、なにも話せない。

疋田はしばらく時間をおいて、クルマから降りた。ビルの一階入り口のカウンターで、顔見知りのガードマンを呼び出した。年配のごま塩頭の男が顔を覗《のぞ》かせた。疋田が警官であることは知らない。

「午後はクリニックを開くのかな？」

疋田はとぼけた感じで訊いた。

「きょうと明日は休診ですよ。病院のほうで大きな手術をするとかで」

「そうか、残念だな」

ガードマンは心配そうな顔で、

「具合、悪いんですか？」

「それほどでもないんだけどさ。そうそう、きょうも医療コンサルタントの人はいる？」

なにげないふうを装《よそお》って訊く。

「内海さんですか？」

「そう、その人」

ガードマンは知っているようだ。

「このところ、毎日のように来ますよ。さっき見えましたけど、なにか？」

「いや、用事じゃないんだ。また明後日にでも来よう」疋田はそう言って建物を出た。

クルマに戻り、内海がいることを話した。

「乗っ取りグループの男ですか……」末松が建物に目を凝らしながら言った。

「写真を撮ります」野々山が望遠レンズ付きのカメラを取りだした。

疋田も建物を見上げた。三階のクリニックの様子はわからなかった。

「踏み込みますか?」末松が苛々《いらいら》した感じで言った。

「もう少し見てみよう」

そのまま張り込みを続けた。クリニックに踏み込んで、内海らが逃げ出してしまったら元も子もない。そのとき、一階の出口に三好が現れた。建物の角へ後ろ姿が消えていく。

「追いかける」疋田は言うと、クルマから降りた。

三好の消えた建物の角にとりついて、先を覗き込んだ。アーケード街に入っていく三好の姿があった。駅方向だ。急いでいるようだ。疋田はその場を離れて三好のあとについた。

直射日光のせいで、アーケードの中は蒸《む》し風呂《ぶろ》のような暑さだった。三好はしばらく歩くと四《よ》つ辻《つじ》を右に曲がった。クリーニング店やスナックや焼肉店が並ぶ通りだ。三好が小さなビジネスホテルの入り口に入るのが見えた。真っ昼間から、こんなところに何の用があるのか。派手だが安っぽいホテルだ。

通りがかりながら、中を覗き込んだ。

フロントに三好の姿は見えない。客室に入ったようだ。

疋田は斜め前の路上で張り込んだ。五分ほどがまたたく間に過ぎた。

その考えは突然頭に浮かび上がった。三好の後ろ姿を、思い起こした。もしそうだとしたら……。

携帯がふるえた。小宮からだった。

「いま町屋《まちや》の柏原《かしわばら》記念病院にいます」

「町屋？」

「赤羽ハートクリニックの渡部陽子先生ですが、やはり、この三月に一週間ほど飛鳥山病院で働いていました」

「飛鳥山病院に渡部が？　確かか？」

「間違いありません。看護師から聞きました」

詐欺グループに乗っ取られた病院にあの女医も勤めていた……。

小宮が続けた。「渡部陽子は飛鳥山病院の前に、この柏原記念病院に籍を置いていたのがわかって、来てみたんです」

「……メディカルオプの人間の話は出なかったか？」

代表の坂本や松原らだ。

「そっちはまったく」

「渡部陽子は……本当に医者なのか？」

「医者です。この病院で循環器科の医長をしていました。事務長ほか、複数のスタッフに当たりました。彼女がこの病院にいたのは間違いありません」

「写真で確認できたか？」

「それが、また写真は一枚も見つからなくて。それに、おかしなことがもうひとつ。渡部先生が柏原記念病院に籍を置いていたのは、二年前なんです」

疋田は耳を疑った。「飛鳥山病院がこの三月なんだろ。なんでそんなに間が空いているんだ？」

「彼女は飛鳥山病院の看護師に訊かれて、とっさに口にしたんだと思います。実際、いたのに変わりありませんから」

「今年、飛鳥山病院で働くすぐ前は、渡部はどこの病院にも属していなかったのか？」

「それは不明です。ですが、いま手元に渡部先生が柏原記念病院に提出した経歴書があります。この病院に来る前、十カ所以上の病院に勤務していたようです」

「なんだよ、その数？」

「わからないんです。とにかく、もう少し調べないと」

渡部陽子が乗っ取りグループと関係があるのは確かなようだ。彼女を突破口にして、グループの本丸にたどり着けるかもしれない。疋田の脳裏に、内海代表の姿がよぎった。あの男はグループの一員だろうか……。

「適当なところで切り上げてこちらと合流してくれ」

「わかりました」

電話を切るとホテルに目を戻した。つい、いましがた浮かんだ考えを確かめるしかないと思った。疋田はホテルに足を踏み入れた。

　こぢんまりしたフロントだ。呼び鈴を鳴らすと、ドアが開いてブレザーを着た中年の男が出てきた。疋田は警察手帳を見せ、十分ほど前に入っていった三好について尋《たず》ねた。フロントは、おどおどした感じで、３０７号室にいらっしゃいますがと答えた。

「三好さんは泊まっているんですか？」

「いえ……お連れの方だけですけど。予約は三好さんがなさいましたが」

　疋田はそれを聞いてピンときた。

　エレベーターで三階に上った。フロントの者ですと声をかけながら、３０７号室のドアをノックする。

　しばらくして、ドアが内側に開いた。中にいた三好がまじまじと疋田の顔を見つめた。疋田はすばやく身を滑《すべ》り込ませた。三好が声をかけてくるのを無視してベッドサイドに歩みよる。

　髪の長い女が仰向《あおむ》けで横たわっていた。鼻が赤黒く腫《は》れている。まぶたのあたりも、異様にふくらんでいた。ヘッドボードの点滴セットから伸びたチューブが手首に固定されている。額《ひたい》から首筋に、脂汗が浮いていた。北沢明美に間違いなかった。

「いつからなんですか？」疋田は北沢に目をあてたまま、三好に訊いた。

「昨日。昨日の夜だ」三好はつっけんどんに答えた。

「先生が連れてきたんですか?」

「予約しただけだ。彼女はひとりでここにやってきた」

疋田は三好をふりかえった。「昨晩の何時に?」

「十一時ごろだ」

三好の自宅の電話が話し中で、つながらなかったときだ。あのとき、三好は北沢と電話をしていた。思った通り、北沢明美は三好に救いを求めてきたのだ。

「それからすぐ、先生はここに来たんですか?」

「来たのは今朝だよ」

「そのとき、処置をした?」

三好はうなずいた。病院に寄り、点滴セットを持ち出したのだろう。

疋田は三好の耳に顔を近づけ、小声で言った。「いったい彼女は、どうなってしまったんですか?」

「見ての通りだ」三好は疋田から目をそらして言った。

「ずいぶん苦しんでいるようですけど。なにかの病気ですか?」

「病気って言えば病気なんだろうが」

疋田は点滴セットを指した。「どのような処置をされているんですか?」

「生食《せいしょく》だ」

生理食塩水だけ？

「ほかのクスリは？」

「とりあえず、痛み止めと抗生剤を飲ませた」

「それだけでいいんですか？」

三好は疋田をにらんだ。「様子を見るしかないだろ」

自信なげだった。心臓外科医とはいえ、門外漢のようで心許《こころもと》ないものを感じた。ベッドサイドに腰かけ、北沢の脈を取る三好に、乗っ取りグループの話は持ち出せなかった。いまここで話してしまえば、三好は内海らを問いただすだろう。彼らが詐欺グループなら、高飛びされてしまう。そうならないように、時間をたっぷり取って説得するしかない。

「先生、容態《ようだい》は？」

「芳《かんば》しくない」三好は北沢の額に手をあてて、小声でつぶやいた。

「どの程度悪いんです？」

北沢は意識が薄れかかり、会話が聞こえていないようだ。

疋田は三好の耳元に吹きかける。「ひょっとしたら、成増院で受けた美容整形手術のせいではありませんか？」

「たぶん、そうだと思うが」

「手術内容をきちんと確かめたうえで、対処する必要があるんじゃないですか?」

　三好は黙り込んだまま答えない。

「救急車を呼びましょう」

「救急車なんか呼んでも、対処できるはずがないじゃないか」

「どうして?」

「受けた手術の中身、麻酔手段、使った薬剤。それがわからなくちゃ、手の施《ほどこ》しようがない」

　疋田はとっさに考えをまとめた。北沢を助けられるとしたら、あの男しかいないと思われた。それを三好に伝えると、すぐに賛同した。北沢に語りかけようとして、

「……いかん」と、三好はつぶやいた。

　北沢の唇が紫色になっている。チアノーゼが出ているようだ。

「明美くん」三好が声をかける。「気を確かに持つんだ。寝るなよ。わたしがここにいる。安心しなさい」

　呼びかけに反応して、北沢はうすく目を開き、安心しきった表情を見せた。

「その調子、その調子」三好が励ます。

「……先生、苦しくて」ようやく北沢が口を開いた。

「明美くん、これからきみを専門の医者のところに連れていく。そこなら、治せる。いい

ね、わかるね？」

北沢が素直に反応して、わかりましたと答える。

「その先生にきみが受けた手術について話すんだよ。そうすれば、きっとうまくいくから。できるね？」

「はい」小さいがはっきりした声だ。

三好が説明しているあいだに、疋田は携帯を使い、末松にすぐ来るように命令した。

2

新宿の木内美容整形外科に到着したのは午後一時ちょうど。疋田は末松とふたりがかりで北沢明美を院内に運び入れた。三好は来なかった。野々山には赤羽ハートクリニックの張り込みを続けさせていた。

レーザー治療室のベッドに北沢の体を横たえさせた。すぐ白衣を着た木内が現れた。木内は顔を北沢の耳元すれすれまで近づけ、何事か呼びかけた。

成増院で受けた美容整形手術について、木内が問いかけているようだ。北沢の口から切れ切れに、ヒアルロン酸や注射といった言葉が洩《も》れてくる。声が小さくて、中身はわからなかった。

「……縦に、はい」と北沢。

「さんかつに……」と木内が問いかける。

三分ほどのあいだに、木内は手術のあらましをつかんだようだ。

北沢の呼吸が荒くなっていた。顔色がすぐれない。頰《ほお》が紫色がかっている。容態がさらに悪くなっているようだ。

木内の指示に従い、看護師たちがストレッチャーに北沢を移した。疋田と末松も付き添って部屋を出ていく木内の横につく。「先生、北沢はなんと言ってますか？」

「あ、なに？」

木内はそれどころではないようだった。

疋田は質問を繰り返した。

「手術後、三、四日してから具合が悪くなったみたいだ」木内は言った。「一週間経《た》って成増院に行った時、ヒアルロニダーゼの注射を打ってもらったようだ」

「ヒアルなんですって？」

「体内に入ったヒアルロン酸を溶《と》かすクスリ」

「ほかはなにを？」

「おおまかな話は、野島から聞いてる」

疋田はおやっと思った。野島は行方不明になる前日、ここに電話をかけてきた。そのときに教えられたのだろうか。野島や市川について尋ねたいが、後回しにせざるをえない。

「彼女の容態が悪いのは、手術のせいですか?」

「わからん。彼女が苦情を申し立てて来た日、野島は患部の膿《うみ》を抜いて、痛み止めと解毒《げどく》剤《ざい》を打ったとか言っていた」せかせかした口調で、木内は看護師たちに指示を出す。「ああ、よし、運び入れて。着替えたらすぐ手術にかかるから」

ストレッチャーが手術室に入るのを見届けてから、木内は手術前室で消毒にかかった。

「君たち出てくれよ」

荒い口調で命令されたものの、疋田はそこにとどまった。

「その処置が失敗したんですか?」

「それ自体は悪くないが、手術そのものがまずかったかもしれん」

手の消毒をしながら、木内は言う。

「シリンジの脂肪吸引がうまくいかなかったんですか?」

「そのせいじゃないと思うが」

「注射のせいですか?　ヒアルロン酸以外にボトックス注射を受けたはずですが」

木内は深刻そうな顔でうなずいた。「あるとしたら、ヒアルロン酸のほうだ。彼女は、表情筋の下に針が入ってしまったようなことを言ってる」

疋田は意味がわからず訊き返した。

「ヒアルロン酸の注射は、なるたけ注射器を寝かせて、真皮層《しんぴそう》に注入するんだ。それがうまくいかず動脈が傷ついて、鼻の一部が壊死《えし》してしまっている」

疋田は北沢の赤黒く腫れた鼻を思い起こした。「壊死？」

「敗血症《はいけつしょう》で全身に毒が回りかけてる」木内は手早く手術着を羽織った。「このままだと、一日は保《も》たない」

疋田は驚きを隠せなかった。「……どうする気ですか？」

「病巣を切り取る」

「それだけでいいんですか？」

「細かいのはあとあと。手術が終わったら提携している病院に入院させるから」

返事が思いつかなかった。

「すぐかかる」

あわただしく手術室に入っていく木内の後ろ姿を見送るしかなかった。

手術の待ち時間に、疋田は木内が言った言葉を反芻《はんすう》した。木内が野島と連絡を取り合っていた様子が窺《うかが》われた。野島は自分が北沢に行った手術の中身を、事細かに説明していたようだ。木内はその話と合わせて、手術直前、北沢と交わした会話をもとに、北沢の容態を把握したように思われた。

奇妙なのは、木内の言葉から、野島の悪意は感じられなかった。それどころか野島は木内のアドバイスを受けたがっていた節がある。もしかしたら、野島自身、北沢明美の容態が悪化した原因がわからなかったのかもしれない。

いずれにしても、木内は野島の話を信用して、かくまったと思われた。それで、木内が犯人隠避《いんぴ》の罪を免《まぬか》れることはないのだが。

末松に話しかけられて、疋田は新たに浮かんだ疑問を口にした。

「野島は自分の手術の失敗に気づかなかったというのですか?」末松は言った。「でもやつは現実に死体を遺棄《いき》して逃げ出した。わかっていたはずですよ」

「腕のいい野島が二度も続けて、手術に失敗したとは思えないんだよ」

「外科の手術と美容整形手術は根本的に違うと思いますよ。手術が上手というのも、ほんとうかどうかわからない」

「朝倉結衣のときも、北沢明美と同じようにヒアルロン酸の注射に失敗したんだろうか?朝倉結衣の死因は敗血症じゃなくて、脂肪塞栓症だったとしたらどうだ? スエさんは死体遺棄の現場に残されていたメスをどう思う?」

「暗闇の中で死体に傷をつけたんです。手から滑り落ちたのかもしれない。そうなったら、どこにあるか探す余裕なんてないでしょう」

「北沢がアパートから行方をくらました理由は? 手術に失敗したとしても、逃げ隠れする必要があるだろうか?」

「朝倉結衣について話したせいですよ。野島が怖くて逃げ出したに決まっているじゃないですか。ほかになにがあるんです」

それはあるかもしれないが、北沢明美は自分の首に焼き付けられた〝3〟を恐れていた。あれも野島の仕業《しわざ》だろうか。それを口にすると、末松は怪訝《けげん》そうな顔で、「取り違え事件が起きた手術室の番号を野島に焼き付けられたから逃げ出した? 野島がそんな真似をする必要がどこにあるんです」

「その野島だって、死んでしまった。あれが自殺じゃないとしたらどうだ」

そのとき、末松の携帯に野々山から電話がかかってきた。

通話しながら、末松が疋田に顔を向けた。「三好がハイヤーでクリニックを出ました。幸平が尾行をはじめました。板橋セントラル病院方向だそうです」

「内海は?」

「同行していません。どうしますか?」

「そのまま続行で。着いたら、同じ場所で張り込むように。渡部も見たら、一報するように伝えてくれ」

「了解」

内海までは手が回らない。いまは、三好と渡部の捜査が優先する。それに、内海らが乗っ取りグループの一員だとしても、解明するべき事項が多くある。

疋田は末松に小宮から電話で伝えられた中身を話した。

「渡部は赤羽ハートクリニックを乗っ取ろうとしている一味の仲間ですか……」わけのわからない顔で末松が言った。

「五十嵐や野島の自殺も、彼らがからんでいるかもしれない」

「五十嵐の場合はそうだったかもしれませんが、野島は？」

末松の言う通りだった。野島は乗っ取りグループとのつながりはない。

「偶然が重なったのかもしれません。疋田係長、ちょっと、頭を冷やしませんか。コーヒーを買ってきますから」

末松は不可解そうな顔付きで、自販機に向かって歩きだした。


提携先の病院に搬送するため、北沢を乗せた救急車が走り去っていくのを見送ると、木内はマスクをはずした。手術着のあちこちに血がついていた。午後二時半を回っていた。

二階に戻るエレベーターの中で、疋田は手術が成功したのかどうか木内に訊いた。

「ひととおりすんだよ。大丈夫だ」ほっとした様子で木内は言った。

「先生、助かりましたよ。ありがとうございます」神妙に末松が言うのを聞き流すように、「いいよ、いいよ、人の命には代えられないし」と木内は答え、扉が開くと診察室に入っていった。疋田の見ている前で着替えをすませ、予約患者のカルテのチェックをはじめる。

末松がなにげない感じで、野島の葬儀に出席なさいますよねと訊いた。

「きょうのお通夜《つや》は無理だけど、葬儀には出ますよ」

「もう一度お伺いしますが、あなたは野島先生に合い鍵を渡さなかったんですね？」

さらりと末松が問いかける。

「合い鍵は私の許可なく使えるんだよ。彼も勝手に使ったんだろう」迷惑げな感じで木内は言う。

「野島先生が共立埼玉中央病院ご出身というのはご存じ？」

「知ってるよ」

「患者取り違え事件も？」

「そんなこともあったみたいだな」

そこまで訊くと、末松は疋田に流し目をくれた。

疋田は、手術前に問いかけた話を繰《く》り返した。北沢の容態が悪化した原因は、ヒアルロン酸の注射が失敗したせいなのか、という内容。

木内はカルテから目を離さず、「そのとき注射したのは、野島じゃないよ」とつぶやいた。

疋田は木内が言った意味がつかめなかった。

「誰が注射したんですか？」

「看護師だな」

「……市川和代？」

「のようなことを、北沢さんは言ってる」

「慣れない看護師が注射に失敗した？」

「いや、彼女はベテランだ。あの程度の注射で失敗するような子ではないよ」

市川和代をよく知っているような口ぶりに、疋田は違和感を抱いた。

「朝倉結衣の死因は、脂肪塞栓症であったかもしれません。しかし、北沢明美の場合は注射で失敗して鼻の一部が壊死してしまい、それが元で敗血症に陥《おちい》ったのですね？」

木内はカルテを置いて、疋田と向き合った。

「脂肪塞栓症って、なんだ？」

疋田は朝倉結衣の法医学鑑定について説明した。

木内は興味深げに聞いてから、「そういえば北沢明美が気になる話をした」と声を低めた。「市川くんが点滴ルートに自分の脂肪がおさまったシリンジを持っていったとか」

手術の直前に、ふたりが交わしていた会話のようだ。

「シリンジというのは、北沢が自分の顎《あご》から抜き取った脂肪が入った注射器ですか？」

木内はうなずいた。「針を抜いた筒の部分だよ。手術のとき、点滴ルートを確保するのはわかる？」

「わかりますよ」

いましがた赤羽のホテルで見たばかりだ。バッグに入れて吊《つる》した薬剤を、手に刺した注射針から少しずつ投与する一般的な手法だ。

「点滴の管に、薬液の流れを調整する三方活栓をつけることがある。それは？」

「知っています」

コックのようなものだ。管の途中についていて、そこから薬液を注入するのだ。

これは想像なんだがと前置きして、木内は喋《しゃべ》りだした。聞いているとキツネにつままれるような気がしてきた。

市川という女がある種、特別な方法で人を死に追いやる。――その術《すべ》を木内は解説している。それでも、霧が晴れていくように事件のあらましが見えてくるような気分だった。同時にべつの疑問が持ち上がってきた。

市川による犯行としても、動機がまったくわからなかった。いったい、市川和代は何者なのか。

本院を出たところで、疋田は末松に野々山と合流して、張り込みをするように命じた。

そのあと、北沢明美が運び込まれた同じ新宿にある医大付属病院に足を向けた。暑い日の盛りを迎えていた。歩きながら、疋田はこの半日に起きたことを、携帯で岩井刑事課長に報告した。

3

北沢明美は薄く目を開けた。蛍光灯が明るく感じられた。体はだるいままだが、呼吸は楽になっていた。痛んでいた鼻に包帯が巻かれている。壁時計が目に入った。午後六時を回っている。

手術がはじまったのは一時過ぎのはず。半日ぐらい寝ていたようだ。

赤羽のホテルで目が覚めたとき、以前、自宅に押しかけてきた疋田という刑事が枕元にいた。その疋田も、この自分を心配してくれているのがわかった。そのあと、三好に言われた通り新宿の本院で手術を受けた。手術の前、医者と会話したような覚えがあるが、なにを話したのか記憶がない。

ここはどこだろう。三好先生はいるのだろうか。

助かったんだと明美は思った。あれほど苦しかったのがうそのように、痛みが消えている。しばらくしてドアが開き、女性看護師とともにあの疋田という刑事が入ってきた。

「起きました」看護師が言う。

疋田はなにも言わず、黙って見つめているだけだった。

「ありがとうございます」と自然に洩れた。

疋田は、眠っていればいいからと笑みを浮かべて言った。

なにか、言い足りないような気がした。どこから話せばよいのか、思いつかなかった。

あれこれ考えていると、また頭が重くなってきた。点滴の輸液がチューブをつたって落ちるのを眺《なが》めているうちに、また眠気がやって来た。目を閉じると海の底に沈んでいくように意識が薄れていく。自分のいる場所がまたわからなくなった。それでも不安は感じなかった。絹《きぬ》の布団《ふとん》に包まれているような気分がして、心地よかった。

4

「清瀬《きよせ》市にあった個人医院が渡部陽子の実家です」小宮が言った。「渡部陽子が二十八歳のときにつぶれています」

清瀬市は多摩《たま》地域の北東部にある小さな市だ。

「長続きしないな」疋田は渡部陽子の略歴表を見ながら言った。

埼玉県の私立大学の医学部を卒業して、研修医になったあと、実家の内科医院に勤めていた。その三年後、世田谷《せたがや》にある総合病院の循環器科に移っている。同じ年に文京《ぶんきょう》区にある総合病院へ移り、翌年には荒川区にある区立病院に替わっていた。そのあと、柏原記念病院に移るあいだに七カ所の病院に勤務していたという。どれも一年未満だ。直近の二年間は不明だ。

略歴表の隅《すみ》に小宮のメモ書きがあった。補助金等予算執行適正化法違反とある。なにを意味するのかと疋田は訊いた。

「清瀬の自宅の医院で働いていたときの事案です」

「補助金って、いったいなにをもらっていたんだ？」

「医院の横に敷地を買って、老人保健施設を作る予定になっていたそうです。このとき建設会社と共謀して、補助金を水増し請求したようです」

「医院は親の持ち物じゃなかったのか？」

「もちろん親の名義でしたよ。でも実際は引退していて、渡部陽子ひとりで診察に当たっていたらしいですけど」

「水増しした額は？」

「二億円ほどです。医道審議会にかけられて、医業停止一年の行政処分を食らっています」

「医者になりたてじゃないか」

渡部は医院の経営に不安を抱いていたのだろうか。

「それは関係ないです」

「よく柏原記念病院の事務長は知っていたな」

「渡部が柏原記念病院に籍を置いていたとき、循環器科に納入していた製薬会社が替わってしまったそうなんです。不審に思って事務長が調べてみると、渡部がその製薬会社の担当から、カネをもらっていたらしいです」

「袖《そで》の下《した》をもらっていた？」

「はっきりとは言いませんでしたが、それに近いことを。それで事務長は私立探偵を雇って過去の履歴を調べさせたと言っています。柏原に来る前、区立病院で内科を担当していました。糖尿病で入院していた患者が脳内出血を起こして危篤状態に陥《おちい》ったとき、彼女はインスリンを過剰投与させてこの患者を死なせています。三年前です。裁判を起こされて、渡部はずっと看護師のせいだと言い張っていましたが、実際は渡部が口頭で誤った指示を伝えてしまったせいなんです」

「区立病院にも行って来た？」

「行きました。ほぼ、事実のようです。区立病院側は隠蔽《いんぺい》したそうですけど、彼女は病院を解雇された。どうもそのとき、妙な連中から、渡部に脅しがあったらしくて」

疋田は心臓の鼓動が大きくなったような気がした。

「ひょっとして病院乗っ取りグループ？」

「そのあたりは曖昧《あいまい》です。彼女、柏原記念病院にいたとき、リベートを受け取る以外にも睡眠薬や強い鎮静剤を横流ししていたようです。そのたび事務長は注意していたんですが、結局聞き入れてはもらえず、院長の反対を押し切って解雇したと言っています」

「二年前？」

「その年の八月に。そのあと、病院乗っ取りグループの連中の噂《うわさ》が出るたび、彼女の名前も何度か聞いたそうです」

「それがメディカルオプ？」

「はい」

「事務長がそう言ったのか？」

「言いました」

疋田は疑惑が確信に近づくのを感じた。

「病院乗っ取りグループに弱みをにぎられ、仲間に取り込まれた？」

「その可能性はあります。本物の医者ですから、使い道はいくらでもあると言っています」

渡部は連中の仲間なのか。いまでも、その片棒を担いでいるのか。

「しかし……医者が悪事の片棒を担ぐなんて」

「自分の不始末のせいで、病院を追われる医者は結構いるらしくて。ギャンブルや女で借金を抱えて病院のカネを横領したり。盗撮や児童ポルノ禁止法違反に引っかかる医師もいるくらいですから」

「よく警察に捕まらないな」

「被害者が訴え出ればそうなりますが、大方は闇に葬《ほうむ》られるようです。そういう医者の弱みにつけ込んで、詐欺グループが仲間に引き入れるんだそうです。やりきれない」

「渡部陽子の写真はあったか？」

小宮は肩を落とした。「それが一枚もなくて。病院側も隠したいのが見え見えです」

信用が傷つくから、過去の違法行為を暴露されたくないのだろう。

「内海が乗っ取りグループのリーダーかもしれない」

メディカルオプの坂本という人物が内海である可能性は否定できない。偽名を使い分ければできる。

「……そうですね。北沢明美の具合はどうですか？」

「もう一日遅かったら危なかったそうだ。いまは鎮静剤を打たれて、ぐっすり寝ているよ」

ここは新宿でも一、二の規模をほこる医大付属病院だ。北沢明美は西病棟五階にある脳神経外科の個室に入院している。疋田は小宮とともに同じ病棟の地階にあるレストランでサンドイッチとコーヒーの軽食をとっているのだ。一時間前、北沢がいる501号室に木内が顔を出したが、五分ほどで帰っていった。三好はまだ顔を見せていない。

「三好先生って、北沢さんをホテルに泊まらせて、どうするつもりだったのかしら」

「木内先生が処置してくれなかったら、命を落としていた」

「ひどい」

「頼られたんだし、なんとかなると思ったんだろう。北沢明美を保護したんだから、そう
そう悪人ではない」

「係長、これからどうしますか？」

「三好先生の自宅に行ってみる」

「末松さんと幸平くんが張り込んでいますよね？」

「半日そのままだ」

三好は午後四時過ぎに板橋セントラル病院を出て、渡部陽子とともに、細君《さいくん》の待つ十条
の自宅に帰った。それからあとの動きはない。

「会ってくれますか？」

「こうなった以上、会わないという法はない」

「渡部陽子もいるんですよね？　家に帰らないのかしら」

「明日の打ち合わせが長引いているかもしれない」

「渡部のいる前で話せますか？　一味のウラを取ってからのほうがいいような気がします

けど」

内海の写真を撮り、飛鳥山病院の持ち主だった田端昭久に見せれば、坂本と同一人物かどうかわかるはずだ。そうなれば、内海らの正体がはっきりする。

「渡部が帰ったら、出向くようにするから大丈夫」

「そのほうがいいですよね、絶対。でも、三好先生は病院乗っ取りを信じるでしょうか？」

「じっくり説明する。連中に高飛びされたら元も子もない」

「そうですね。これから先、あの先生、いったいどうなっちゃうのかしら」

「津田沼の大病院の院長になる。ほかにないじゃないか」

「ほんとうになれるのかしら」

疋田にもわからなかった。

「明日のライブ中継はまだやるつもりですかね？」

「絶対にやる」

そう答えたとき、携帯がふるえた。

北沢明美からだった。起きたようだ。すぐ電話に出た。具合を尋ねてから、すぐ、そちらに向かうと言って電話を切った。午後九時半を回っていた。三時間ほど寝たようだ。小宮とともに五階に上がり病室に入った。畳三畳分ほどの狭い個室だ。

北沢明美は、ベッドの中から、顔の下半分を包帯でおおわれた顔を疋田らに向けた。細く見開いた目に生気が宿っていた。点滴の管を気にしながら身を起こそうとしたので、疋田は、「楽にしていなさい」と囁《ささや》きかけた。

北沢はゆっくりと枕に頭をあずけた。

「ありがとう……ます」か細い声が聞きとれた。

「なにも心配しなくていいから、安心して寝ていなさい」疋田は子どもをあやすようにふたたび声をかけた。木内の手術が成功して、そのあと、この病院に運び入れたと話した。

すると赤みを帯びた北沢の目の端から、涙の雫《しずく》がしたたり落ちた。疋田と小宮が見ている前で、北沢は喉《のど》の奥から苦しげな声を洩らし、嗚咽《おえつ》した。

小宮がずれたシーツを直し、肩まで引き上げた。

ひとしきりそれは続き、「わかったんです」と北沢は苦しげに吐いた。

その目が疋田に向けられていた。なにかを伝えたいようだ。

疋田は枕元の椅子《いす》に腰かけた。北沢の顔すれすれまで近づき、「なにがわかったの？」と問いかける。

「わたしが……こうなったのも」ゆっくり嚙《か》みしめるように北沢は言った。

「野島先生の手術が失敗したせい？」

疋田が言うと北沢は首を横にふりながら、ヒアルロン酸の注射は、野島ではなく看護師の市川和代が注射針を垂直に立てて、何度も打ったと言った。

「わざと、そうされた？」

疋田が尋ねると、北沢は救いを求めるようなまなざしで、うなずいた。

「容態が悪化したのは、市川和代のせいだと言いたいんだよね？」

北沢は首を縦にふった。

「それについてはぼくらも把握している。心配しなくていいから」

「シリンジも……朝倉結衣さんのときだって、野島先生は最後までいなかったはずです。市川さんだけでした」

昼間、木内から聞かされた話と合わせて、朝倉結衣が死んだ理由がようやく呑《の》み込めた。……いや殺されたというべきだろう。

「朝倉結衣もきみと同じようにされたのかな？」

北沢のときは野島が最後まで居残っていた。そのせいで、命を落とさずにすんだのだ。

北沢は収まりがつかない様子で、髪をたくし上げて首筋を疋田に見せた。ぼんやりと〝3〟の文字が見えた。

「それも市川がやった？」

「麻酔で眠らされていたときに」

やはり液体窒素を使い、数字を刻印するポンチで焼き付けられたのだ。

「亡くなった朝倉結衣さんの数字も市川がやったと？」

疋田が尋ねると北沢は小宮の顔を見やった。

「朝倉結衣さんて、朝倉路子さんの娘さんですよね？」

ふいに問いかけられ、小宮は困惑した顔で、

「そうだけど……やっぱり、あなたわかっていたんだ」

疋田は北沢のアパートを訪問したとき、小宮が朝倉結衣を知っているか、と問いかけたのを思い出した。

「あのあと、気づいたんです」北沢が言う。「路子さんの娘さんの名前が結衣さんだったと。結衣さんの名前は職場で何遍《なんべん》も聞いていたし、彼女も病院に遊びに来たりしていたし。きっと彼女に違いないって。その結衣さんの胸に〝3〟という数字を焼きつけられていたと聞いて、わたし……」

北沢は自分の首に、恐る恐る手を伸ばした。

同じ形の刻印《こくいん》があるところに。

そして北沢は恐ろしくなり、アパートを飛び出した。そのあと、ニュースで野島修一の手術ミスで朝倉結衣が死んだのを知ったはずだ。

「しかし、どうして市川が？」疋田は訊いた。

「……理由なんて知らない。でも、野島先生や五十嵐先生、それに三好先生はわかってい

るかもしれません」

意外な言葉が飛び出て疋田は戸惑った。

「患者取り違え事件の当事者たち？」

北沢は意志のこもった目で見つめ返してきた。

「胆のうガン患者だった人が、誤って心臓手術をされてしまった事件だね？　金森さんという女性看護師が、患者を取り違えたんだよね？」

疋田が確認すると、北沢は引きつったような顔で、首を横にふった。「金森さんはぜんぜん悪くない。みんな、井出さんじゃないって、わかっていたんです」

井出というのは、本来心臓手術を受けるはずの人だった。間違って、心臓手術を受けた胆のうガン患者は柳昌邦という七十三歳の男性だ。

疋田は身を乗り出した。「違う患者さんだったのを、みんな気づいていた？」

北沢は歯を嚙みしめるように、息を吐きだした。「金森さん以外はみんな。金森さんは、柳さんと井出さん両方ともに面識はありませんでした」

疋田は戸惑った。

「金森さんという女性はまだ若くて、優秀で、ほかの病院から引き抜かれて来た人だよね。手術部の看護師長だったはずだけど」

「うちの病院は公立で古くて、決まり事以外はやらないという職場でした。息がつまるような雰囲気で、幹部の人たちは現場を取り仕切る管理職がいないと口癖のように言っていて」

「それでたびたび、優秀な人材を引き抜いてきたわけだ」

「それこそ何人も。なかでも金森さんはやる気に満ちあふれていて。うちに来てがっかりしたはずです。看護師のひとりひとりと面談して、やる気を引き出そうとしても、壁が厚くてできなかったんです。週一回の勉強会とレポートの提出を義務づけたりしたけど、それもかえって反感を買ってしまって」

「患者が違うのに気づいたというのは、柳さんが手術室に入ってから？」

「最初に声を上げたのは金森さんです。裸の患者さんを見て、剃毛《ていもう》の範囲が充分でないって。でも、麻酔医だった野島先生に、剃毛をやり直せと言われて従いました」

「北沢さん、あなたは手術室にはいなかったよね？」

北沢は循環器科病棟の看護師だ。大動脈弁狭窄症患者の井出保夫を中央手術室に運んできただけで、すぐ循環器病棟に戻ったはずだ。

疋田の問いかけが聞こえなかったように、北沢は続ける。「剃毛がすむと、野島先生が心エコー検査をはじめました」

胸に超音波発信機を貼りつけ、反射波をモニターに映し出す検査だ。心臓の形や血液の流れが目で見てわかる。しかも、数値として反映されるのだ。

「大動脈弁の血流は乱れていなかったし、弁の面積も二平方センチあった。左心室と大動脈の圧力格差もなかったんです」

「正常だったんだね？」

そのはずだ。柳は胆のうガン患者だが、心臓は正常だったのだ。

「もちろんです。でも、それだけじゃないんです。金森さんは『どうしてまだ意識があるんでしょう？』って、麻酔医の野島先生に問いかけました。病棟でモルヒネを打たれて意識がもうろうとしているはずなのに、そうではなかったから」

「柳さんは病棟で吐き気止めの薬を飲まされただけだったから、意識があったわけだね？」

北沢はうなずいた。「おかしいと思って、野島先生が『井出さん』って呼びかけたら、『はい』って返事があったんです」

「どういうこと？」

「警察の人は知りませんが、実は柳さんは難聴でした」

手術前の緊張もあり、つい柳は返事をしてしまったらしい。

「そこに執刀助手の五十嵐先生が入ってきて、野島先生が疑問を伝えたんです。五十嵐先生は、すぐ聴診器を当てました。でも心雑音はぜんぜん聞こえない。野島先生が診ても同じ。『そういえば、盲腸の手術痕がない』と五十嵐先生が言いました。五十嵐先生は、術前診断で二日前に井出さんを診察していたんです。そのとき盲腸の手術痕を見ていた。でも、目の前にいる患者さんに手術痕がないから、違う人じゃないかって言い出して」

「……患者さんを診ていたなら、顔や体つきは覚えているんじゃないか？」

「井出さんも柳さんも、頭を短く刈っていたし体格も似ていました」

「でも、現実に五十嵐先生は盲腸の手術痕を覚えていたよね？　五十嵐先生は主治医なんだろ？」

「執刀医で主治医ではありません。お医者さんて、患者の顔は見なくて患部だけを見るんです」

疋田は怪訝そうな顔でいる小宮と顔を見合わせた。

「それでも、手術はやめなかった？」

「五十嵐先生は、野島先生に病棟へ確認しろと命令しました。野島先生はすぐに電話を入れた。それを受けたのはわたしです。確かに手術部に運び込んだと伝えました」

「それで手術に踏み切った？」

「金森さんは途中で何度も、もう一度確認したほうがいいと申し出たそうですが、五十嵐先生も野島先生も準備に忙しくて聞き入れなかった」

「朝倉路子さんもいたよね。彼女はどうしていたの？」

「朝倉さんは手術の器械出し担当なんです。人工心肺や手術道具の準備に忙しくて、それどころではありません。もちろん、この間の事情は聞いていて、すべて把握していましたけど。手術のあと、彼女が『顔が違うわ』って言ったのを野島先生が聞いています」

「朝倉さんは気がついていた？」

「気がつくべきでした。担当看護師でしたから。準備が整《ととの》うと彼女は、『皮膚切開お願いします』とふたりに声をかけました」

「執刀医の三好先生はもういたんだよね？」

「いません。三好先生は開胸したあとに入室するのが通例でしたから。このときもそうです」

「開胸したあとなら、三好先生は、本人かどうかわからないよね？」

患者の顔はシーツでおおわれて、胸しか見えなかったはずだ。

北沢が眉根にしわを寄せ、疋田をにらんだ。「切り開いた心臓を見て、三好先生はこう言ったそうです。『この人ってほんとうに悪いの？　患者を取り違えたりしているんじゃないの？』と」

疋田は耳を疑った。執刀医なら患部を見れば、病変に気づく。現実に三好が見ている患者の心臓は正常だったのだ。

「その時点で、三好先生は患者の取り違えに気づいたわけだね？」

「そのはずです。大動脈も拡張していなかったし、左心室の肥大もなかったんですから」

「五十嵐先生と野島先生の反応は？」

「なにもありません。いたたまれなくなった金森さんが、心エコー検査の結果が正常値だったことを話しました」

「野島先生はそれでも認めなかった？」

「麻酔のせいだろうって。末梢《まっしょう》血管が拡張して、血流が一時的によくなったんだと言い張って」

「それで手術を進めた？」

北沢は深刻そうに表情を曇らせた。「胸骨切離して大動脈壁に送血管用の糸をかけたときです。第七手術室のスタッフが飛び込んできて、患者を取り違えたって叫びました。それで手術を中止して、あわてて胸を縫合しました。すぐ柳さんのご家族に報告して、手術をやり直すからと了解を取り付けて」

「警察には連絡しなかったわけだ」

「ずっとあとです。手術が終わってすぐ、わたしは朝倉さんに呼びつけられました。取り違えが起きたわけを話せって言われて」

「でも、発端は金森さんが取り違えたんじゃないの？」

北沢はひと息ついてから、一語一語、嚙みしめるように喋りだした。「あの日、八つある手術室はすべて使われる予定でした。わたしが井出さんを中央手術部に運んできたときは、もう六つの手術室に患者が運び込まれたあとでした。ナースステーションの前には、柳さんを乗せたストレッチャーがあっただけです。柳さんの枕元にカルテがあったんですが、ちょっと落ちそうになっていて。それを見て、わたしはとっさに、自分が持っていた井出さんのカルテを重ねて置いてしまったんです。そのとき、手術部のナースステーションから呼ぶ声があって、すぐ入ってしまいました」

「ふたり分のカルテを柳さんの枕元に乗せたまま？」

北沢は苦い顔でうなずいた。「わたしと入れ替わるように、金森さんが出て行きました。彼女の前にはふたつ並んだストレッチャーがあった。柳さんの枕元に置いてあったカルテは井出さんのものでしたから、金森さんは井出さんであると疑いもしなかった。若い看護師を呼んで、柳さんを手術室用のストレッチャーに乗せ替えて、第三手術室に運び入れてしまったんです」

「残された井出さんは？」

「井出さんのストレッチャーのうえには、当然カルテはない。柳さんの手術担当の看護師は、ろくに確認しないで井出さんを第七手術室に運んで行ってしまったんです。カルテはふたつとも、それまで柳さんが乗せられていた、空になったストレッチャーのうえですから」

「残されたカルテはどうなったの？」

「それぞれの手術室から看護師が戻ってきて、空になったストレッチャーの上にあったカルテを見て、自分たちが担当する患者のカルテを持っていっただけのことです」

「……患者ではなくて、カルテを取り違えた？」

「そうとも言えるかと思います」

「その原因を作ったのは、あなただったのか……」

疋田が言うと、北沢は辛《つら》そうな顔でうなずいた。

「金森さんと話して、それがわかったわけだ？」

「いえ、金森さんはいません。それからあとも、呼ばれなかった」

「きみが朝倉さんに呼ばれた席にいなかったの？」

「そうです。金森さんは呼ばれていませんでした。朝倉さんはすでに金森さんから事情を聞いていて、わたしの話した内容と突き合わせた。それで、カルテの取り違えがわかったんです」

「病院側が警察に話した内容と違うけど、どうなのかな？」

北沢はまた覚悟を決めたような顔で、口を開いた。「わたしは朝倉さんから、『あなたがいま話したことは、絶対に他人には喋らないで』と釘《くぎ》を刺されました。そのあと、部屋でひとりきりになって待たされました。十五分ぐらいしてから、朝倉さんは、三好先生と五十嵐先生と野島先生を連れて入ってきました。その席で朝倉さんは、金森さんのミスで患者を取り違えたと言い出したんです。わたしは驚いて、真実を話そうとしたんですけど……話せませんでした」

「あなたの話だと、三人のお医者さんは、患者が違うのをわかっていたようだけど、それについては話さなかったのかな?」

「そのときはわかりませんでした。わたしがそれを知ったのは、ずっとあとです。野島先生や五十嵐先生から直接聞きました。先生がたも辛かったんです」

「朝倉さんが金森さんだけに罪を押しつけて、その結果、金森さんは警察に捕まったわけね」小宮が口をはさんだ。

「その通りです。三人のお医者さんだってわかっていたのに、ぜんぜん罪のない人に罪をかぶせたんです」

「どうして、そんなことになったのかな?」

「金森さんは院内で浮いた存在でした。ほかの看護師たちは金森さんに猛反発して、勉強会やレポートはおろか、最低限の報告をするだけで、挨拶《あいさつ》も会話もいっさいしなくなっていました。でも金森さんは、期待されて看護師長にまでさせてもらったんだから、なんとかしないといけないと思って、上にも報告しないで必死になってみんなを説得した。下は下で、朝倉さんがまとめ役になって、はねつける一方だし、難しい仕事をどんどん金森さんに押しつけるようになった」

「それがこの取り違え事件のとき？」

「金森さんは疲れ切っていた。看護部長に辞表を出す寸前だったはずです」

「朝倉さんは金森さんを陥れるために、罪をかぶせた？」

「ちょうどいい機会だったんです」

「三好先生以下の医者や事務方も知っていた？」

「もちろんです。そうでなくても当時、うちの病院は輸血ミスで患者を死なせたり、何度も何度も院内感染を引き起こしたりして、モラルが地に落ちていた時期でもあったし。この事件も上層部は隠蔽しようとしたんですが、内部から通報者が出て発覚しました」

「それで朝倉さんが作ったストーリーをそのまま警察に話したんだね？」

「そうです。朝倉さんには、絶対に逆らえませんでした。そうでないと、干《ほ》されて病院にいられなくなりますから」

手術に参加した三人の医者たちは、自分たちが患者を取り違えていたのに気づいていた。それを隠蔽するために、金森ひとりに責任をなすりつけた。朝倉は金森に対抗する看護師たちのリーダーとして実権を握っていた。病院側もそんな朝倉の言いなりになった。金森ひとりに罪をなすりつければ、丸く収まると踏んだのだ。ひどいと疋田は思った。

小宮は医者を呼んできますからと言って、部屋を出ていった。

ふと思いついたように北沢が疋田を見やり、口を開いた。

「金森さんはバツイチで当時再婚したばかりでした。お腹には赤ちゃんがいたんです。でも警察に逮捕されて、厳しい取り調べを受けて流産してしまった。そのあと離婚してしまいました」

疋田は言葉が出なかった。金森の自殺した理由がようやく呑み込めた。

彼女は仕事だけでなく、私生活でも追い込まれていたのだ。

若い男性医師と女性看護師が入ってきたので、疋田は枕元を離れた。

北沢明美が診察を受けるのを見守った。ひと仕事終えたように、北沢はすっかり脱力した感じで天井を見上げている。

診察が終わり、医者は注射をしてから疋田に声をかけてきた。

「興奮しているようですので鎮静剤を打ちました。明け方まで眠るでしょう」

「容態はいいのですか?」

「峠を越しましたから安心してくださって結構ですよ。あとはうちにまかせてください」

「助かります。なにかありましたら、お電話いただけますか」

疋田は自分の名刺に携帯の電話番号をメモして渡した。重いものを引きずるような感じで病院を出た。最後に北沢から聞かされた話を小宮に披露すると、小宮はやりきれない顔でため息をついた。

三好宅を張り込んでいる末松に電話を入れて様子を訊いた。マンションから渡部も出てこず、動きはないという。張り込みを続けるように命令して電話を切る。

午後十時近かった。渡部は三好の家に泊まっていくかもしれない。

乗る電車が違うので、新宿駅で小宮と別れた。疋田は山手線《やまのて》に乗った。

明日にそなえて、今夜は体を休めなければならない。明日は三好と会い、これまでの疑問をぶつける。手術は午後だから、どうにかして午前中に渡部抜きで会うしかない。

四年前の患者取り違え事件については、認めないだろうが、それはどちらでもいい。今回の捜査を通じて、いずれ真相は明らかになる。今度こそ、話を聞いてもらわなければならない。それが三好のためでもあるのだ。その一方で疋田は胸の中に得体のしれない懸念が広がるのを感じた。

池袋駅で東武東上線に乗り換えた。足元が危うくなるような、いたたまれない気分に襲われた。取り返しのつかなくなる事態が起きるような気がしてならなかった。根拠はなかった。だが、雲が広がるように不安は大きくなる一方だった。なにかを聞き漏《も》らしていると疋田は思った。それがなんなのか、わからなかった。

5

くぐもった音が聞こえた。思わず疋田はタオルケットを蹴《け》った。冷房が切れて、蒸し風呂のように暑かった。枕元の携帯に着信していた。汗で濡《ぬ》れた手で取り上げると、見知らぬ番号が映っていた。午前四時を回っていた。間違い電話ではないと感じた。オンボタンを押して耳に押し当てる。

「……きた」とだけ聞こえた。女の声だった。

濡れた手で胸を触られたような、ひんやりしたものを感じた。

「北沢さんか？」

疋田が呼びかけるとかすかな応答があった。

「どうした、こんな時間に？」

「あいつが来て……」かすれた声を、かろうじて聞き分ける。

「北沢さん、誰が来たんだ？」

北沢が咳《せ》き込んだ。弱々しかった。

苦しげな息が吹きかかる。

掻《か》きむしられるような焦燥感を覚えて、その場で立ち上がった。

「北沢さん、しっかりしろ。大丈夫か？」

応答がなかった。もう一度呼びかける。音がしない。

どうしたのだ。いったいなにがあったのだ。医者はなにをしている？

かすかに洩れるような声があった。

「……市川」

「おい、誰だって？　しっかりしろ」

携帯が落ちたような音がして、それきり音は消えた。

疋田は全身から血の気が引いた。

あの市川和代が病室に現れた？　ほんとうなのか？

呆然《ぼうぜん》とした。

北沢がうそをつくはずがない。成増院の市川和代が病室に現れたのだ。

昨夜来の胸騒ぎの元がわかった気がした。

北沢明美はまだ命を狙われていた。どうしてそのことに気がつかず、ひとりにしてしまったのだろう。市川和代は北沢の命をあきらめていなかったのだ。

疋田は北沢が入院している病院に電話をかけた。応対に出た男に、身分と名前を告げ、用件を切り出した。男は理解できないようだった。

「緊急なんだ。501号に行ってもらいたい」

「なんですか？」

「賊《ぞく》が侵入している。行ってくれ。北沢明美という女性がいる部屋だ。彼女を保護してくれ」

「ほんとうに警察なんですか？」

ふいに通話が切れた。いたずらだと思われたようだ。空になった胃と心臓のあたりが痛みだした。気を取り直して一一〇番通報する。身分を告げ、緊急に北沢の保護を願い出た。今度は受理された。明かりをつけた。しわくちゃのポロシャツに着替え、コットンパンツを穿《は》いた。捜査ファイルの入ったデイパックを背負い、あわただしく部屋を出る。裏に停《と》めてある自分のクルマに乗り、アクセルを踏み込んだ。

運転しながら、携帯で刑事課長の岩井の自宅に電話を入れた。しばらくして、岩井の眠たげな声が聞こえた。事の次第を告げて電話を切り、続けて末松に電話を入れて様子を訊いた。三好のマンションに動きはないと末松は言った。そのあと、同じことを話すと、すぐ野々山といっしょに新宿の病院に来るように命令した。小宮にも同様に知らせた。

クルマは池袋駅東口にさしかかっていた。走っているクルマは少なかった。新宿まで十分で着ける。疋田は自分を恥じた。自分たちは北沢明美を、ひとりにしておくべきではなかったのだ。

病室で起きている事態を想像すると、歯の根が合わないほどだった。愚かだった。昨日の時点で気づかなければならなかったのだ。それにしてもどうやって、市川和代は北沢の入院先をつきとめたのだろう。自分たち以外では、三好と木内が知っているだけではないか。

大久保通りから一方通行を南下する。十二階建ての西病棟が見えてきた。道路をまたい

ていた。

で、中央病棟とつながる空中回廊が長々と伸びている。ところどころ部屋の明かりがついているだけで、建物全体は暗かった。

夜間出入り口の前に、赤色灯を点滅させたパトカーが一台、横着けされていた。そのうしろにクルマを停めて建物に飛び込んだ。

受付に人はいなかった。警官の姿もない。冷房が効いている。吹き抜けのホールを突っ切って、エレベーターの前に着いた。ボタンを押すとすぐに扉が開いた。五階まで上がった。扉が開くと同時に明るい廊下に走り出た。ナースステーションにも、人がいなかった。半分開いたドアの前にふたりの女性看護師と警備員が立っていた。501号室だ。

声をかけると、警備員が疋田をふりかえった。

「電話をくれた人ですか？」

疋田はうなずいて警察手帳を見せ、「北沢は大丈夫か？」と尋ねた。

口ごもって、なにかを喋ったが聞きとれなかった。

「賊がいるはずだ。見たか？」

警備員はめっそうもないという顔で、首を横にふった。

ドアから覗き込むと、狭い通路に警官がいて、無線のやりとりをしていた。

疋田は病室に身を滑り込ませた。警察手帳をかかげながら、警官のわきを通り、ベッドサイドに着いた。

北沢明美の枕元で、年配の男性医師が呆然とした感じでベッドを見下ろしている。横向きで、くの字型に曲がった北沢明美の体は動いていなかった。こちら側を向いている頭がベッドから半分ほど落ちかけている。顔に長い髪がかかって表情が見えない。皺《しわ》だらけになったシーツが、足元までずり落ちていた。

疋田はその顔すれすれに近づいた。北沢は息をしていなかった。点滴セットが床に倒れている。

医者に声をかけると、顔を皺だらけにして、「亡くなっている」とつぶやいた。

「どういうことですか？」

「隣の患者が悲鳴を聞きつけて、連絡が入った。駆けつけたときは、もう、こうだったんだよ」

医師は北沢明美を見下ろした。

「賊が侵入したはずです。知りませんか？」

「賊？」

「女です。ここに来たはずだ」

「わかりません。とにかく悲鳴が上がったらしくて、それで……」

疋田は北沢の頭髪を手ですくい上げて、首回りを見た。皮下出血はなく、手で押さえた扼痕《やくこん》や紐《ひも》で絞《し》めたような索状痕《さくじょうこん》もない。目が半開きになっていた。口元から唾液がこぼれて、ゆがんだ口元に苦悶《くもん》の色が残っていた。

椅子の下に携帯が落ちていた。疋田に電話をかけたあと、手からこぼれたのだ。ベッドの下に光るものを見つけて、拾いあげた。

薬剤の小さなアンプルだ。ラベルに赤い字でＫＣＬとある。医師に見せると、その顔からみるみる血の気が引いていった。

「……塩化カリウム」

医師の口から洩れた言葉を聞いて、疋田は鳥肌が立った。

安楽死させるために、末期がん患者に塩化カリウムを投与した医師がいたのは知っている。しかし、今回もそうとは限らない。北沢明美の治療に使っていたのかもしれない。それを医師に訊いてみると、

「塩化カリウムは利尿剤です。この患者に使うわけがない」

「どうしてここにあるんですか？」

医師は理解できない表情を浮かべた。

アンプルにほこりはついていない。落ちたばかりのようだ。

「賊の女は医学知識を持っています。そいつが持ち込んだものかもしれない」

疋田が言うと医師の顔色が曇った。

「このアンプルの中身をそのまま注射したらどうなりますか？」

医師は疋田が手にしているアンプルを忌まわしい目で見つめた。「それだけの量を一度に？　心停止するに決まってるじゃないですか」

疋田はぞっとした。

「打たれたらすぐに意識がなくなる？」

「打たれたところから猛烈な痛みが起きる。血管を引きちぎられるような、とんでもない痛みが」

それが悲鳴だったのか？

「それも長く続きません。少しずつ意識を失って、死にます。一分か二分のあいだに」

打ってすぐ、強烈な悲鳴を上げたため、市川和代は驚いてアンプルを落としたのだ。そして、出ていった。塩化カリウムを打たれた北沢明美は、最後に残った気力をふりしぼって、この自分に電話をかけてきたのだ。

落ちていた携帯を拾いあげ、電話の履歴を見る。午前四時五分、疋田に電話を入れていた。

この時間の前に、市川和代は病院に入り込んだのだ。

疋田は壁時計を見た。四時四十五分だった。すでに四十分が経過している。もう市川は病院内にいないだろう。それよりもまず、ほんとうに市川だったのか確認しなければならない。

疋田はアンプルをハンカチに包んでポケットにしまい、医師と警官に病室を出るように促《うなが》して、自分も出た。待機していた警備員に、午前四時ごろ、夜間出入り口から、見かけない女が入ってこなかったか訊いた。

「入ってきていません」警備員は答えた。

「四時前は？」

「きょうは午前零時以降、ひとりも入ってきていません」

「出入り口はひとつだけか？」

「ひとつです」

疋田はふたりの看護師をふりかえった。

「どうですか？　この一時間に、病棟に入ってきた女はいますか？」

ふたりは互いに顔を見て、声を合わせるように、「いません」と言った。

「それ以前は？　昨夜からいままで、見かけない女が病棟にいませんでしたか？」

「見ていないです。いないと思います」若いほうの看護師が言った。

話にならなかった。

廊下の先から、三人の男が走り込んでくる。腕に機捜の腕章をはめていた。

機動捜査隊のようだ。疋田は警察手帳を見せ、病室の前にやって来た三人に事情を説明した。リーダー格の男が病室の中に入っていって、すぐに出てきた。

「間違いない。死んでる」男が言うと、医師と看護師に質問を浴びせはじめた。

ぐずぐずしているヒマはなかった。警備員に防犯カメラの映像を見せてもらいたいと頼んだ。一階の警備室で見られますと言った。機動捜査隊の刑事に行き先を伝えて、警備員とともに一階に下りた。ホールで新宿署の刑事の一団とすれ違った。その中のひとりに、ついてくるように声をかけた。若い男の刑事が従った。疋田は期待と不安が交錯するのを感じた。これまで一度も見ていない市川和代の顔を拝めるかもしれない。

三台並んだ警備室の大型モニターには、出入り口のほかに、ホールや待合室まで主だった施設が分割画面に映し出されていた。地下駐車場や建物外周の防犯カメラの映像もある。

とりあえず、四時まで時間を巻き戻してもらい、再生させた。

警備員が言った通り、人が出入りする様子はなかった。

さらに十五分、巻き戻してもらった。同じだった。建物の外周にも、怪しい人物は映っていなかった。病室や病棟はプライバシーの関係上、防犯カメラはつけていないと警備員は言った。

目を皿のようにしてモニターに見入っている警備員に、「ほかにこの建物に入ってくる方法はありませんか？」と疋田は問いかけた。

「ありません」

疋田が建物に入ってくる前に見た空中回廊について訊いた。すると、警備員ははっとした顔で、「あ、あそこなら」と声を出した。

「中央病棟から入ってこれるんだね？　映像はどれ？」

「ここにはないです」

「中央病棟に行かないと見られない？」

「はい、向こうでないと」

疋田は若い刑事に事情を説明して、すぐにチェックに行くように依頼した。

刑事は了解して、ほかの係員も連れて行きますと答えると、あわただしく部屋を出て行った。入れ替わるように赤羽中央署の岩井刑事課長が、末松と野々山をともなって現れた。岩井は五階を見てきたと言った。防犯カメラに不審人物が映っているかと訊かれる。

疋田は映っていないと答えた。

「市川和代が来たのか？」信じ切れない様子で岩井は訊いた。

「そうとしか思えません。はっきり、北沢が言いました」

「塩化カリウムを打たれて殺されたのは間違いないか？」

「そう思います」

岩井はわけのわからない顔で椅子にはまりこんだ。「いったいどういうことだ？」

疋田は昨日、木内から聞かされた話を披露した。

「それは聞いた。どうして、市川和代が北沢を殺す必要があるんだ？」

「……わかりません。朝倉結衣も市川和代が殺した可能性がありますから」

「だからそのわけだ。わかるように話してくれ」

「動機はわかりません。ですが、ひょっとしたら、野島の自殺も……」

「市川和代とかいう、顔もわからない女が殺した？　この事態をどう説明する気なんだ」

「すみません……」

「そのへんでうろちょろしている殺人犯がいるんだ。そいつを捕まえなきゃ、どうにもならんだろうが」

「しかし、いまのところ、それらしい人物が防犯カメラに映っていません。まだ院内に残っているかもしれないです」

疋田が言うと、岩井は目を引きつらせて立ち上がった。

「うちの連中もすぐやってくる。新宿署と合同で捜査になる」

ドアが開いて、青ざめた顔で小宮が入ってきた。

入れ替わるように、岩井が警備室を出ていった。

「ごめんなさい。わたしが付き添っていればよかった」小宮の声はふるえてきた。

「マコ、おまえのせいじゃない。指示をしなかったおれのせいだ」

疋田は小宮をパイプ椅子に座らせて、落ち着くのを待った。

「市川が来たんですか」と小宮は途方に暮れた表情で言った。

「来た。上は見てきたか？」

「見てきました……ひどい」

「どこから入ったか、わからないんだ。まだ、建物のどこかに残っているかもしれん」

「防犯カメラは？」

「わからない。顔がわからないんだ」

小宮は思い出したように野々山の顔を見た。「三好先生は？」

「自宅にいます。渡部先生も泊まりました」

「そっちはいいから」末松が言った。「疋田係長。これからどうしますか？」

「草の根分けても、探し出すしかない」

「どうやって？」

「院内の捜索と防犯カメラのチェック。５０１号室の遺留品と指紋採取。かかるぞ」

疋田は先だって警備室を出た。午前五時を回っていた。

赤みを帯びた朝日が、廊下に差し込んでいた。

6

医大付属病院は新宿の河田町《かわだ》にある。新宿駅と市ケ谷《いちや》駅のほぼ中間だ。広い敷地に建ちならぶ病棟や校舎は通路で結ばれ、昼間なら出入り口は無数だ。前もってトイレに身を潜《ひそ》めていることも可能なのだ。そのすべての建物の警備室で防犯カメラのチェックが進んでいた。市川和代とおぼしい不審人物発見の報は、午前七時を過ぎてもない。

疋田は西病棟の捜索を終えると、小宮とともに一階のホールに戻った。岩井のほかに新宿署の刑事がいた。末松と野々山も疲れた顔でソファに座っている。ふたりとも、徹夜がこたえているらしかった。疋田を見ると野々山が口を開いた。

「防犯カメラのチェックはすんだようですよ」

「どうだった?」

「それらしいのはいないみたいです」

疋田は小宮を促してソファに腰を落とした。

疋田は新宿署の刑事に、塩化カリウムのアンプルから指紋は検出されたのか訊いたが、出ていないという。

「新宿署が四時前後、病院周辺を走っていたタクシーに当たっていますよ」末松が言った。「女を乗せたという情報はまだ、上がってきていないです」

「顔がわからなきゃ、どうしようもないですよ」野々山が力なく言った。

もともと、市川の人着《にんちゃく》がわからないのだから、防犯カメラに市川和代本人が映っていたとしても、特定できる話ではないのだ。

ホールに出勤してきた職員たちの姿が目立つようになってきた。あと一時間もすれば、病院全体の活動がはじまり、多くの人間が入り込んでくる。そうなったら、捜索活動は大きく制限される。それまでにめどを立てなければいけない。

野々山が病院の建物がレイアウトされた見取り図を見ながら、「犯行時間帯に限って、開いている出入り口はどこになりますかね？」と訊いた。

疋田は見取り図に指を当てた。「ここの西病棟と隣り合っている北病棟。それから、空中回廊で結ばれた中央病棟。それと並んでいる東病棟」

「四カ所？　救急センターはどこにありますか？」

疋田は窓越しに外の道路を指した。「中央病棟と東病棟。それぞれの一階にある」

「ふたつ同時にオープン？」

「中央病棟は救命救急センター。東病棟は救急外来だ。どうして？」

「昨夜も救急車が入ってきたでしょうね？」

「それがどうかしたか？」

「そっちの防犯カメラの映像も見たかなと思って」

「見たよ」横で聞いていた新宿署の刑事が言った。「チェックずみだ」

野々山は頭をかきながら、そうですよね、とつぶやいた。

「救急車」ふと思いついたように、小宮が言った。「一度に大勢が入って来ますね？」

疋田は小宮を見やった。「それに紛《まぎ》れ込んでくると言いたい？」

「目立たないかなと思って」

患者に付き添うような形で入ってくれれば、怪しまれないですむだろう。市川和代は想像を超える残虐《ざんぎやく》な手段に訴える。たとえば、故意《こい》に怪我《けが》人を作りだし、知り合いと偽《いつわ》って救急車に同乗ぐらいはするかもしれない。

「もう一度、チェックしてみるか？」

声をかけると、小宮はソファから立ち上がった。

「おれは中央病棟。マコは東病棟を」疋田は言うと、小宮に先だって歩きだした。

防犯カメラの映像は、駐車エリアに救急車が入ってくる様子や、大人数で患者を搬入する光景を克明に記録していた。三時から四時までの一時間に救命救急センターへ入って来た救急車は三台。ぜんそくの発作と薬物の過剰摂取による自殺未遂、それに脳梗塞による心肺停止だ。

その三つを何度も再生させて見た。救急車に同乗していた家族はいるが、三十前後の女はいなかった。遅い時間帯の録画を見た。産気づいた初産婦の搬入を見ていると、小宮から電話が入った。

「すぐ来てください」小宮の声が上ずっていた。

疋田は電話を切り、警備室を出た。迷路のような通路を歩いて、東病棟の警備室に入る。小宮が凝視している大型モニターには、救急患者を搬入する様子が映し出されていた。

「ビルの階段から転落して頭を怪我した人です」

時間は三時四十五分だ。

「どこのビル？」

「歌舞伎町の雑居ビル。この人」小宮はマウスを使って映像を静止させた。

救急隊員や病院の看護師たちが、患者を乗せたストレッチャーを取り巻くように、ひと塊《かたまり》になって通路を移動している。患者の頭に巻きつけられた包帯がどす黒く血で染まっていた。小宮が指しているのは、ストレッチャーを押す救急隊員に張りつくように従っている黒い髪の女だ。

「付き添い人？」

「そう見えますよね。でも、違うようなんです」

「どういうこと？」

「この患者が収容された部屋に電話して訊いてみたんです。付き添いはいないと言うんです」

「だったら、この女はなんなんだ？」

「それがわからなくて」

「この患者はどこへ運び入れられた？」

「一階の救急センターで治療を受けてから、この東病棟の七階の大部屋に入りました。二十八歳の男性。ホストクラブの店員です。なにか、うしろから押されて、階段を踏み外したとか言っているらしくて」

故意に階段から転落させられた？

疋田は胸のあたりの血流が速まるのを感じた。

「この女が病棟に入ってからの映像は？」

「ありません。治療に当たった看護師に訊きましたが、そんな女は知らないって」

「どこかへ消えた？」

「……はい」

「ほかの防犯カメラの映像を映してくれ」

「見ているんです。でも、どこにもないんです」

小宮は必死な様子でマウスを動かし、映像を切り替えている。

「いいから、もう一度」

六分割された映像がめまぐるしく切り替わる。通路、待合室、受付、出入り口――。ほとんど人の姿はない。看護師の姿がちらちら映るだけだ。

小宮の前にこの映像をチェックした刑事は、疑いを抱かなかった。複数の人間が一団になって運び入れるのは、当たり前だからだ。個々の人間を確認するなど、思いもしなかったはずである。

でも、どうだろう。この中に市川和代が紛れ込んでいるとしたら……。

市川は病院を熟知している。防犯カメラの設置場所を避《さ》けて通るくらいは容易だろう。看護師の服を盗んで着替えれば、防犯カメラに映っても怪しまれない。北沢明美が襲われたのは午前四時ちょうどくらいだから、時間も一致する。

「もういっぺん、さっきの映像にしてくれ」

小宮は救急患者を搬入する場面に戻し、マウスを動かして六分割されていた画面を切り替える。その映像だけが画面いっぱいに拡大された。

「ここで止めて」疋田は言うと、救急隊員のうしろに張りついている黒髪の女を指した。「そいつの顔を拡大させてくれ」

小宮は息を止めるようにマウスをクリックする。女の顔が少しずつアップになっていく。大きくなるにつれて顔そのものが粗《あら》くなりだした。女の顔が五センチほどに拡大されたときだった。小宮がうめき声を発した。疋田も息を呑んだ。雨雲が広がるように疑念が胸を満たしていく。

艶《つや》のある頬にくっきりした切れ長の目。まっすぐ伸びた鼻は高く、形のいい口元から白い歯がこぼれている。メガネはかけていない。

「渡部先生」と小宮がつぶやいた。

疋田はまじまじと画面に映る女の顔を見つめた。

間違いない。赤羽ハートクリニックにいる女医の渡部陽子だ。

一昨日、三好に紹介されて、会ったばかりだ。しかし、あの女がどうしてここに？　三好の家に泊まっていたのではないか？　渦《うず》を巻いて疑問があふれ出した。

もう一度、画面を見つめた。人違いではない。渡部だ。

張り込みに気づいて、こっそりマンションを出た？　歌舞伎町でホストに怪我を負わせて救急車を呼び、病院にやって来た？

「市川和代って渡部先生なんだわ」

小宮の口から出た言葉に耳を疑った。

詐欺グループに身を落とした医者と死体遺棄の嫌疑がかかる看護師。

ふたりのどこに接点があるというのだ。

だが、北沢明美は死ぬ間際、確かに市川と言ったではないか。

市川和代は北沢の居場所を知らないし、知る術もない。だが、渡部なら三好を通じて知ることができる。そして、病院に入り込んで、北沢明美を殺した……。

理屈は通る。両者は年齢もほぼ同じぐらいだろう。ふたりは同一人物なのか？

もし、そうなら、どこで自分たちは騙《だま》されたのか。

べつの疑問が頭をもたげる。市川和代はなぜ、あそこまで執拗《しつよう》に北沢明美を追いかけ回したのか？　朝倉結衣を手のこんだやり方で殺害した。動機はわからないが、野島の自殺も市川の偽装だとしたらどうだろう。いや、ひょっとして、五十嵐の自殺も……。共通しているのは、彼らが患者取り違え事件の当事者というだけだ。渡部とのつながりなど、どこにもない。

かりに同一人物なら、自分たちが顔を知っている渡部は、市川という看護師を一人二役で演じているのだ。渡部はともかく、市川という女は写真はおろか、家族や人物像まで、なにひとつ明らかになっていない。市川は渡部が作り出した虚像かもしれなかった。

ふと、美容整形外科医の木内の顔が浮かんだ。彼は市川和代を知っていると言った。もしかしたら、渡部陽子本人とも面識があるのではないか。

ふいに、それまで思いもしなかった考えが差し込んできた。一瞬、荒唐無稽《こうとうむけい》に思えたが、つきつめて考えると、一本の筋が通っているような気がしてきた。

疋田は警備員に、渡部と思われる女の顔を印刷してもらうように頼んだ。小宮には、成増院のスタッフの携帯あてにその映像を送って確認してもらうように命令する。

その作業はすぐに終わった。小宮は市川に間違いありませんと言った。

「会う人間がいる。行くぞ」疋田は小宮に言った。

「どこへ行くんですか？　このことをみんなに知らせないと」

「確認してからでいい」

小宮は理解に苦しむ顔で疋田を見やった。

「犯人は逃げも隠れもしない」

7

木内美容整形外科は、診療の準備に追われていた。九時前になって、半袖の診察衣を着た木内が受付に顔を出した。礼を言われるものと思っているらしく、機嫌がよさそうだった。奥にあるスタッフルームに通され、さっそく木内は北沢明美の容態を訊いてきた。

「亡くなりました」

疋田が言うと、木内は目をしばたたいた。

「なに？　死んだって」

冗談だろうとばかり、口を開けたり閉めたりする。

疋田は病室に賊が入って殺された経緯を話した。殺害手段は触れなかった。

木内は脱力したように、椅子にはまり込んだ。「ほんとかよぅ」

疋田は防犯カメラに映っていた市川の顔写真のコピーを木内の前に差し出した。「どなたかおわかりですね？」

木内はしばらく顔写真に見入った。

返事がないので、もう一度、同じことを訊いた。

「さあ、わからんなあ」

「よく見てもらえませんか？」木内は言った。

木内は顔を上げて疋田をにらんだ。「これがなんだって言うの？」

小宮が口を出しそうになったので、疋田はとめた。

「ほんとうにご存じないですか？」疋田は語調を強めた。

「粗すぎてわからん」

手元に押し返された紙を取り上げて、疋田は木内の鼻面《はなづら》にかざした。

「先生がわからなければ、こちらのスタッフにお伺《うかが》いしてもいいんですよ」

疋田が言うと、木内は眉をひそめた。「それはだめだって」

「見せられない事情がありますか？」

「そんなもん、あるわけない。でも、仲間だったんだしさ」

小宮が口をはさんだ。「仲間とは誰ですか？」

木内は思わず、「市川だよ、市川和代くんだ」と口にした。

「そうです。これは成増院の看護師だった市川さんです」

「どこで見つかったの？」木内はおどおどした感じで言う。

疋田は木内が北沢明美を入院させた病院名と部屋番号を告げ、そこに現れたと告げた。

「市川くんがどうして彼女の病室に行くんだよ？」

「北沢明美は殺されたと申し上げたはずです」

木内は面食らった顔で、「市川くんが北沢を殺したって？……そんなことあるもんか」

「北沢が殺された時間に、部屋に現れました。この写真は病院に入る直前の防犯カメラに映っていた映像です」

木内は女の顔に眺め入った。

「北沢だけでなく、市川には朝倉結衣を殺した嫌疑もかかっています。わかりますよね？」

木内は黙り込んで目をそらした。

「先月の七月三十日火曜日の夕刻、午後六時半から朝倉結衣は成増院で美容整形手術を受けた。執刀医は野島修一、看護師は市川和代。ふたり以外の職員は全員、帰宅していた。

結衣は静脈麻酔をかけられて、顎《あご》のボトックス注射と頬《ほお》まわりのシリンジによる脂肪吸引手術を受けた。使ったシリンジは三本、ぜんぶで12ｃｃの脂肪を抜き取った。ところが、野島は麻酔が覚める前に、市川に言われて、帰宅してしまった。そのあとは木内さん、あなたのほうがよくご存じのはずだ」

訊くまでもない。

手術室に残った市川はイボとりの要領で、液体窒素を使って結衣の胸に〝3〟の刻印を焼き付けた。遺体が見つかったとき、母親の路子に取り違え事件を思い出させるために。そして、市川は点滴ルートに取り付けられた三方活栓の側管へ、結衣の体から抜き取ったシリンジの一本を注入した。脂肪組織そのものを血液中に入れたのだ。大量の脂肪はまたたく間に肺の血管に流れ込んで、重度の脂肪塞栓症を引き起こした。その結果、結衣は息ができなくなり心筋梗塞に陥って死亡した……木内から教えられたことだ。

木内は身じろぎしないで、じっとしている。

「そのあと、市川は朝倉結衣の死体を車椅子に乗せて、自分のクルマに運び入れた。手術で野島が使ったメスも携《たずさ》えた。それから、野島のマンションに出向いて、彼のクルマに死体を移し替えた。つきあっていたころから、スペアキーをあずかっていただろうから簡単だ。そして、荒川の笹目橋近くにあるボート乗り場まで運び、桟橋のところで下ろした。野島の指紋が付いたメスを使い、結衣の体にスクリュー痕と似た傷をつけて、川に流した」

木内は疋田の話の途中で目をむいた。「どうして、市川がそんな面倒な真似をするのかね？」

「野島先生の仕業《しわざ》に見せかけるためです」

木内は理解できないふうに首をかしげた。

「話を戻しましょうか。木内さんは共立埼玉中央病院で起きた患者取り違え事件をご存じでしたね？」

話題が急に変わり、木内はついていけない感じで、「ニュースかなにかで聞いたが」

「あの事件は地元の埼玉で小さく報道されただけです。都内では流れなかった。ひょっとして、木内さん、あなた、この女から聞かされたんではないですか？」

疋田はデイパックから捜査ファイルを取りだし、一枚の写真を木内の前に置いた。

それを見た木内の顔が一瞬、ゆがんだ。

共立埼玉中央病院の看護師の金森芳枝の顔写真。四年前、業務上過失傷害の疑いで逮捕されたときに撮影されたものだ。

「この女をご存じですね？」

疋田が問いかけると、木内は落ち着きをなくして、そわそわしだした。

「よく見てもらえませんか？」

「……知らん、こんな女」ろくに写真も見ないで否定する。

「では、こちらのスタッフの方にお見せして訊いてきます」

疋田が写真をつかんで腰を浮かせると、木内はせっぱ詰まった顔で、ひきとめた。

「どなたなんですか？」

改めて訊くと、木内はささやくように、「……患者だ」とつぶやいた。

「こちらに手術を受けに来た患者さんですね？　名前は？」

「確か……金森」根負けしたように木内は言った。

とうとう出たと疋田は思った。やはり、市川和代は金森芳枝なのだ。荒唐無稽な想像は現実となった。

「この方から、あなたは取り違え事件を聞かされましたね？」

「だから、覚えていないって」

「いいでしょう。この金森さんにはどのような整形手術をされました？」

「いちいち覚えているわけないだろ。カルテを見なきゃわからん」

「小皺やシミを取ったりする簡単なものではなくて、大がかりなものだったのですよね？顔全体の輪郭《りんかく》を変えるために、骨も削ったりした。大胆にメスを入れたんだ……」

「だから、きみ、覚えていないって」

「はっきり仰《おつしや》ってください。美容整形とは一線を画した、まったく別人になる根本的な整形手術をほどこした、と」

木内は不機嫌そうに顔を横に向けた。

「具体的にどのような方法をとったんですか？　お聞かせください」

木内が答えないので、疋田はまたスタッフに訊いてきましょうかと言った。

「待てよ」しぶしぶ木内は口を開いた。「頬骨を削って輪郭を変えたし、鼻骨も切って整えた。何本も注射を打ったし、フェイスリフトもした。豊胸術《ほうきょう》もだ」

「本人はどのような希望をしました？」

「いま話した通りだ。ほかになにがあるのかね？」

「きれいな顔にしてくださいとか、言いませんでした？」

「患者は誰だってそう言う。金森も同じだ」

「先生の美的センスにゆだねるわけですね？」

「それくらいの信頼は得ているつもりだ」

「金森の手術のように、顔全体を造り替える手術には、モデルがいるという話を聞きました。いましたか？」

「いない」

きっぱりと言った木内を無視するように、疋田はふたたび、防犯カメラの写真のコピーを木内の前に滑らせた。市川和代、いや渡部陽子の顔だ。

「この顔がモデルですね？」

木内は苦しげな表情で写真のコピーを見つめる。

「この顔にしてくれと金森はあなたに頼み込んだ。間違いありませんね？」

木内は汚いものをどかすように、写真のコピーを横にずらした。

「いくら美容整形外科医だろうが、実在する人間の顔に造り替えるのは、倫理上許されませんよね？」

「そんな決まりが法律にあるのか？」木内は意味ありげな顔で疋田を見やった。「うちの患者は芸能人の顔写真を持ってきて、この顔にしてくれと言うのが多いんだよ」

「でも、これは芸能人ではない」疋田は写真のコピーに手を置く。「たとえば、写真の人物がこの世に実在していないような場合なら、手術は許されますか？」

木内はしきりと目線を動かした。疋田の言った意味がわかっている様子だ。

疋田は写真のコピーを指した。「この女性は二年前、荻窪駅で電車に轢《ひ》かれて亡くなっている」

木内の額に汗がにじんだ。

「あなたはふだんから、この手の要求に応える美容整形医だった。少しぐらい倫理からはみ出た要望にも応えてくれるお医者さんという噂を聞きつけて、金森はここを選んだと思います。金森は手術代として、かなりの費用を提示したはずです。千万単位の。どうだったんですか?」

　木内は額に浮き出た汗をぬぐいもせず、聞き耳を立てている。

「あなたは金森の要請に応じて、この写真のコピーの女性の顔に造り替えた。ひと月?もっとかかりました?」

「……ふた月」弱々しい声で木内は言った。

「手術がすんでから、金森は写真のコピーの女性について、あなたに告白した。医者の風上にも置けないワル医師であると」

　続けて渡部陽子の名前を出したが、木内に変化はなかった。知っているのだ。

「取り違え事件で、金森芳枝は、ひとりだけ罪をかぶせられて逮捕され、病院をクビになった。私生活もどん底に叩《たた》き落とされた。東京に流れてくるしかなかったんです。看護師として再出発してから、彼女は渡部陽子を知ったはずです。医者にあるまじき人物であることも。どうなんですか?」

　疋田は語気を強めた。

「それは金森くんの口から聞いた」とうとう、木内は認めた。

「ひょっとして、渡部陽子が病院乗っ取りグループとつきあいがあるのも知った?」

　疋田が訊くと、木内はしぶしぶうなずいた。「渡部くんが柏原記念病院に勤めていたとき、彼女は製薬会社からリベートを受け取ったり、薬剤の横流しをしていた。それを詐欺グループがつかんで、向こうから接触があったと聞いている」

なるほど、それで渡部陽子は詐欺グループの一員になったのだ。

「渡部陽子はとんでもない医者だったわけですね。そんな医者なら、存在しないほうがいい。そう金森は感じたのではないですか」

故郷を追われ、家庭を崩壊させた共立埼玉中央病院の医者たちと渡部陽子がダブったはずだ。

「……かもしれない」

「二年前の五月十五日の夜です」疋田は訊いた。「二十二時三十五分。渡部は荻窪駅下りホームにやって来た。そのとき、起きたことはご存じですね？」

「その日は循環器病棟の飲み会だったようだ」木内は伏し目がちに続ける。「金森は以前から渡部と親しくしていた。渡部が日常使う持ち物やバッグをあらかじめ用意してあったらしい。財布やカード入れも含めてすべてだ。飲み会の途中で、それらを中身ごとすり替えたと聞いた」

「会の途中で金森は抜け出し、先回りして下りホームで待ち伏せた。防犯カメラの死角に入る場所で。そして、電車が入って来た線路に渡部を突き落とした。渡部の肉体は引きちぎられ、顔面も原形をとどめていなかった。……このときから、金森芳枝は渡部陽子にすり替わった。そうですよね？」

木内は小さくうなずいた。

やはり、自分の勘《かん》は当たっていた。

「その日以降、渡部陽子の不在を、金森はどうやって取り繕《つくろ》ったんですか？」

「事故の翌朝、金森は渡部の声色を使って、病院側に体調が思わしくないから、しばらく休みを取ると一方的に電話で通告した。病院側も渡部の悪事をつかんでいたから、むしろそれはありがたい申し出だった。金森は自分の葬儀をどこかで見ていた。そしてわたしのところへやってきた」

なるほど、それならばわかる。

「あなたの手術で、金森芳枝は渡部陽子という女医に生まれ変わった」疋田は続ける。

「金森はなにくわぬ顔で渡部陽子として生きはじめた」

うなだれながら、木内はうなずいた。

「とんでもない悪医に〝改造〟してしまったあなたは、それ以後も金森の要求を呑まざるをえなかった。金森と違って、渡部の美貌は際立《きわだ》っていた。野島に近づき、あっけなく肉体関係を結んだ。野島は当時、大森の病院に勤務していて、きつい仕事をさせられていた。そんな野島を、金森はあなたに紹介して、分院を作らせた。そして、金森は市川和代という偽名でそこの看護師におさまった。もちろん、野島は市川が金森であることなど、おそ知るよしもない。金森芳枝……市川和代は渡部としても活動する必要があったから、おそろしくフレキシブルな勤務が許されていたはずだ。そのあとはわかりますよね？」

「なにがだね？」

「金森の医療に対するスキルは抜きん出ていた。それまでも時間をかけて、外科をはじめとして、循環器の領域まで徹底的に学び直していた。そうやって、みずからが医者になりすますというハードルは乗り越えた。もっとも、実際の医療行為で矢面《やおもて》に立つようなポストは極力避けたはずですがね。ＭＢＡ資格を持っているなどと称して」

病院乗っ取りグループですら、金森が渡部にすり替わったのに気づかなかったはずだ。

「機が熟すのを待っていた金森が動いたのはこの四月だった。まず、朝倉結衣が通っている大学をたびたび訪れ、じかに彼女と会って美容整形手術を受けないかと誘った。熱心に口説《くど》かれて、結衣はその気になっていった。いざ手術が行われる段になり、金森は意識を失った結衣の胸元に〝3〟の刻印をした。そして、最後には野島による犯行と見せかけて、結衣を殺した」

警察が〝3〟の意味など知るよしもない。わかるのは結衣の両親だけだ。

一方で金森は野島に、『あなたは死体遺棄の疑いで警察に追われるから、疑いが晴れるまで新宿の寮に身を隠して。先に行って待っています』と連絡した。野島は言われた通り、寮に出向いた。そこで、睡眠薬を盛られ、自殺に見せかけて殺された。どれも金森の仕業なのだ。

ただし、成増院で殺害するはずだった北沢明美は生き延びてしまい、それが昨夜から今朝にかけての騒動に発展した。

木内は言いづらそうに洩らした。「渡部はひどい医者だったんだよ。ずいぶん、悪いことをしていたんだ」

「そんな女なら、殺されても仕方なかったとあなたは思っていたわけだ」

疋田が言うと、木内は息がつまったような顔で首をすくませた。

8

クルマは豊島《としま》区役所を通り越して、六《む》ツ又《また》陸橋に近づいていた。赤羽ハートクリニックまで、あと十分ほどだ。

「乗っ取りグループの内海はいるでしょうか?」小宮は言った。

「いてもいなくても、どっちでもかまわない」疋田はブレーキを軽く踏みながら答える。

そこにいる渡部陽子こと、金森芳枝を殺人の疑いで任意同行する。病院乗っ取りについては、充分な裏付け捜査がいる。きょう明日でカタがつくヤマではない。

木内美容整形外科の診療は中止させ、末松と野々山を呼び寄せた。ふたりが張りついているから、木内が金森に通報する恐れはない。

「金森は今朝、どうやって、病院から抜け出たんでしょう？」

「あの女なら、防犯カメラに映らないで逃げる方法を百通りは思いつく」

　看護師の服を着ていれば、たとえ映っていても怪しまれない。どこかの小窓を開け、闇に乗じて逃げのびる。三つある地下駐車場でクルマを盗んで、出て行ったかもしれない。

「マコ、もうじき、本人から聞ける」

　木内から任意提出を受けた金森芳枝の美容整形外科手術のカルテには、複数の渡部陽子の写真がおさまっていた。渡部、いや金森芳枝は言い逃れできない。

「病院から逃げたまま、行方をくらましたりしないでしょうか？」自信なげに小宮は言った。

「おれたちが正体を見破ったのに気づくはずがない。あの女は赤羽ハートクリニックにいる。三好先生がいるんだ」

「……そうですね。あの先生がいるかぎり、戻りますよ」

「そうだ」

「でも、このあと、どうする気なんだろう」

「それも、本人から聞くといい」

　午前十時半になろうとしていた。いまごろ金森は、何事もなかったような顔で、ライブ手術の準備をしている。

いずれ彼女は三好がオーナーになった津田沼の病院に理事長として就任する。そこで病院の乗っ取りにかかるだろう。

「わたし、飛鳥山病院も金森が詐欺グループを誘導して、潰《つぶ》しにかかったんだろうと思います」

小宮が言った。

「五十嵐先生を困らせるために?」

「病院を混乱させるのに都合がいいですから」

「……そうかもしれない」

五十嵐を自殺に追い込んだのも金森だったとしたら? 嫌がらせの電話以外にも、身元を隠して執拗《しつよう》に責め続けたのではないか。

「でも、野島修一まで殺すなんて……わからない。どうして、そこまで」

「とびきり頭の切れる人間がそっち側に転《ころ》んでしまった。とことんやるというようになったんだ」

金森の報復方法は徹底している。個人個人の事情に合わせて、一番痛手になるやり方を選んだ。朝倉結衣がその例だ。母親の朝倉路子は自分が殺されるより、激しいショックを受けたはずだ。

「金森は野島とは肉体関係もあったはずです。それをあっけなく、殺せるものでしょうか」

その問いかけに対する答えを疋田は見つけられなかった。

二週間あまりにわたった捜査が、ようやく終わろうとしている。北本通りから赤羽の街に入った。一方通行の道路を赤羽駅方面に向かう。赤羽ハートクリニックが目の前に近づいていた。手前にあるマンションの駐車場にクルマを停める。

小宮とともにクリニックまで無言で歩いた。ひときわ強い日差しが頭に降りかかってきていた。自分たちが捕まえようとしているのは怪物だと思った。

金森はあっさりと従うだろうか。それとも抵抗するだろうか。建物が近づくにつれ、得体の知れない不安が襲ってきた。もし暴れたらどうなるか。有無《うむ》を言わさず、一気に連行するしかない。

建物に入った。落ち着いて行動しろと自らに言い聞かせて、疋田はエレベーターのボタンを押した。三階まですぐだった。

クリニックの玄関の前に立つ。するすると自動扉が開いた。

待合室に客はいなかった。受付で顔見知りの女性事務員が顔を上げた。渡部先生はいますかと声をかける。

女性事務員は戸惑った表情で、「おりませんが」と答えた。

「どこにいるんです？」

疋田の剣幕に驚いた女性事務員は身を引いて口をつぐんだ。

「三好先生は？」

「あの、手術に出て」

意味がわからなかった。横から小宮が訊いた。「板橋セントラル病院へ行った？」

「は、はい」

疋田は身を乗り出した。「渡部先生も？」

「そうですが、別々に向かわれたようです」

「手術は午後からですよね」小宮が言った。

「患者さん、今朝方になって容態が悪化したらしくて」

「病院から連絡が入ったのか？」

「いえ、渡部先生からです」

疋田は小宮と顔を見合わせた。

「何時ごろに？」小宮が訊いた。

「わたしが来て、しばらくして」

「だから何時なの？」

「九時半ごろだったと思います」

思わぬ事態だった。

「診察室を調べろ」疋田は小宮に声をかけると、検査室のドアを開けた。

誰もいない。続けてトイレを調べた。人影はやはりなかった。疋田が診察室のドアを開ける。先に入った小宮がテーブルにあるノートパソコンを開いて、ひとりマウスを操《あやつ》っていた。疋田はうしろからパソコンの画面を覗き込んだ。

青みを帯びた巨大な部屋が映し出されていた。医療機器が置かれた中で、手術衣を着た医師たちが手術台を取り囲んでいる。マスクと帽子をかぶった臨戦態勢だ。医療機器とつながった管が、蜘蛛《くも》の巣のように手術台まで延びていた。

「ライブ会場とつながってる?」

小宮は額に降りかかる髪を手で払いながら、「そうです、これ」と執刀している医師を指さした。無影灯の明かりに照らされた顔は、マスクをつけてうつむいているが、特徴のある眉はわかった。三好だ。

「手術がはじまっているのか?」

「と思います。これ渡部?」

三好の向かいで執刀している医師を指した。赤いフレームのメガネが光る。疋田は息を呑んだ。……渡部、いや金森がメスを握っている?

小宮がマウスを動かすと、べつのウインドウが開いた。裸になった人の胸だ。肋骨《ろっこつ》を垂直に切り開かれたそこに、黄色い肉塊《にくかい》が拍動していた。心臓だ。肉のあいだに外科バサミが突っ込まれ、黒と赤の二本の太い管も入り込んでいた。白手袋をはめた四つの手が、それらを操り、たえまなく動いている。三好と金森の手だ。

べつのウインドウには、大勢の人間がスクリーンに見入っている部屋の情景が映っていた。学会の会場だ。

〈……あ、ちょっと引っかかった〉

太い声が聞こえた。三好だ。

〈これくらいでいいですか？〉

金森の声。ハサミを握る手が動く。

〈そんなもんでいいだろ〉

血が飛び散ったガーゼを金森がはがし、外科バサミを抜き取る。空いた空間に三好が大きな鉗子《かんし》を心臓の上側にはめ込んだ。疋田は目を疑った。

〈よし、大動脈遮断〉

三好が声を上げると、手術室にいる人間の動きが一瞬止まった。

心臓の鼓動が止まった。人工心肺に切り替わったのだ。

疋田は呆然とその光景を見つめた。現実と夢の境《さかい》をさまよっているような気分だった。

このまま、手術は続くのか。

金森は三好の指示に従い、執刀を続ける気か？　医者でもなんでもない女にそんな芸当ができるのか？

脳天に衝撃が走った。金森の頭の中が読めた気がした。

一刻も早く手術を中止させなければならない。

疋田は小宮に呼びかけると、あわただしく診察室を出た。

階段を下り、外に出た。体の芯《しん》が熱かった。クルマに乗り込みエンジンをかける。小宮が助手席に飛び乗った。

「金森は手術を失敗させる気です」小宮が息をつまらせたような声で言った。

疋田はうなずいた。岩井に報告するように命令する。

衆目の眼前で患者を死に至らしめる。三好の名声は地に落ちる。新しく買いとった総合病院の医師やスタッフの心は三好から離反する。病院経営は行きづまり、心臓手術どころではなくなる。三好は資金繰りと借金に這《は》いずり回り、生きながら地獄を見る。それこそ、金森の最後で最大の報復なのだ。

四分ほどで環七に入った。板橋セントラル病院はすぐそこだ。

「一昨日の朝、赤羽ハートクリニックで取り違え事件を三好先生に話していたとき」小宮は言った。「金森はドア越しに聞き耳を立てていたと思います」

「たぶん、そうだ」

金森は警察が自分自身の正体に迫っているのを知って、浮き足だった。野島が警察に捕まってしまうと、真相に近づいて、ライブ手術の日を迎えられなくなる可能性も出てきた。一刻も早く、亡き者にする必要が生じた。それが自殺の偽装だ。

「昨日、金森は張り込みに気づいたんです」

「そのはずだ」

「金森は警察を油断させるために、三好のマンションに泊まったんじゃないですか？　アリバイも作れるし。そのあと、患者の容態が思わしくないから、板橋セントラル病院へ行ってきますとうそを言い、深夜にこっそりマンションを抜け出して、新宿にやって来た」

「おそらく、そうだ。警察が自分の正体を割り出すところまで来ているのを察知した。北沢明美を手にかけたその足で、板橋セントラル病院に出向いたはずだ」

「そして、ライブ手術を受けさせる患者の診察をした。実際は悪くなかったのに、悪化していると偽りの診断を下した。一刻も早く手術をはじめたかったんです……わたしたちに気づかれる前に」

手術はどのあたりまで進んでいるだろうか。静脈から右心房へ流れ込んだ古い血液は肺へ送られ、左心室からふたたび全身へ血液が供給される。このサイクルを止めなければ手術はできない。このため、人工心肺装置をつけて心臓の中を空っぽにする。自分たちがモニターで見たのはそこまで。

動脈瘤《りゅう》を人工血管と置き換える本格的な手術はこれからだ。動脈は複数あり、誤って動脈瘤を破裂させてしまえば、おびただしい出血を見る。ショッキングな場面だ。それを学会に集まった医者たちは目の当たりにするかもしれない。患部に軽く指を触れるだけでも、その事態は引き起こされるだろう。いつどこで、金森はそれをするか。

病院に着いた。駐車場にクルマを停めて、三階まで上がった。

そのとき携帯がふるえた。副署長の曽我部からだった。「おまえたち、どこにいるんだ」

疋田は病院の名前を口にした。

「赤羽じゃないのか？」

「岩井課長に報告済みです。時間がありません。切ります」

緊急事態だ。人命に関わる。指令系統は飛ばすしかない。

中央手術部に飛び込むと、ナースステーションにいる看護師たちがふりむいた。

息を整える間もなく、警察手帳を高くかかげる。

「手術室に入ります。どうすればいい？」

看護師たちは誰も答えなかった。

「聞いてください」小宮が声を上げた。「ライブ手術の中継をしている第十三手術室で患者さんが殺される可能性があります」

カウンターから若い女性看護師が出てきた。ついてくるように言われた。

看護師は手術前室に入ると、手洗いをして滅菌ガウンを身につけた。

上着を脱ぐように言われ、身ぶり手ぶりで消毒をすませてから、滅菌ガウンを着て頭にキャップを被《かぶ》せられた。マスクをつけ消毒手袋をはめる。小宮も同じようにした。

警察手帳をポリ袋に入れて片手に持つ。看護師の先導で長い通廊を歩いた。

途中に置かれた中継用の機械の横で、通信会社の男がノートパソコンの画面に見入っていた。警察手帳を見せてモニターに手術野《しゆじゆつや》を表示させた。

複数の手が心臓の中で、探るように動いていた。赤銅色《しやくどういろ》の心臓のひだの左側に、赤黒い円筒型の大きな塊が見えた。これが動脈瘤ですと男に教えられる。間に合ったようだ。

「手術室にいる全員に聞こえるスピーカーは設置してありますか?」疋田は男に訊いた。

男は学会の会場とつながっていて、随時、質問が出たらスピーカーに流していると言った。

「中に会場の質問者を映すモニターはありますか?」

「もちろん、あります」

「どこに?」

「手術台にいる患者さんの足元方向にありますが」

「ここで、あなたの言葉をスピーカーから流せますか?」

男は胸につけたマイクをかざしながら、

「スイッチを入れて話せば」

「了解。われわれが手術室に入ったら、手術室にいる全員に、会場が映っているモニターを見るように話してください」

「あの、どうしてですか？」

「いいから、言った通りに」

「なにを話せばいいんでしょうか？」

「手術室にいる全員がモニターに注目するようなことを話してください」

男は戸惑った顔で、

「はい、わかりました。入室したらすぐに」

疋田と小宮は看護師の先導で、ふたたび歩きだした。

手術室に入る手前で立ち止まり、小宮と目を合わせる。

「絶対に気づかれるな」

疋田が声をかけると、小宮はまばたきもしないでうなずいた。

「部屋に入ったら、左右に分かれて近づく。金森はふたりがかりで同時におさえる。そのあと、手術台から離れる」

どれくらいの抵抗を受けるか予想できなかった。疋田らが手術室に入った時点で金森に気づかれたら、金森はなんらかの動きをとるはずだ。そうさせないためには、すみやかな入室と移動が肝心だ。

ぐずぐずしている時間はない。一刻も早く、金森を手術室から連れ出さなくてはならない。

13と書かれた番号には、手術中であることを示す明かりがついていた。

ドアの前で看護師にドアを開けさせる。身を滑り込ませた。小宮も続いた。

医療機器で部屋は埋め尽くされていた。たえまない機械音がする。思った以上に広い。

大型モニターの陰から手術台を覗いた。

すっぽりと全身をシートでおおわれた患者が横たわり、それを十人ほどで囲んでいた。撮影用のカメラが天井のアームに取り付けられ、カメラを担いだカメラマンもいた。

手術台の左端。ドア側に背を向けているのが金森芳枝だとわかった。三好はその反対側で執刀に余念がないようだった。

そのとき、スピーカーから男の声が流れた。

〈手術中の皆様にお知らせいたします。学会会場から重大な質問が出ております。モニターをご覧ください〉

十人がいっせいにモニターをふりかえった。

小宮と反対方向に疋田は動いた。床を這い回るコードをよけながら、輸液ポンプのうしろを進む。スピーカーは沈黙した。

どうした？　話せ、なんでもいいから。

心電計のわきを進む。手術台まで二メートル。手術台の向こう正面に三好。手前に金森の背中がある。三好の横にいる看護師と目があった。疋田に気づいて、「あっ」という声が洩れた。

三好が顔を上げ、金森がふりかえった。小宮が人工心肺の陰から、金森に手の届くところまでつめよっていた。

疋田は最後の一歩を進んだ。金森の手術衣に手が届いた。だが、小宮が一瞬遅れた。

疋田は金森の二の腕をとった。

手のひらに力をこめたそのとき、目の前に光るものが飛んできた。反射的に大きくのけぞり、手を離してしまった。

金森は疋田と正対して防御姿勢を取っていた。血で濡れた赤黒い右手にメスを握りしめている。マスクの上にある目が、動物の目のように光っていた。動じている気配がなかった。

三好たちは呆然とするばかりだ。モニターの音が室内を包む。

「渡部」疋田は刺激しないように語りかけた。「警察だ」

金森は反応を示さなかった。いま、患者の胸元に手を突っ込まれたら万事休すだ。患者から切り離さなければならない。向き合ったまま、ゆっくりと疋田は間合いをつめる。金森の後方から近づいてくる小宮に目線を送った。

その瞬間、金森の体が横向きになった。小宮めがけて、メスを握った手が突き出た。よけようとした小宮がわき腹から倒れ込んだ。弾《はず》みで手術セットを載せた台車が倒れた。激しい物音に、全員がふりかえった。目の前にいた金森が消えていた。われにかえったカメラマンが金森をカメラで追う。

天井から伸びる放射線透視装置の太いアームがある。その向こう側で動くものをとらえた。

「渡部っ」疋田は声を上げた。

金森はおぼつかない足取りだった。壁に手をあてがい移動している。

疋田は手術台の真横を通って、先回りした。進んでくる金森と目があった。心電計を載せたワゴンをはさんで、向き合った。マスクがとれて顔が見えていた。

金森の息が上がっているのがわかった。額に細かな汗が噴き出ていた。目の輝きは失《う》せ、落ち着きなく視線が動いている。

「……おまえ、金森だろ？」

金森の顔がこわばり、口元がゆがんだ。

「話を聞け」

声をかけると金森は低い声を発した。なにを言ったのか聞きとれなかった。

目の前のワゴンに金森の手がかかった。引き止めたがだめだった。

ワゴンがこちら向きに倒れ込んでくる。上にあったモニターが落ちてきた。身をそらし、器械が落ちてくるのをかろうじてよけた。目を上げると金森が見えなくなっていた。

引きちぎるような音がして、ふりかえる。金森が出口のドアのほうへ向かっている。自分の首にメスを当てるのが見える。横手から小宮が飛びかかった。そのまま、ふたりしてドアにぶつかり、重なりあって床に倒れ込んだ。

下側にいる金森の手は、メスを必死にふっている。

疋田は思いきりそれを蹴った。メスが宙に舞った。

小宮がわきにしりぞいた。金森は仰向けになったまま、天井をにらみつけている。脚は床に伸ばしたままだ。顔に満足とも憎しみとも、なんともつかないものが浮かんでいる。

Vネックになった手術着の首のあたりから、真っ赤なものが床に滴《したた》り落ちていた。頸動《けいどう》脈《みゃく》がぱっくり切れて、血があふれ出ていた。自分で首を掻《か》き切った——。

「ガーゼだ。取れ」疋田は薬品棚を指して言った。

小宮が取り出したものを受け取り、傷口に強くあてがう。流血は止まらなかった。血だまりが広がる。咳き込むような声がして、金森の顔が引きつった。顔から血の気が失せていく。

「大丈夫か」

薄く目を開けたが、すぐに閉じた。

口元から、血のにじんだ唾液が洩れ出した。

心電計が発するアラームの甲高《かんだか》い音が響いていた。

小宮に声をかけ、疋田は立ち上がって三好の元に赴《おもむ》いた。

金森の名前を出したので、三好は事態の半分ほどは理解している様子だった。

「先生、子細はのちほど。手術を続けてください」

それだけ言うと、疋田は看護師とともに倒れた心電計を起こした。

看護師がスイッチを押すと、アラーム音がやんだ。正常に作動しているようだ。カメラは室内を映し続けている。

疋田は横たわる金森のもとに戻った。

頬にかすかに赤みが残っていた。目を開いて、なにかを語りそうな顔だ。

疋田はしゃがんで金森の口元に耳を近づけた。

「……見たの」かすかに聞き取れた。

「なにを見た?」疋田は思わず声を上げた。

「南千住のマンション……」

疋田はとっさに考えてから、

「朝倉路子の住まいか?」

金森は蠟《ろう》のように白くなった顔で、うなずいた。

「路子さんと娘さん……」ささやくような声で金森は続ける。「手をつないで仲良く出てきた……」

疋田は全身から汗が噴き出るのを感じた。

語尾が聞き取れなかったが、金森の言いたいことは理解できた。

同じ事件の当事者であるにもかかわらず、罪をなすりつけられた。周囲から犯人扱いされ警察の厳しい追及のせいで、お腹にいた赤ん坊を死なせてしまい、離婚にまで追いやられた。それとは対照的に、事件後もなにひとつ変わらず幸福な家庭生活を送っていた親子。それを見て、金森の中でなにかが切れてしまったのだ。それがこの凄惨《せいさん》な事件の発端になった……。

「もう、いい、しゃべるな」

呼びかけたものの、反応はない。

金森の目がゆっくり閉じていくのを見つめるしかなかった。

エピローグ

慎二は火きり棒のハンドルを両手でつかんで、一心に上下に動かしていた。棒の下に取り付けられたはずみ車が回転する。火おこしの道具だ。棒の先端にある板のくぼみに、火だね用の麻《あさ》ひもを置いてあるが、なかなか火がつかない。

疋田が交代した。はずみ車をうまく回転させるためには、なかなかコツがいる。どうにか慣れてくると、キュッキュと小気味よい音をたてて回り出した。音が高くなるにつれ、棒の先に黒い粉が噴き出てきた。うっすらと煙が立ちのぼり、小さな火種が輝いた。

「慎二、ひも、ひも」

細かく裂いた麻ひもを慎二が当てると、麻ひもに火が移った。真っ白い煙が上り、次の瞬間、麻ひも全体が炎で包まれた。予想以上に大きな火だったので、慎二はうしろに飛び退《の》いた。

「すげえ」

「ほんとだ」

燃え尽きるまで火を眺めた。

「縄文《じようもん》時代の人って、器用じゃないとだめだね」

「毎日やっていれば慣れるさ」

「そうだね。慣れるね」

燃え尽きたクズを鉄製のかごに入れる。

火おこしの体験を終えると、出口に向かった。

ここは多摩《たま》市にある東京都の埋蔵文化財センター。多摩地区で発掘された土器や生活用品を展示している施設だ。夏休みも残すところ一週間ほどになり、子どもたちが大勢来ている。

縄文時代の土器作りを体験できる催《もよお》しがあるのを慎二が調べて、親子で参加することになったのだ。

「あれ、お父さんの事件?」

玄関ホールに据えつけられたテレビを見て言った。

朝のワイドショー番組だ。十条にある自宅マンションの前で、赤羽ハートクリニックの三好英正が大勢の記者に囲まれてインタビューを受けている。

つられるように、疋田も画面のテロップに見入った。

四年前の取り違え事件について、しつこく訊《き》かれている。津田沼の病院の経営のメドは立っているのか、などと横から怒鳴り声が上がる。人垣のせいで、身動きが取れない。見るに忍びなかった。

飛鳥山病院の元院長だった田端に内海常之《つねゆき》の顔写真を見せたところ、彼を騙《だま》した坂本信男と同一人物であることがわかった。その内海をはじめとする病院乗っ取りグループは、警視庁捜査二課の手により摘発に向けた準備が進んでいる。一味のアジトには、捜査員が二十四時間張りつき、九月早々にも逮捕されるだろう。三好の名声は地に落ち、経済的な信用も失われた。新たな病院経営に差《さ》し障《さわ》りが出るほどに。

画面にべつのマンションの映像が映った。南千住にある朝倉路子の住まいだ。

「川に浮かんでいた女の人のお母さんの家だよね？」

「そうだな」

疋田はさりげないふうを装って答えた。

今回の事件に限って言えば、朝倉路子は被害者側なのに、マスコミの扱いは、その逆だった。過去の患者取り違え事件を暴き立てられ、真相をねじ曲げた人物扱いされている。連続殺人犯の金森芳枝よりもある意味、世間は悪者と見ているのだ。

改めて疋田は息子の横顔を見つめた。今月のはじめ、荒川に浮かんだ水死体を見てから、慎二もずっと事件を気にかけていたのだ。もう少し大きくなったら、くわしく話してやろう。

建物を出て縄文の森と呼ばれる木立の中に入った。ヒグラシの鳴き声が大きくなった。トチノキや栗《くり》の木の葉が青々と生い茂り、日差しをさえぎっている。空気もいくらかひんやりしていた。

「夏休みの宿題はすんだか」と疋田は訊いた。

「ここのレポート書いたら終わり」慎二は言う。

最近の中学校は、大量の宿題を出さないようだ。

「もうじき二学期だし、また忙しくなるぞ」

「ふーん」

他人事《ひとごと》のようだ。

「慎二は好きな教科ってある？」

「えっと、理科と音楽」

音楽か。自分も嫌いではない。恭子も。

「どんな音楽が好き？」

「クラシック……『春』？『夏』とか」

慎二は疋田の顔を覗《のぞ》き込んだ。「ヴィヴァルディの『四季《しき》』？」

「うん、それ」

「センスいいじゃないか」

小径の開けた先は広場になっていた。半分、地面に埋まっているような茅葺《かやぶ》きの竪穴《たてあな》住居があり、屋根の先から煙が洩れていた。その中に慎二は走り込んでいった。疋田も駆け足で追いかけた。

中は煙っていて、目を開けていられなかった。土間の中ほどで、焚《た》き火《び》を実演しているのだ。先に入った慎二が抜け出した。疋田も我慢できずに飛び出した。

「昔の人ってつらい」目をこすりながら慎二は言った。

「それも慣れじゃないかな」

「え、そう？」

「わからない。ごめん」

「いいよ。もう、はじまる」慎二はもと来た道を歩き出した。

疋田は慎二の友だちで沖田という子がいるのを思い出した。あだ名で呼んでいたのだ。

「オキとはよく遊ぶ？」疋田は声をかけた。

「うん、毎日」

「坪井先生はどうしたかな？」

慎二の中学校で英語を教える新人の女性教師だ。沖田に、『先生の顔なんか見たくない、大嫌いだ』と言われて、夏休みに入る前に、学校に来られなくなってしまったナイーブな心臓の持ち主だ。

　慎二は疋田の顔を見ないで、言いづらそうに、

「なにかねえ、ときどき、来てるみたい」

「オキといっしょに慎二も、クラスで先生に悪口を言ったのか？」

　ためらいながら、小さくうなずいた。

「ふたりとも二学期も学校に行くよな？」

「うん」

「坪井先生とは毎日、顔を合わせる？」

「たぶん」

「だったら、ちょっと気まずいんじゃないか。オキも慎二も、言っちゃいけないことを言ったような気がするけど、どう思う」

「……かも」

「そうだな。お父さんも職場で、嫌《いや》で嫌で殺してやりたくなるような人がいるんだけどな。その人に、『おまえの顔なんか見たくない』と言ったりしない。どうしてかわかるか？」

　慎二は立ち止まり、困り顔で疋田を見上げた。

「仕事が前に進まなくなるから」と疋田は言った。

「その人といっしょに仕事をしてるの？」

「そうだな。命令されたりしてるよ。でも、断れないしな」

「我慢してるの」

「そうだ。坪井先生も同じじゃないかな。大人だって、慎二が想像するほど強くないし。ちょっとしたことで傷ついたり、挫《くじ》けちゃったりする。その坪井先生って、どんな感じの人？」

慎二はその場で考え込んで、口をきかなくなった。

そのとき携帯がふるえた。末松からだった。仕事の呼び出しだ。なにか、よからぬ事件なり困り事が起きたのだ。つい応答しそうになったが、拒否ボタンを押した。それきり、かかってこなかった。

疋田は、さあ行こうと慎二の肩を押した。

「ぼく、謝りに行く」

「坪井先生のところへ？」

「うん、オキを連れて行く」

「そうだな、それがいい」

慎二は一件落着したとばかり、疋田の手を握り、先だって歩き出した。引かれるままに歩いた。なかなか強い力で妙に心地よかった。

市会議員に立候補する恭子について訊こうと思ったが、やめておこう。

きょうは月初めに会ったとき果たせなかったことをしてやるつもりだ。午前中の催しが終わったら、慎二といっしょに新宿に出て、家電店や書店を回り夕食も共にする。少し気どって寿司《すし》屋に入るか。それとも、気楽なファミレスになるか。慎二の好きなほうを選ばせるつもりだ。気が変わって、高尾山《たかおさん》に登ると言い出すかもしれない。どちらでもいいと疋田は思った。きょうだけは、慎二を離さない。

《参考文献》

崖っぷち高齢独身者　樋口康彦　光文社
美容整形カタログ　石井美恵子　マガジンハウス
美容外科でキレイになる人なれない人　大森喜太郎　芳賀書店
美人になりたい　中村うさぎ　小学館
死体は悩む　上野正彦　角川書店
日本全国信頼の名医 形成外科・美容外科　大竹奉一　ブレーンセンター
心臓外科の器械出し　松田捷彦　メディカ出版
病院ビジネスの闇　ＮＨＫ取材班　宝島社
あなたが病院で「殺される」しくみ　古川利明　第三書館
医療事故　押田茂實　祥伝社
父親であることは哀しくも面白い　広岡守穂　講談社

（本作品は、平成二十六年十月に単行本として刊行されたものに、加筆・訂正したものです）

侵食捜査

一〇〇字書評

切り取り線

購買動機（新聞、雑誌名を記入するか、あるいは○をつけてください）

□（　　　　　　　　　　　　　　　　）の広告を見て
□（　　　　　　　　　　　　　　　　）の書評を見て
□ 知人のすすめで　　　　　　　　　□ タイトルに惹かれて
□ カバーが良かったから　　　　　　□ 内容が面白そうだから
□ 好きな作家だから　　　　　　　　□ 好きな分野の本だから

・最近、最も感銘を受けた作品名をお書き下さい

・あなたのお好きな作家名をお書き下さい

・その他、ご要望がありましたらお書き下さい

住所	〒				
氏名		職業		年齢	
Eメール	※携帯には配信できません		新刊情報等のメール配信を 希望する・しない		

この本の感想を、編集部までお寄せいただけたらありがたく存じます。今後の企画の参考にさせていただきます。Eメールでも結構です。

いただいた「一〇〇字書評」は、新聞・雑誌等に紹介させていただくことがあります。その場合はお礼として特製図書カードを差し上げます。

前ページの原稿用紙に書評をお書きの上、切り取り、左記までお送り下さい。宛先の住所は不要です。

なお、ご記入いただいたお名前、ご住所等は、書評紹介の事前了解、謝礼のお届けのためだけに利用し、そのほかの目的のために利用することはありません。

〒一〇一－八七〇一
祥伝社文庫編集長　坂口芳和
電話　〇三（三二六五）二〇八〇

祥伝社ホームページの「ブックレビュー」からも、書き込めます。
http://www.shodensha.co.jp/bookreview/

祥伝社文庫

侵食捜査《しんしよくそうさ》

平成28年 9月20日　初版第1刷発行

著　者　安東能明《あんどうよしあき》

発行者　辻　浩明

発行所　祥伝社《しょうでんしゃ》

東京都千代田区神田神保町3-3
〒101-8701
電話　03（3265）2081（販売部）
電話　03（3265）2080（編集部）
電話　03（3265）3622（業務部）
http://www.shodensha.co.jp/

印刷所　堀内印刷

製本所　ナショナル製本

カバーフォーマットデザイン　芥 陽子

ISBN978-4-396-34243-2 C0193

祥伝社文庫の好評既刊

安東能明
限界捜査
人の砂漠と化した巨大団地で消息を絶った少女。赤羽中央署生活安全課の疋《ひき》田務《たつとむ》は懸命な捜査を続けるが……。

柴田哲孝
渇いた夏
私立探偵 神山健介
伯父の死の真相を追う私立探偵・神山健介が辿《たど》り着く、「暴いてはならない」過去の亡霊とは!? 極上ハード・ボイルド長編。

柴田哲孝
早春の化石
私立探偵 神山健介
姉の遺体を探してほしい——モデル・佳子《けいこ》からの奇妙な依頼。それはやがて戦前の名家の闇へと繋がっていく!

柴田哲孝
冬蛾
私立探偵 神山健介
神山健介を訪ねてきた和服姿の美女。彼女の依頼は雪に閉ざされた会津の寒村で起きた、ある事故の調査だった。

柴田哲孝
秋霧の街
私立探偵 神山健介
奴らを、叩きのめせ——新潟で猟奇的殺人事件を追う神山の前に現われた謎の美女、そして背後に蠢く港町の闇。

柴田哲孝
漂流者たち
私立探偵 神山健介
東日本大震災が発生。議員秘書の同僚を殺害し、大金を奪い逃亡していた男の車も流された。神山は、男の足取りを追う。

祥伝社文庫の好評既刊

夏見正隆　チェイサー91

日本が原発ゼロ宣言、そしてF15イーグルが消えた！　航空自衛隊の女性整備士が、国際社会に蠢《うごめ》く闇に立ち向かう!!

夏見正隆　TAC《タック》ネーム アリス

闇夜の尖閣《せんかく》諸島上空。〈対領空侵犯措置〉に当たっていた空自のF15J。国籍不明の民間機は警告を無視。そして遂に!!

矢月秀作　D1　警視庁暗殺部

法で裁けぬ悪人抹殺を目的に、警視庁が極秘に設立した〈暗殺部〉。精鋭を擁する闇の処刑部隊、始動!!

矢月秀作　D1　海上掃討作戦　警視庁暗殺部

遠州灘沖に漂う男を、D1メンバーが救助。海の利権を巡る激しい攻防が発覚した時、更なる惨事が！

渡辺裕之　傭兵代理店

「映像化されたら、必ず出演したい。比類なきアクション大作である」――同姓同名の俳優・渡辺裕之氏も激賞！

渡辺裕之　新・傭兵代理店　復活の進撃

最強の男が還ってきた！　砂漠に消えた人質。途方に暮れる日本政府の前にあの男が……。待望の2ndシーズン！

〈祥伝社文庫　今月の新刊〉

東川篤哉

ライオンの棲《す》む街
平塚おんな探偵の事件簿1
美しき猛獣こと名探偵エルザ×地味すぎる助手美伽。格差コンビの掛け合いと本格推理！

渡辺裕之

殲滅《せんめつ》地帯　新・傭兵代理店
リベンジャーズ、窮地！　アフリカ・ナミビアへの北朝鮮の武器密輸工作を壊滅せよ。

西村京太郎

十津川警部　哀しみの吾妻《あがつま》線
水曜日に起きた3つの殺人。同一犯か、偶然か？　十津川警部、上司と対立！

早見和真

ポンチョに夜明けの風はらませて
笑えるのに泣けてくる、アホすぎて愛おしい男子高校生の全力青春ロードノベル！

安東能明

侵食捜査
女子短大生の水死体が語る真実とは。『撃てない警官』の著者が描く迫真の本格警察小説。

草凪　優

俺の美熟女
羞恥と貪欲が交錯する眼差しと、匂い立つ肢体。俺を翻弄し虜にする、〝最後の女〟……。

天野頌子《しょうこ》

警視庁幽霊係の災難
コンビニ強盗に捕まった幽霊係。美少女幽霊、霊能力者が救出に動いた！

広山義慶

女喰い〈新装版〉
これが金と快楽を生む技だ！　この男、最強のエリートにして、最悪のスケコマシ。

喜安幸夫

闇奉行　娘攫《さら》い
美しい娘ばかりが次々と消えた……。娘たちを救うため、「相州屋」忠吾郎が立ち上がる！

佐伯泰英

完本 **密命**　巻之十五　無刀　父子鷹《おやこだか》
「清之助、その場に直れ！」父は息子に刀を抜く。金杉惣三郎、未だ迷いの中にあり。